二見文庫

運命は炎のように

リサ・マリー・ライス／林 啓恵＝訳

Hotter Than Wildfire
by
Lisa Marie Rice

謝辞

すばらしい編集者であるメイ・チェンとアメンダ・バージョンと、すばらしいエージェントであるイーサン・エレンバーグに感謝を込めて、この本を捧げます。

大切なフェスティバレッツへ。
誰のことだか、わかるわよね。

運命は炎のように

登　場　人　物　紹　介

エレン・パーマー(イブ)	会計士。歌手
ハリー・ボルト	セキュリティ会社の経営者。元軍人
サム・レストン	ハリーの"兄弟"。 セキュリティ会社の共同経営者
ニコール	サムの妻
マイク・キーラー	ハリーの"兄弟"。 セキュリティ会社の共同経営者。 サンディエゴ市警察の元刑事
ジェラルド・モンテス	エレンの元勤務先の経営者
ケリー・ロビンソン	エレンの友人
ロディ・フィッシャー	エレンのエージェント
ピート・バン・デル・ブーケ	南アフリカの傭兵
クリスティン(クリッシー)	ハリーの妹

プロローグ

サンディエゴ　クリスマス

クリスマスだった――ハリー・ボルトとは無関係に。

街じゅうがクリスマス熱に浮かされ、中心街のいたるところで聖歌隊や、白いつけひげに赤スーツで金銭をせびるおなじみのいかさま野郎に出くわした。連中は哀れなアフリカ人のため、被災者のため、不法移民のために募金を呼びかけていた。

そのくせ、目と鼻の先で悲惨な目に遭っている人間のことなど見ようともしない。教会の地下室に集まった善人も、つけひげに赤スーツの男たちも、聖歌隊の子どもたちも、ハリー・ボルトのかつての住居を見たら、悲鳴をあげて逃げだしただろう。当時のハリーは、母親と、その恋人と、妹のクリスティンとともに暮らしていた。つぎつぎと入れ替わる母親の恋人は、そろいもそろってクズだった。

ハリー一家が住んでいたヒスパニック地区の通りにはクリスマスの電飾などなかったし、住んでいた地下の部屋にもモミの木はなかった。モミの木も、飾りも、プレゼントもなし。それどころか、食べるものやミルクにも事欠くありさまだった。

でも今日はクリッシーに食べさせてやれるぞ、とハリーは思った。レストラン街まで出かけて、三軒の店の裏にあったゴミ箱をあさってきたからだ。そんなものを投げ捨てる人たちにあきれながら、フライドチキンとマッシュポテトと七面鳥の胸肉と五切れ分ほどのケーキを調達してきた。

その勢いのままオモチャ屋に寄り、バービー人形を万引きした。店先の警報器が鳴りだしたが、逃げ足には自信があって、捕まったことなど一度もない。

バービーを抱いたときのクリッシーを思い浮かべると、頬がゆるんでしまう。妹は嬉《うれ》しがるだろうが、母親とクズ野郎に気づかれるといけないから、おとなしくさせておかなければならない。とはいえ、母はドラッグをきめていると無頓着になり、近ごろはしらふのときのほうが少ない。

前のクズ野郎には手を焼いた。幼女好きの男で、ハリーは前に一度、クリッシーのパンティが見えたときに男が勃起したのを見てしまった。だが、肋骨《ろっこつ》にナイフを突きつけて、誤解のないように警告——妹に指一本でも触れたら、切り刻んで犬の餌にしてやる——を与えたら、手出しはしてこなかった。ハリーは翌日、妹のためにズボンを六本盗んできて、以来、妹にはスカートをはかせなくなった。

そのクズ野郎が去り、後釜としてつぎなるクズ野郎がやってきた。このロッドという男には幼女趣味こそないが、人を殴るのを趣味にしている。

ハリーが徒歩で家に帰り着いたときには、日が落ちていた。バス賃などないので、どこへ行くにも足が頼りだった。

カビくさい階段をのぼり、ひびの入った木のドアを押し開けると、家のなかがしんとしていた。よくない兆候だ。世界一治安の悪い地域にあって、ろくに戸締まりもできない家に母親とクズ野郎が五歳の娘をひとり残して出かけたか、ふたりそろってドラッグでハイになっているかのどちらかだからだ。いまにはじまったことではないにしろ。

ハリーは立てつけの悪いドアを閉めながら、ふたりの様子をうかがった。やはりハイになっている。

母親は壊れたカウチにだらりと腰かけて、虚空を見つめていた。どうかしている。そんな金、どこにあるというのか？

照明はどれも切ったまま、ハリーがクリッシーとふたりで使っている部屋のドアの下から漏れてくる光が唯一の明かりだった。

テーブルのある一角から足を擦る音がした。ロッドだ。ビールを飲んでいる。ハリーが部屋に入っていっても、視線ひとつ投げてよこさなかった。

子ども部屋のドアが開き、薄暗い電球の明かりがリビングに流れこんだ。

「おかえりなしゃい!」クリッシーがはずんだ声をあげて駆け寄ってきた。ハリーの脚に抱きつき、笑顔で兄を見あげた。「メイークリチュマチュ!」クリッシーはふつうの五歳児より小さかった。髪はハリーよりも淡い金髪で、瞳は同じ薄茶色だった。

いつもどおり、小さな腕を差し伸べてくる。「だっこ!」

ハリーは妹を抱きあげて、片腕で抱えた。袋を持ったもう一方の腕は脇にぴったりとつけていた。クリッシーは恐ろしいほど軽かった。

ハリーのほうは近ごろ急に背が伸びて、筋肉もついてきた。いまではクズ野郎もハリーを警戒するようになっている。

「おい、ぼうず」テーブルのある一角から野太い声がした。「その袋になにが入ってる?」

ハリーの心は沈んだ。クズ野郎の声はくぐもり、目はとろんとして焦点が合っていない。ドラックをきめて、凧《たこ》より高く舞いあがっている。

まずい。母親のほうはハイになってもうたた寝してしまうだけだが、クズ野郎のほうはクソ意地が悪くなる。

ハリーはバッグを背後にやり、そっと床に置いた。クズ野郎の集中力はたいして続かない。視界から消えれば、忘れるだろう。「べっに。ただのガラクタだよ」

クズ野郎がこちらに向きなおるのを見て、心臓がどきどきしてきた。クズ野郎は人間味のない冷酷な目をしている。まるで群れをなしてこの界隈《かいわい》を駆けまわっている野犬のような目だ。こういう顔になったら、もはやいつ騒ぎが起きてもおかしくなかった。

クズ野郎はテーブルの上に出している肉厚の手を握ったり開いたりしだした。これも悪い兆候だ。爆発して暴力をふるう口実ができるのを待っている。ハリーがいくら若くて屈強で身のこなしが素早いといっても、このクズ野郎は百五十キロ近くあるし、ドラッグがきまっていると――たぶん感覚が麻痺《まひ》するのだろう――痛みを感じなくなる。凶暴なロボットのようなものだ。

それに、さすがのハリーもクリッシーを抱いていたら速くは走れないし、妹を置いていくなどもってのほかだ。

悪い予感が漂いだした。暴力が醸造されるにおいがたちこめた冷たく湿った地下室で、その暴力が解き放たれようとしている。

ハリーは自分にできるただひとつのことをした。野犬を相手にするのと同じ要領だ。群れをなす野犬たちとの戦いは避けなければいけないように、クリッシーを抱えた状態でドラッグでハイになったクズ野郎とは戦ってはいけない。

だから恭順の意を表して床を見つめ、口を閉じていた。クズ野郎は彼が言うところの「うるさい」ガキが大嫌いなのだ。

クリッシーもひっそりと黙りこんでいる。ふだんはおしゃべりなのだが、短いながらにそれまでの生涯で危険な相手を嗅ぎ分けるすべを身につけていた。そして、ハリーの様子をうかがっている。ハリーが黙りこめば、妹も黙る。この世に生を受けて五年。このクズ野郎からも、その前のクズ野郎からも、そのまた前のクズ野郎からも、いやというほどつらい思いをさせられてきた結果だった。

ハリーが妹の背中に手を添えると、妹は黙って肩にもたれかかってきた。小さな心臓がどきどきして、パニックを起こしかけているのがわかる。怖がっている。まだ五歳なのにこんなに怯《おび》えて。

ハリーは床に視線を落としたまま、黙って袋を持ちあげると、やはり野犬の群れを前にしているようにゆっくりと後ずさりをした。いいぞ。そっと子ども部屋に引きさがり、ドアを閉めた。

立ち止まって、耳をそばだてた。

ドアの向こう側は物音ひとつしない。

クリッシーが肩に顔をうずめたまま、ささやいた。「ハリー、もうへいち?」

「もう平気だよ、クリッシー」ハリーは顔に笑みを張りつけて、妹の肩を軽く叩いた。妹が別の家族のもとに生まれていたらと思わずにいられない。こんなにかわいい妹をそのままにかわいがってくれる家族だったら、どんなによかっただろう。けれど実際はこの穴蔵で育てられ、ハリーがいなければいつ殴り殺されてもおかしくない日々を送っている。

いや、殴り殺されるぐらいではすまないかもしれない。

しばらく耳を傾けていたが、母親もクズ野郎も静かなものだった。ふたりは喧嘩《けんか》しているか、そうでなければセックスしていて、その両方を同時にということもよくあった。

ハリーはこんなときのために、ゴミ箱から拾ってきておいたプラスチックの皿とフォークをクローゼットから取りだしてきて、ベッドに置いた。クリッシーは親指をしゃぶりながら、目を丸くしてこちらを見ている。

指しゃぶりをやめさせようとしたこともあったけれど、やがて妹がその行為によって心を落ち着かせているのだとわかった。妹の人生には慰めになるようなものがあまりに少ない。指をしゃぶらなくていいように気を配ってはいるものの、完全にやめさせることはできなかった。

そんな自分たちでも、クリスマスのまねごとぐらいしても罰はあたらない。

切り分けた七面鳥の胸肉と、マッシュポテトを皿に盛り、クリッシーのほうへ押しやった。一日じゅう、誰にも食べさせてもらっていないのだから、ひもじくないわけがない。それなのにクリッシーは、ハリーが自分の皿に料理を盛ってフォークを持つまで待っていた。

「食べよう、クリッシー」妹が食べはじめた——ハリーが食べはじめるのを待って。

おかしなものだ。母親はクリッシーを無視してきた。妊娠に気づくのが遅すぎて処置してくれる医者がいなかっただけで、そうでなければ、さっさと中絶していただろう。

結局、ハリーがクリッシーの養育者になったが、小さな女の子の育て方など知るはずもなく、ハリー自身、野生児同然だった。妹にどうにかこうにか食べさせ、寒くないように服を着せ、そこそこ清潔に保つのが精いっぱいで、行儀など教えようがなかった。

そんな環境にもかかわらず、クリッシーは、どこか遠い国の宮殿で生まれ育った王女さまのようだった。食事のしかたは誰に教わるでもなく、ハリーを見て自然と身につけた。それでいて、狼《おおかみ》のようにがっつくハリーとは対照的に、けっして散らかすことなく、ゆったりと食べた。

掃きだめに生まれたお姫さま。それがクリッシーだ。

クリッシーはきちんとフォークを置き、兄にほほ笑みかけた。

ハリーは腕を伸ばしてバッグをあさり、箱を取りだした。むきだしで包装紙もないけれど、クリッシーはそんなことは気にしない。

「ほら、ちびすけ」妹のほうに差しだした。「メリークリスマス」

クリッシーの顔がぱっと輝いた。彼女が持っているひとつきりの人形は、ぼろぼろで片方の腕がもげている。それでもその人形が大好きで、何時間でも飽きることなく遊んでいる。

新品のバービー。クリッシーは舞いあがった。

「わあ、ハリー! バービーだ!」嬉しそうに叫んだ。黙らせようとしたときは、もはや遅きに失した。

がばっと開いたドアが壁にぶつかり、クズ野郎が登場した。頭が戸枠に触れそうだった。クズ野郎がぐらりと揺れ、戸枠をつかんで体を支えた。頭をぐらぐらさせ、目の焦点を合わせようとまばたきしている。まずい。このままでは、悲惨なことになる。

ロッドの目がハリーをとらえた。ハリーは妹を背中の後ろに隠した。ハリーの脚につかまって、じっと押し黙っている。雲行きがおかしくなったときは、絶対に声を出さない。ロッドはどうしたわけか早くも怒りに駆られて、鼻息を荒くしていた。

「そいつはなにを隠してやがる？」ロッドが頭を突きだした。駆けだそうとしている雄牛のようだ。「うーん？　手になにを持ってやがんだ？」

ロッドが床を踏み鳴らして近づいてくる。ハリーはその前に立ちはだかった。クリッシーはハリーのジーンズをつかんで、動きを合わせた。

「なにも。なにも持ってないよ。妹をほっといてやってよ」

ロッドは目を吊《つ》りあげた。人間というより、闇に潜む怪物のようだ。まだ十二歳のハリーにも、自分が邪悪なものをまのあたりにしていることがわかった。

ロッドが顔を近づけてくる。ハリーは口臭に顔をしかめないようにした。ここまで近いと、ロッドの汗やグリースや狂気までが鼻をつく。恐怖を呼び覚ますにおいだった。

「で、そのちびはなにを隠してやがる？」ロッドがどなって、ハリーの胸を突いた。ハリーは後ろに下がりつつも、倒れなかった。

ハリーは動きを感じて、右下を見おろした。小さな手が人形を突きだしている。胸を締めつけられる光景だった。兄を救おうと、バービーを差しだしたのだ。

小さな手を押し戻そうとしたが、遅かった。ロッドは目をぎらつかせて、人形を奪い取った。熊手のような手のなかにあると、人形が冗談のように小さくて華奢《きゃしゃ》に見えた。人形をためつすがめつするロッドは、まるでサルだった。しだいに怒りをつのらせていくのが手に取るようにわかり、頭から立ちのぼる湯気が見えるようだった。

ロッドはハリーの顔の前で人形を振った。「こいつを買う金をどこで手に入れた？　さては、おれに隠してやがったな？」しだいに大音量になり、最後にはどなり散らしていた。ハリーのうなじの毛が逆立った。

怪物は一歩下がると、人形を頭上にぶら下げた。体がかしぎ、しばらくふらついていたが、そのうち揺れがおさまった。

「そうか、このなかに金を隠してやがるんだな！　おれさまにはお見とおしだぞ！」ロッドは大声で言うと、バービーの頭をもぎ取り、腕も脚もすべて引っこ抜いた。穴に指を突っこもうとしたが、太すぎて入らないとみると、胴体を投げ捨てた。あたりを見まわし、ハリーの野球のバットを見つけて目を細めた。それを手に取り、二、三度、感触を試すように左手に叩《たた》きつけた。

ハリーはそろそろと後ずさりをした。心臓が胸に打ちつけている。

クズ野郎が進みでて、バットを振りまわした。空を切る音が耳につく。

「ほかになにを隠してやがる、ぼうず？　たんとあるんだろうな。おまえは見かけほど、ばかじゃない。おれの目を盗んで、たくさんを貯めこんでるはずだ！」最後は怒声となって響きわたり、同時に、ハリーが机代わりにしているふたつの架台に渡した長方形のパーチクルボードにバットを振りおろした。

瞬時に板が砕け散り、埃《ほこり》が舞いあがる。

クズ野郎はしばらく残骸をバットでつつきまわしていた。

「ここにはない」野太い声で言い、こんどは、ハリーとクリッシーがわずかな持ち物をしまっている木箱にバットをふるった。

木箱が割れ、ジーンズとパーカーと小さなTシャツと靴が飛んだ。

ロッドがふり返ってハリーの顔を見た。いったんクリッシーを見てから、もう一度ハリーの目を見て笑った。

「おまえの口の割らせ方ぐらい、わからいでか。そうとも、小娘にバットをふるってやりゃあいいんだ」ふいにバットを振りまわし、もろいセメントの壁に穴をあけた。

「ほれ、こんなふうに」ロッドはどなった。「このちびの頭がどうなるだろうな？　そうとも、地面に落ちたスイカみたくなる。さあ、隠し場所をいますぐ吐きやがれ！」

わめき散らし、バットを振りまわしながら、ゆっくりと近づいてくる。後ずさりをしたハリーは、脚にしがみついているクリッシーを押し倒しそうになった。妹が激しく震えているのがわかるのに、抱きあげてやることもできない。妹の存在が際だってしまう。せっかくズ野郎がクリッシーのことを忘れているようなのだから、そのままにしておきたい。

「なにを隠してやがる、ぼうず？」バシッ！　またひとつ壁に大きな穴があいた。「さあ、黙ってないで吐きやがれ！」振りまわされたバットが、ハリーをかすめた。

「ロッド？」母親がふらふらしながら、部屋の入り口に立った。目には膜がかかったようだ。

「なんの騒ぎなの？」

これもハリーには謎のひとつだった。母の暮らしはジャンキーそのもの――それを認めるのは、やはりなにがあっても愛しているので胸が痛いけれど、母がジャンキーなのは事実だ――なのに、話し方は本物のレディのようだった。

怪物が立ち止まり、ゆっくりとふり返った。思考の流れが手に取るようにわかる。にやりとして、汚い歯をさらした。「おまえの腐れぼうずがなにか隠してやがるから、取りあげてやるのさ。どこかに金を隠して、独り占めしてやがる。おれたちをないがしろにするとはどういう了見だ？　こいつの頭にはちびすけのことしかかねえ」

母親は朦朧《もうろう》とした頭で考えようとした。「ハリー」間延びした声で息子の名を呼び、がらんとした室内を見まわした。「なにか隠しているの？　どこになにを？」

怪物が怒りにふくれあがったようだった。母親に近づいた。

「おい、さてはおまえもぐるだな？　おまえら三人でおれのもんを奪って、隠してやがる！」わめき散らした。「三人しておれのことをばかにしやがって！　なんて傲慢なやつらだ！　目にもの見せてくれる！」

母親が眉をひそめた。「ねえ、ロッド、そんな必要は――」

「なかでもいちばんの大悪党がおめえだ、腐れ女！」そうどなるや、母親の頭にバットを振りおろした。

頭蓋が割れる大きな音とともに、母が床に倒れた。長いブロンドが鮮血に染まる。母は倒れたまま動かず、頭のまわりに血溜《だ》まりが広がった。

「なにすんだ！」ハリーは怒りでいっぱいになった。「おれの母さんを殺しやがって！」

ロッドは一瞬ひるんだ。ぽかんと開いた口からのぞく腐った歯が、黒い切り株のようだった。ハリーはロッドに飛びかかり、拳をふるった。はじめて喧嘩したのは五歳のときだ。訓練を受けたことはないけれど、喧嘩のしかたは身についている。ロッドは隙を衝《つ》かれて最初の一撃を受けると、首を振って、どなり散らした。

ハリーにバックハンドを食らわし、壁に叩きつけられたハリーは、床に倒れた。一瞬気絶し、意識が戻ったときには、ロッドが怒声とともにバットを脚に振りおろすところだった。ハリーは骨の砕ける衝撃に絶叫した。

痛みが全身を駆け抜け、あまりの激痛にふたたび気絶しかけた。襲いかかる獰猛《どうもう》な痛みに抗《あらが》って、必死で意識を保った。ハリーが動けないのを確認したロッドが、意味不明の言葉を吐き散らしながら、一歩また一歩とクリッシーに近づきつつあったからだ。

妹は震えながら壁に背を押しつけ、恐怖をたたえた大きな目で迫りくる怪物を見ていた。

ハリーの体が怒りに大きく震えた。ロッドに母親を殺された。このままではクリッシーまで奪われてしまう。そんなこと、させてたまるか。

立ちあがろうとして、苦悶《くもん》のうちに倒れた。どうすることもできない。両脚を折られ、早くもジーンズに血が滲《にじ》み、砕けた骨が左腿《もも》の皮膚と生地を突き破って飛びだしていた。バットを振りまわす毛むくじゃらの大きな手からクリッシーを逃すため、ハリーは唯一の希望を求めてマットレスの下を手探りした。

隠しておいた携帯を使えば助けを呼べる。なぜか必要になりそうな気がして、二日前にロッドから盗んでおいたのだ。

いまや完全に正気を失ったロッドが、罵声とともにクリッシーに襲いかかり、クリッシーは身をよじってその手をかわしている。ハリーは恐怖におののきながら911を押し、急いで住所を告げた。電話の相手にもロッドの怒声が聞こえているはずだ。

「急いで」ハリーは小声で念を押した。

痛みに失神しそうになり、歯を食いしばって意識を保った。

そのときロッドの大きな手がクリッシーの腕をつかんだ。細い骨が折れる鋭い音を聞いて、ハリーは吐きそうになった。

「ハリー！」クリッシーが叫び、怯えた目でこちらを見た。ハリーは腕を使って、必死に妹に近づいた。

だが、どんなに急ごうと、匍匐《ほふく》前進ではたかが知れている。

ロッドはさっきまで掲げていたバービー人形のようにクリッシーを持ちあげて、つぎの瞬間、壁に叩きつけた。血が飛び散り、小さな体が床に落ちた。

「やめろ！」ハリーは叫ぶと同時に、床に転がっていたバットをつかみ、クズ野郎の膝を強打した。膝が割れる音がした。

ロッドは雄牛のように倒れた。ハリーはその体によじのぼり、くり返し頭部にバットを振りおろした。やがてその顔が、およそ人間とは思えない、赤くてぐしゃぐしゃの肉の塊になった。

ハリーは息をはずませながらバットを投げ捨てると、痛みをおしてクリッシーのもとまで這った。だらりとした小さな体を抱き寄せ、やわらかな金髪を撫《な》でた。部屋のなかに慟哭《どうこく》がこだました。

遠いサイレンの音を耳にしたのと、ハリーが闇に落ちたのは、ほぼ同時だった。

二十年後

1

ジョージア州プラインビル　四月二日

ジェラルド・モンテスはCDを聴きながら、書斎のなかを行きつ戻りつしていた。麗しい歌声ではあるが、この際、歌の善し悪《あ》しなどどうでもよい。ベートーベンだろうがビートルズだろうが、ジェラルドにしてみたら似たようなものだ。

だが、この歌声……ああ、これ、大切なのはその歌声だ。

曲名は『見ないふり』。歌っているのはイブ。名字はない。ただのイブ。マドンナやシェールと同じ。

ネットには、このCDに対する感想がたくさんあった。このイブという女はネットで大変な話題になっているのだ。正体不明だという理由で。

彼女の歌声はなめらかでぬくもりがあり、ギターと弱音器をつけたトランペットという、アコースティックな楽器とみごとに調和している。彼女の紡ぎだす音色のひとつひとつに十四世紀中世の音楽からセロニアス・モンク風の表現までが幅広く織りこまれており、哀愁に満ちた異国的な雰囲気が醸しだされている。秀逸。

理解不能の論評だが、ジェラルドにもその歌い手のことだけはわかった。

イブ。謎の女。

とはいえ、謎といっても、程度の問題だが。

なぜならCDのジャケットには歌の作詞作曲もイブが行なっていると書かれており、ジェラルドは一年前にある女が同じ歌をハミングしているのを聴いたことがあったからだ。

そのときその女は近くにジェラルドがいることに気づいていなかった。耳慣れない歌だったが、ジェラルドはいい歌だと思った。彼女はその歌を口ずさみながら、オフィスでコンピュータを操作していた。歌のメインの部分をハミングし、リフレインの〝見ないふり〟の部分をくり返した。

そのときの光景はいまもジェラルドの脳裏に刻みこまれている。気づくこと、記憶すること。それがジェラルドの得意分野だからだ。巨大な帝国を築けたのも、察知して記憶するという能力があればこそだった。

だから、当然のようにその歌を記憶した。歌を口ずさんでいたのがエレンであったことに衝撃を覚えつつ——誰に想像できただろう？

あのエレン——杓子定規《しゃくしじょうぎ》で、堅苦しくて、信頼度抜群のエレンが。本来の自分を隠して、経理に徹していたエレン。帳簿係。そう、彼女には会計学の学位があったが、彼の帳簿をつけるのが仕事だったから帳簿係だ。優秀な帳簿係、度が過ぎるほどに。

まじめで誠実で慎み深いエレンの口から、あんな鼻にかかったセクシーな歌声が流れだすとは思ってもみなかった。一瞬、耳を疑ったが、あの歌声がきっかけで彼女を女として意識するようになった。そうしてはじめて、隠されていたものが見えてきた。

たいがいの女はむやみやたらに自分を飾り立てる。化粧を塗りたくり、シリコン袋で胸をふくらませ、ミニスカートにハイヒールをはき、派手な髪型をする……だからセックスした翌日、女の横で目覚めてみると、相手の半分は美人なのではなく、ただ厚化粧だっただけだと気づかされる。

ジェラルドは新たな目でエレンを見た。まじめで勤勉なエレン、首元から足先まできっちりと隠しているエレンが、じつはたいへんな美人だとわかった。本物の美女。本人さえその気になれば、男がほうっておかない。つまり、エレンは男からちょっかいだされずに帳簿をつけていたいということだ。

エレンはジェラルドがどうやって会社の設立資金を手に入れたかを探っていた。それに気づいたときは、エレンを首にするか、殺すしかないと思った。いや……結婚するという手もあるぞ。

ジェラルドはそんなことを考えた自分にたまげた。

彼女の歌声のせいだ。ジェラルドの好みは、気遣いができて、賢すぎず、セクシーな女だった。そしてセックスは荒々しいぐらいがいい。エレンの美しさに気づいたあとも、彼女を抱きたいとは思わなかった。

だが、あの歌声……そう、あの声の女なら抱ける。そこには軽やかな色気があって、ベッドのなかではすごいのよと訴えていた。ふだんのエレンからはあまりにかけ離れているので、スピーカーをオンにしたiPodでもあるのではないかと彼女の机の上をまじめに探したほどだ。なかった。抱きたくなる声で歌っているのはエレンだった。

ベッドのなかのエレン。たぶん実際にそういうことになったら、教えてやらなければならないことが多いだろう。だが、セックスのうまいへたなど、二の次だ。金持ちの好きな女は掃いて捨てるほどおり、ジェラルドは超大金持ちなのだから。

それよりも、ワシントンで契約相手とつきあうときに、伴侶として恥ずかしくない女かどうかのほうがずっと重要だ。ワシントンの大物たちは男女の別なく奔放な恋人を確保している一方で、〝家族の価値〟とやらにやけにうるさい。

そうとも――やわらかな声と公認会計士の資格を持つ、慎み深い女なら、妻として申し分がない。

そこで彼女をベッドに連れこむべく作戦行動を展開した。いつもなら五分もあれば陥落、最人かかって三十分もあればおつりが出るくらいだった。ジェラルドの誘いを歯牙《しが》にもかけなかったのだ。

彼女が落ちないとわかったときは、びっくりした。ジェラルドの誘いを歯牙にもかけなかったのだ。

いったいどういうことなのか。

ジェラルドはハンサムな大富豪で、権力も持っている。その下半身には女が群がる。ひょっとするとレズビアンなのか? だが、ふたりの部下に彼女を監視させてみたが、同性にしろ異性にしろ、恋人らしき相手はいなかった。会社と家の往復で、帰宅後はテレビを観るか読書をするかしたら、早めに寝床につき、朝は早い。毎日、判で押したような暮らしぶりだった。

まいったな。修道女と結婚するようなものかもしれない。しかし、それがどうした? たまに抱けばいいだけで、性生活の妨げにはならない。何人か子どもができたら、愚かなペンタゴンの裏情報も隠し立てせずに話せるようになる。

そんなことを勝手に思い描いていたら、あの女が消えてしまった。会社のパーティでジェラルドの部下と話をしたあとのことだ。酔った拍子にイラクの件で口をすべらせたアーレン・ミラーは、その代償を払わなければならなかった。

エレンは忽然《こつぜん》と消えた。それから丸一年、彼女がいつ勇気を出してFBIに駆けこむだろうかと気の休まる暇がなかった。

ジェラルドをこけにしてはならない。それは鉄則だ。そんなことをした人間は徹底的にやり返され、そのあと十年、その残骸を拾い集められる破目になる。

そしてようやくエレンが見つかった。なんと、きれいではあるが味気なくて、口紅すら塗らないエレン・パーマーが、あのイブ、官能そのものの声を持つイブだった。

イブは正体不明の人物として人びとの好奇心をおおいに刺激し、誰それが彼女を知っているとかなんとか、まことしやかな噂《うわさ》が流されてきた。CDにもサイトにも個人を特定できる情報は載っていない。レコーディングは会社という守りに幾重にもガードされていた。なるほど、この程度のことならエレンにもできただろう。

最近はみな考えが浅い。

イブにはエージェントがおり、このエージェントには名前があった。ロディ・フィッシャー。シアトル在住。ロディ・フィッシャーはイブを歌手として抱えたことを骨の髄から悔やむことになる。

ジェラルドはインターコムを押し、自家用ジェットを準備してシアトルを目的地とする飛行計画書を提出するよう命じた。

コロナドショアズ
サンディエゴ

それは悪夢のなかで幾度となく再現されてきた。そのたびにクリッシーは叩きつけられた小さな肉体となり、彼は激しい動悸《どうき》とともに汗まみれで目を覚ました。アフガニスタンから帰国したあとも、本人がアフガン製の携行式ロケット弾《RPG》でずたぼろになっていたにもかかわらず、夢に見るのは五歳で死んだ妹のことだった。怪物に殺された妹の。

ハリーは起きあがると、裸のまま、太平洋側に突きだした小さなバルコニーに出た。気が向けば、夜の闇のなかを海岸に出て、一時間ほど泳ぐこともある。

最初のころは生きているのか死んでいるのかわからないような状態で、歩くことすらままならず、回復の望みを失いかけていた。そして夜になると、不自由な体でビーチに出て、ただただ遠くまで泳ぎたいと思ったものだ。戻ってこられなくなるまで泳ぎ、波間に消えてしまいたかった。

そんな考えに完全に取り憑《つ》かれていた。

そんなときだった。同じコロナドショアズの同じ建物に住む兄弟ふたりが、そんなハリーを案じて交代で寝ずの番をしていることに気づいた。

最初の数カ月は、ふたりに銃器まで取りあげられた。ハリーが口汚く罵《ののし》ろうとどうしようと、そんなことで動じるサムやマイクではなく、もはや自殺の心配はないと納得するまで銃を返してもらえなかった。

それと相前後してハリーは酒を飲むようになり、夜ごと黙々と酒に溺れた。ふたりはそれを黙認してくれた。酒で死ぬには相当の時間と労力がいる。ハリーにはそこまでの根性はなかった。二日酔いの気分の悪さは半端ではない。口がからからに渇き、頭がずきずきして、よろよろとバスルームまで行っても、ビールとウイスキーの粘ついた液体を細く吐くことしかできない。まったく食欲がなかったせいで、吐こうにも胃の中が空っぽだった。

やがてそんな自分にうんざりした。

それでようやく、どうせ生きなければならないのなら——いまいましいことに、兄弟たちが死なせてくれなかった——以前の力強さを取り戻したほうがいいと気持ちを切り替えた。するとと兄弟たちはノルウェー出身のサディスト、ビョルンを連れてきて、空き部屋が設備の整ったジムになった。ハリーはそれから数カ月、ひたすら体を動かした。夜には筋肉痛に襲われ、汗で体じゅうの水分がなくなり、疲れすぎて考えられなくなっていた。

それでも眠くはならなかったが、脳裏に映像が浮かぶことはなくなった。

だが、体調が戻るにつれて、ただのウェイトトレーニングやトレッドミルでは意識を飛ばせなくなった。

ハリーはリビングに戻り、カウチに腰かけた。このリビング、いや家全体が、ハリーの人生の映し鏡――ハイテク仕様で空疎――だった。ジムの設備も、ワークステーションも、AV機器も最新仕様。あとは空っぽ。ベッドとデスクとカウチしかない。

ステレオセットはボーズの最高級品だ。ハリーはそのスロットに最新の〝ドラッグ〟を挿入して、ヘッドホンをつけると、カウチに寝そべった。美しい歌声の最初の一節が耳に届く。ジャンキーがヘロインを打った直後は、ちょうどこんな感じなのだろう。

ああ……。

イブ。この三カ月ですっかり有名になったが、ハリーは彼女の曲をはじめて聴いたときからの熱烈なファンだった。当時の彼女はまだ無名で、『スタンド・バイ・ミー』をジャズ風にアレンジした一曲だった。

この世のものとは思えない歌声だった。のっけから心を奪われ、いまいる場所ではないどこか、もっといい場所に連れていってくれた。そこは幼い女の子が男から殺されずにすむ場所、女が足音を立てたからといって男から鞭《むち》で打ち殺されない場所、RPGで人が吹き飛ばされない場所、いっそ死んで楽になりたいと願わずにすむ場所だった。

イブは鼻にかかったベルベットボイスの持ち主で、正確に音程をたどりつつ、歌詞を明瞭に発音した。彼女はどんな歌でも歌いこなした。騒々しいロックから、内側をのぞきこむようなジャズ、感情に訴えるバラードまで、どんな歌でも完璧に歌えたので、ひとたび彼女の歌を聴いてしまうと、それ以外の歌い方が想像できなくなった。過去にたくさんの歌い手が歌っているのを何千回と聴いてきたにもかかわらずだ。

彼女の歌の半分はカバーだった。彼女がそれを録音して世に出せば、それが決定版となって、ほかの歌い手の出る幕はなくなった。驚いたことにCDジャケットの宣伝文句によると、ほかの半分は本人の作詞作曲だった。そしてどこにも書いてないけれど、控えめなバラードの何曲かは彼女が自分でキーボードを弾いているのではないかとハリーは思っていた。

すべてが謎に包まれていた。これがマーケティング戦略なら、大成功だ。ネットには彼女の正体を問う声があふれ、ファンたちはCDを買いに走った。ユーチューブでは夕日や海原や風に揺らぐ木の映像しかないのに、数千万回単位の再生回数をほこった。

誰も彼女の正体を知らないからだ。

写真はないし、インタビューを受けたことも、コンサートを開いたこともなかった。彼女の正体は極秘扱いだった。

ネット上には彼女のことを取りあげる記事があふれた。やれ黒人だ、白人だ、美人だ、目もあてられないほど不細工だ、年寄りだ、いや若い……

ハリーにはどうでもよかった。体重百五十キロのカバだろうと、顎が七つに割れていようと、関係なかった。ひとたび彼女のCDを挿入して、ヘッドホンをつければ、世界は——そのなかに住むハリーもろとも——どこかに吹っ飛んでしまう。

大衆紙はイブの正体を取り沙汰する記事を目玉とし、ピープル誌やUSウィークリー誌は彼女の正体を暴きだそうと特集を組んだ。ナショナルエンクワイアラー紙は、彼女がビル・クリントンの隠し子だとの説を展開した。ジョージ・クルーニーや教皇を父親とする説もあり、そのへんは週替わりだった。ハリーはイブを宇宙人とする説が飛びだすのを待っていた。なんだっていいさ。

ハリーは横になったまま目をつぶり、彼女の歌声に身をゆだねた。いつしかリビングの窓の外に広がる暗い夜空が白んで、真珠色に輝きだした。

七時になると、しぶしぶヘッドホンを外してシャワーに向かった。ふたたび新たな一日に向きあわなければならない時間がめぐってきた。

シアトル

ロディ・フィッシャーは保管庫に投げ入れられた。投げ入れたのはジェラルド・モンテスの部下、マッケンジーとトレイだった。

ジェラルド自身は居心地のいい椅子に腰かけていた。情報を引きだすには時間がかかると踏んでいたからだ。だがフィッシャーを見るなり、その考えを改めた。このふぬけなら、すぐに決着がつきそうだ。

辣腕《らつわん》エージェントであるロディ・フィッシャーは、ぽっちゃりした小柄な男で、まだ乱暴にも扱われていないというのに、早くも半泣きになっていた。暴力に訴えるのはこれからだ。対するジェラルドは元兵士。厳しい訓練を積み、相手の攻撃に耐える屈強さを身につけている。その点、この男は標的としてあまりにやわだ。はやりの恰好《かっこう》に、手入れの行き届いた爪をして、筋肉などどこにも見あたらない。とはいえ、フィッシャーの顔はまだ見ていなかった。保管庫に運ぶ際、部下たちが彼にフードをかぶせておいたからだ。尋問の基本——対象を混乱状態に置きつづけるべし。そしてびびらせるべし。

そしてびびりあがったロディ・フィッシャーは、パンツまで濡《ぬ》らしている。

意気地なしめ。

ジェラルドは手で合図した。暗いままの保管庫に、スポットライトが明るく灯《とも》った。部下のひとりがフードを脱がせると、フィッシャーは千ワットの明かりに顔をしかめた。

フィッシャーにはこちらの顔すら見えていないが、それでもジェラルドは、嫌悪を隠してポーカーフェイスを取り繕った。フィッシャーは目を泣き腫らし、垂れた鼻水で口に張ったダクトテープがてかついている。車内で縛りあげて頭にフードをかぶせたものの、あとは監視するだけでなにもしていないのに、早くもこのていたらくだ。

背後に控えているジェラルドの部下すらまだ見ていない。部下たちは大工仕事に使いそうな道具類を横にして、待機していた。人体対象の大工仕事。切ったり、引っぱったり、削ったり。フィッシャーには、血やDNAを受けるために彼の椅子の下に敷かれている防水シートも見えていない。

部下たちが手を伸ばして、フィッシャーの口のダクトテープをはがした。それだけで、フィッシャーが縮みあがる。なんと小心な、お坊ちゃまぶりだろう。

「ああ、神さま」フィッシャーが洟《はな》をすすりながら言った。涙に湿った、悲痛な声だった。「ここはどこだ？　なにが望みだ？」眉をひそめる。「金だろう？　金目あてなんだな！　ズボンのポケットに入ってるから、出してくれ」興奮しているせいで、手が自由にならないことに気づかず、ポケットをひっかいている。やがて、片方の腰を持ちあげた。「ここだ。クレジットカードが三枚ある。遠慮せずに全部持ってってくれ。盗難届は出さない。それに、現金も二千ドルある。さあ、取って。すべてやる」希望に満ちた顔が明かりのなかに浮かびあがった。

椅子の愚か者に、こちらの望みが金ではないとわかるまで、ジェラルドは待った。フィッシャーは打ちのめされて、がくりとうなだれた。

長い沈黙をはさみ、ジェラルドはおもむろに口を開いた。

「エレン・パーマーはどこだ？」静かに尋ねた。すなおに吐けばそれにこしたことはない。

情報を入手しだい、この男を片付けて立ち去る。この一件を終わらせるまでには、やらなければならないことがたくさんある。時間がかかればかかるほど仕事に穴があき、金を失う。

「誰?」フィッシャーの額に皺《しわ》が寄る。予想外の問いに困惑しているのがわかる。ストレスのかかった状態で、ここまでの演技のできる男ではない。やわな民間人には無理だ。

「イブだ」

フィッシャーの顔から皺が消えた。「ああ、イブ。悪いが、そいつは極秘扱い――」

トレイのパンチで、フィッシャーの腹から息が叩きだされた。パンチと呼ぶのもはばかられるような、黙って話を聞けという忠告代わりのパンチだというのに、フィッシャーはサイレンばりにわめきだした。おいおい。ジェラルドは声が静まるのを待った。フィッシャーは洟を垂らしていた。

「イブだ」ジェラルドはくり返した。

フィッシャーが首を振った。「言えないんだ。契約書に――」

頭の上にもう一発。歯も揺れない程度の軽い一発だったが、ふたたびわめき声が響きわたった。

「わかった、言うよ、言う!」

やれやれ。その情報に興味があるからこの場に留まっているものの、本来ならこんな男は部下に任せる。こんな男を尋問するとは、なんたる時間の無駄だろう。

椅子をフィッシャーに近づけてこちらの顔を見せ、膝のファイルを開いて、写真を何枚か取りだした。最初の一枚を掲げ、ベアクロウ社のウェブサイトに載っていた堅苦しいポートレイトをひっくり返して、フィッシャーに見せた。

写真を指でつつき、「エレン・パーマーか？」と尋ねた。

フィッシャーが目をみはった。「いや」と言ってから、トレイの手が後ろに引かれたのに気づき、縛られた手を上げて首をすくめた。「殴らないでくれ！　わたしが知っている彼女の名前はイレーネ・ボールだ。歌手のときはイブと名乗っている。エレン・パーマーという名前ははじめて聞いた」

トレイが指示を仰いだので、ジェラルドは黙ってうなずいた。トレイが手をおろし、愚か者が音をたてて息をついた。

「それで」ジェラルドは軽く身を乗りだした。「彼女とはどうやって、どこで会う？」

フィッシャーが肩の力を抜くのがわかった。安全な自陣に戻れたと思っている。民間人の致命的な愚かさがこんなところにも表われている。

「わたしは有能なエージェントで、シアトルが拠点だ。ブロークンモンキーズとか、パーシュートとか、イザベルとか、聞いたことないかい？」なんと、ジェラルドに感心してもらえると思っているらしく、期待をあらわにしている。ジェラルドが黙っていると、やがて膝に視線を落とした。「仕事柄……」フィッシャーは深呼吸した。「わたしはクラブや酒場によく出かける。シアトルのミュージック・シーンはレベルが高くて、才能のあるミュージシャンを輩出してきた。あの夜、わたしは〈ブルームーン〉というクラブにいた。スカウトのためじゃなくて、人と会うためにね。〈ブルームーン〉じゃいつもへたくそな歌手が舞台に立っていた。歌声もおそまつなら、キーボードの演奏も最悪だった。だが、それはそれ、ビールはうまいし、椅子は坐《すわ》り心地がいい。だから、約束の相手と話をしたら、店を出るつもりだったんだ。そしたら、いつもの歌手が死んだとかで、別の女が歌っていた。それがなんと……彼女の『見つめていたい《エヴリ・ブレス・ユー・テイク》』を半分も聴いたら、彼女が本物の歌手で、本物の金の卵だとわかった。誰だか尋ねたら、店のオーナーは肩をすくめて、ある日ふらっとやってきたウェイトレスのひとりだという。書類もなにもないが、そんなもんさ。あの店が特別なわけじゃない。店の従業員の半分はもぐりだ。彼女が歌いだして五分もすると、店内から話し声が消えて、歌いおわった彼女はスタンディングオベーションを受けた。あんな光景ははじめてだ。で、わたしは彼女に近づいた。腹をすかせた無名の歌手、ただのウェイトレス——わかるだろう？　わたしが契約を結んでやったら、感謝されると思っていた！」

フィッシャーは男同士のささやかな共感を求めて、あたりを見まわした。ジェラルドは首を振った。この愚か者の世界を混乱させてやるのがおもしろくなってきた。

「で」ジェラルドは小声でうながした。「彼女と契約したんだな？」

「そうだ。だが、彼女は思いの外、手強い交渉相手だった」泣き言が混じる。「だいたいのミュージシャンは、音楽業界にうとくて、業界に入ってからだんだんに学んでいく。なかにはいっさい学習しない者もいる。ところがイレーネ――イブ――はビジネスセンスがあった。それまでに契約したどのミュージシャンよりも、徹頭徹尾タフだった。そう、数字に強かったんだ」

そうだろうとも。ジェラルドは苦々しい気持ちになった。あの女は数字に強い。そしてわたしの帳簿に通じている。

「それもまだ序の口だった。わたしがギグやレコーディングのことを話しはじめると、彼女は急に興奮しだして、頭ごなしに注文を出した。コンサートは開かない、レコーディングだけ、レコーディングスタジオには人を入れず、ミュージシャンとサウンドエンジニアは別の入り口から別室に入れろと言う。インタビューは受けない、写真は禁止、ウェブサイトにも登場しない。あれもだめ、これもだめの、だめだめづくしだ。彼女はそれを譲れない条件として出してきた。はっきり言って、うんざりしたんで、そのまま帰りかけた。でも、そのあとふと思いついた……」愚か者はいま自分が置かれている立場を忘れ、過去を思い起こして、ほほ笑んだ。「最初のアルバムはゴールドディスク、二枚めはプラチナディスクに輝いた。画期的なマーケティング方法だったのさ」

くだらない。さっさとまとめに入りたい。

「それで、そのイレーネだかイブだかの住まいは？」

フィッシャーは首を振った。「まったく知らない」

こんどはトレイの拳が血を招いた。愚か者の悲鳴がやむと、ジェラルドは再度尋ねた。

「彼女はどこに住んでいる?」

「知らないよ!」フィッシャーはどなった。「彼女はわたしにさえ秘密にした! 契約書に載っている住所はシアトルの私書箱のものだ。誰も彼女がどこに住んでいるか知らない」

このふぬけに嘘《うそ》をつくだけの根性があるとは思えない。くそっ。

「電話番号は?」

フィッシャーの目に希望が灯った。すらすらと述べた。このアホから聞きだせるのはこれだけだ、とわかった。

「よし、これでおしまいだ」ジェラルドは立ちあがり、フィッシャーがその動きを熱っぽい目で追った。おめでたいことに、もう用事がすんだと思っている。ジェラルドはトレイをちらりと見た。「片付けておけ」静かに命じて、部屋を出た。

廊下に出ると、トレイが指示どおりサイレンサーを使った証拠に、銃声もかすかにしか聞こえなかった。

サンディエゴ

サンディエゴの市街地まで来たエレン・パーマーは、とびきりモダンで洗練されたビルの外側に取りつけられた小さな真鍮《しんちゅう》の銘板を見た。そこに書かれた住所と、破り取ったナプキンに走り書きされた文字を見くらべ、同じであることを確かめた。ほんとうは確認するまでもなかった。映像記憶に近い記憶能力があり、とくに数字がからんだときは絶対に忘れない。

モリソン・ビルディング、バーチ通り一一四七。

間違いなくここだ。

エレンには自分がなにをしているかわかっていた。二の足を踏んでいるのだ。柄にもなく。これまで生き延びてきたのは、即断即決で行動に移してきたから。ぐずぐずしていたら、とうに墓のなかだった。だから二の足を踏むのは、エレンらしくない。

でも、くたくたなのだ。逃げることに疲れ、嘘をつくことに疲れ、それこそ文字どおり顔を伏せていることに疲れた。ちかごろはどこもかしこも監視カメラだらけだし、エレンの敵は精度の高い人相認識プログラムを使っている。この一年、日中に顔をさらすことはほとんどなかった。

安全な場所へ向かっていると確信しているいまこのときですら、大きなサングラスをかけ、伸ばした髪で顔を隠している。あと手に入れるとしたら、大きな麦わら帽子くらいだ。

通りに面した高さ四メートルのドアの上にはまぐさ石があって、そこには二台の監視カメラが設置されていた。エレンは下を向いてドアをくぐると、ガラスと大理石からなる広大なロビーを突っ切り、エレベーターに乗った。目指すは九階。エレベーターのなかで無名の誰かでいることはむずかしい。四方とも磨きあげられたブロンズなので鏡なみに姿が映り、角には小型の監視カメラまであった。

二台の監視カメラに守られたRBKセキュリティ社に入るには、ブザーを押すか、右側に設置された最高レベルのセキュリティパネルをいじるかしかなかった。ドアノブがないのだ。

エレンがさらに深く顔を伏せると、頭上からうなるような音が聞こえた。いやだ、ここのカメラは動くのね！

考えてみれば、セキュリティ会社なのだからあたりまえだ。そして、とても優秀な会社であることが判明した。

それでいい。そうでなければ、命を守ってはもらえない。

エレンはブザーを押した。クリック音がして、ドアが音もなくスライドする。おずおずとなかに入ると、心臓がどきどきしてきた。

ほんとうに来てよかったの？　もし間違いだったら？　間違った相手にわが身を託そうと

しているのだとしても、もう引き返せない。究極の代価を支払うことになる。

すてきなロビーで、豪華さと居心地のよさが両立していた。観葉植物は青々と茂り、やわらかなクラシック音楽が小さくかかっている。かすかなレモンの磨き剤のにおいがして、こっくりした色のビロードを張った肘掛け椅子が置いてあった。U字形のカウンターの奥にいる秘書が、笑顔で出迎えてくれた。

「チャールズさんですか？　社長のレストンはまもなくまいります。おかけになってお待ちください」

一瞬、エレンは反応できなかった。秘書がほかの人に話しかけていると思ったのだ。だが、そこにいるのはエレンひとりだった。

気が動転して、目をつぶった。当然でしょう？

なにを考えていたのだろう？　ノラ・チャールズの名前で予約を入れていた。そんな名前、映画ファンならすぐに偽名だとわかるのに、電話をかけたときは投げやりになっていたし、サンフランシスコでサンディエゴ行きのバスを待つあいだに『影なき男《ザ・シン・マン》』、『夕日特急《アフター・ザ・シン・マン》』、『影なき男の影《シャドー・オブ・ザ・シン・マン》』の三本立てを観たせいで、主人公の妻の名前が頭にこびりついていた。映画館でオールナイトで映画を観るぐらいしか、身をひそめる方法を思いつかなかった。

今回の移動をはじめたのはおとといで、出発地点はシアトルだった。それから三日間、毎日一、二時間しか眠っていない。

けれど、疲れていることなど言い訳にならない。偽名を忘れるのは、恐ろしく危険だ。かたときも警戒を怠らなかったからこそ、いまもこうして生きていられる。一瞬、偽名を失念したことで、死ぬかもしれないのだ。そして、この一年でわかったことがあるとしたら、まだ自分は死にたくないということだ。そう、エレンはなにがなんでも生きたかった。

ノラ・チャールズはこの十二カ月で十五個めの偽名だった。ほかをすべて忘れてこの名前だけを覚えておくのよ、と自分に言い聞かせた。

ノラに現実味を与えるため、頭のなかに偽物のノラを描いてみた。そのとき、受付の秘書が唐突に言った。「承知しました、そういたします」

本人が思っている以上に疲れているのだろう。秘書が誰と話しているのか、わからなかった。ロビーには誰もおらず、電話も握っていない。と、秘書が片方の耳にとても小型かつ高価で目立たないイヤホンをつけているのに気づいた。そういうことか。

ぼんやりしていてはいけない。もっと早くに気づかなければ。

ほんとうにあぶなっかしい。疲れが溜まっているせいで、愚かになっている。愚か者は悲惨な死に方をする。ジェラルド・モンテスとその軍隊にかかったら、ひとたまりもない。

「チャールズさん？」

エレンは顔を上げた。「はい」

「レストンはまだ出社しておりませんが、いまボルトの手があいております。ボルトもわが社のパートナーです」

「あの——レストンさんがいらっしゃるまでに、どれくらいかかりますか?」

「あいにく、はっきりしたことはわかりませんで」秘書は親切そうな顔をしていた。高級オフィスではめずらしいことだ。見るからに金回りのいい一流企業の従業員は、気位が高くてよそよそしい。だが、この人はやさしそう。まるでこちらの事情を察してくれているように。

「かなり遅くなるかもしれません。ボルト氏もとても優秀ですよ」

ああ、神さま。RBKセキュリティのことを教えてくれたケリーからは、サム・レストンに応対してもらい、彼に命を救われたと聞いている。けれど、ボルトとかいう男のことはなにも聞いていない。場合によっては、身の危険に怯える女たちを救いだす仕事はサム・レストンが秘密裏にしていることで、そのボルトという人には内緒かもしれない。だとしたら、どうなるだろう?

エレンは一瞬目をつぶった。人生を一年前まで巻き戻すか、一年後まで早送りしたかった。一年後には新たな生活をはじめているか、死んでいるか。いま手を打たなければ、痛めつけられながらゆっくりと死んでいくことになる。

ジェラルド・モンテスは許すということを知らない。

けれど、エレンも即断即決を続けている。そんな訓練を受けたことはないし、それが正しい判断なのか、人生を投げ捨てることになるのかわからないままに。

日々刻々、有名なリドル・ストーリー『虎か女か？』のように、二者択一を迫られている。そしていまは疲労と睡眠不足のなかで決断を強いられている。どう選んだらいいの？

受付の秘書の目を見た。エレンは人を見る目には自信があった。こうなったら直感に頼るしかない。秘書は穏やかにエレンを見返した。事実そうであるとおり、三日間寝ていないように見えるおかしな女からまじまじと顔を見られているのに、動じる様子がなかった。瞬時に決められるはずの決断に何分もかかった。

ただ、この一年の決断がすべてそうであったように、この決断には命が懸かっている。

秘書はゆったり落ち着いていて、まなざしは温かかった。行き場を失って苦しんでいる人たちに慣れているのかもしれない。ここには毎日、そういう人たちがやってくるのかもしれない。

「わかりました」エレンはついに口を開き、手を握りあわせた。この選択が吉と出ますようにと、天に向かって祈りを捧げた。ただ、天上に誰がいるか知らないけれど、最近は留守にしていることが多いようだ。「ボルトさんにお目にかかります。よろしくお願いします」

秘書はうなずいた。「右側、ふたつめのドアにボルトの名前があります。お待ちですよ」

エレンはうなずくと、右手の広い通路に向かってゆっくりと歩きだした。受付を通りすぎるとき、秘書が顔を上げた。その目には励ますような色があった。

「心配しないで」秘書は小声で言った。「だいじょうぶ。ボルトがいいようにしてくれるわ」

いいえ。無理よ、そんなこと。二度といいようにはならない。

ハリーはデスクについて、最後のクライアントのことを頭から追い払おうと努力していた。そのクライアントとは、不動産帝国を相続したロンドン・ハリマンという女性で、タブロイド紙のウェブサイトにセックスの動画が公表されないようにしてほしいというのが依頼内容だった。

ネット上に動画が流れるのはかまわない、と言う。問題はそういうことではない。そもそも公表するために録画したもので、「プロらしい」できだと彼女は胸を張った。パンティのことで――いや、パンティがないことで――彼女が気を揉《も》んでいるのは、発表のタイミングと発表の場を選べないことだった。

それで、ゴシップサイトに動画が載るのを止めてくれと言う。彼女はこびるような笑みとともに動画のコピーを差しだし、あなたにも観てほしいと言った。それでハリーには合点《がてん》がいった――ロンドンは誘いをかけているのだ、猛然と。

こういう女はペニスのついている相手になら手あたりしだいに欲情するし、それが社交界のセックスの女神になるという野心を達成するのに役立つ男なら、なおさらだろう。美人なうえに、全身を磨きあげているし、着ているものにしても、ハリーなりに――サムの妻のニコールなら、数ドルの誤差で総額を言いあてられるだろうが——ざっと見積もると、十五万ドルほどになる。バッグも靴もサングラスも、大ぶりで派手な宝石類も、すべてデザイナーズブランドだ。

彼女は狙いすましたようにゆっくりと脚を組み、パンティをはいていない股間をのぞかせた。中央に滑走路のような陰毛が残っているだけで、あとは剃《そ》ってある。ここもやはりデザイナーの手が入っているというわけだ。

ハリーにしたらそんな女はごめんだが、サムとマイクからはハリーなら迷惑な客もうまくあしらってくれると思われているし、ふたりには恩があるので、黙ってくそったれな任務を受け入れていた。

それに、ふたりともハリーが性格的に女性に対して無礼をはたらいたり、不作法になったりできないのを知っていた。

その性格に本人が苦しめられているのだから、いい面の皮だ。

ハリーはまず通常の二倍の料金を伝えてから、おいしそうなロンドンが日替わりの男とセックスする動画について、相手の男の名前や、明日動画を公表すると言っている自称ジャーナリストのウェブサイトまで、具体的に聞きだしていった。

ロンドンが去って五分後にはオンライン・タブロイド紙のサーバーに侵入し、くだんのファイルを見つけた。そのファイルを抜いて、スパイウェアを植えつける。これで、さらに動画をポストしようとしたら、そのサイトのアーカイブ全体を修復不能な形ですべて消し、廃業に追いこんでやるという脅しが伝わるはずだ。〝くそ女の復讐者〟というメッセージをつけてやろうかと思いつき、すんでのところでそうしかけたが、想像するだけにしておいた。楽しめるところで楽しんでおきたい。

五分間で五万ドル。悪くない。そしてその半分の二万五千ドルは、兄弟三人でひそかに運営する地下ルートの〝ロストワン基金〟に行く。

ロンドンの信託基金から引きだされる金のうち、二万五千ドルの使い道は、毛皮でも、スパでの一週間でも、豪勢な家の改修でも、ペアのロレックスでもない。生きるために逃げている虐待された女たちのために使われる。ハリーたちのもとへやってくる女たちの多くは、着の身着のまま、嘘をついて家を出てくる。悲しいことに、子ども連れのこともよくある。そのまま家にいては、殴り殺されてしまう運命にあった。

ハリーたち三人は、そんな女たちに新しい人生を用意し、新たな人生をはじめるための金を渡してきた。

その活動には大きな満足感がある。ロンドンに通常料金の三倍をふっかけてやればよかった。もうあと何人かの幼い子どもたちに安全な環境を提供してやれたのに。

秘書のマリサからつぎの客を告げられたとき、ハリーは眉をひそめた。ミズ・ノラ・チャールズ。

サムと面談の約束だったが、ニコールのつわりがひどいとサムから電話が入った。少しよくなるのを待って、出社するという。

ハリーはサムのことをよく理解していた。たとえ核戦争が起こると言われても、ニコールの調子が悪ければそばを離れず、彼女の気分がよくならないかぎり、その場を動かない。サムにとってそこだけは譲れない。

いい心がけだとハリーも思う。ニコールのことはハリーも大好きだし、彼女がサムを幸せにしてくれていることに感謝もしている。そう、幸せに……彼女といるときのサムは輝いている――彼女が角を曲がるたび、あぶない目に遭うのではとパニックを起こすのはどうかと思うが。そして、なんと、そんなふたりのあいだに子どもができた。

サムは異常なまでの心配性をなおすつもりでいるものの、ハリーがにらむところ、それは無理な相談だった。サム・レストン。屈強で、ライフルが得意で、素手の喧嘩にも強い巨漢だが、こと妻に関してだけは、どうしようもないへなちょこになる。さらに娘が生まれたらどうなるのか？　サムのことだから、幼い娘をずっと小脇に抱えて、三十を過ぎるまでデートを許さないかもしれない。ありうる話だ。

そしてマイクは殺すという脅迫状を受け取った宝石商のもとへ、偵察に出かけている。だから、今日はハリーの担当だ。

それにしてもノラ・チャールズとは。誰かが『影なき男』を思いだすかもしれないと思わなかったのか？　ハリーはふとささやかな祈りの言葉をつぶやいた。神よ、偽名を名乗る女性相続人でありませんように。まだ四月だけれど、ロンドンひとりで一年分の〝女性相続人枠〟を使いはたしてしまった。

不愉快な依頼人の登場に備えつつ、スライドするドアを見つめた。

そのとき、マリサが内線ボタンを二度押した。社内で使われている暗号だ。そうか、ノラ・チャールズは特別なホットライン、秘密ルートを頼って電話をしてきたのか。

そして、オフィスに入ってきたのは、ハリーがこれまで見たなかでいちばんの美女だった。

RBKセキュリティの依頼人には、女が少ない。少なくとも、表向きの業務に関してはそうだった。顧客の大半はなんらかの理由で金が流出している企業で、それを止めてもらいたいというのが依頼内容だ。あるいは、セキュリティシステムのグレードアップを望む客か。ハリーとサムとマイクは相手企業の重役や、セキュリティ部門のトップから話を聞くことが多く、ときにはビッグガイ、つまりCEOがみずから乗りだしてくることもあった。そんな相手はおおむね男。そして、ときたまおかしな女性相続人が迷いこんでくる。

だが、いまオフィスに入ってきた女は、断じて相続人などではなかった。ごくふつうの服には、着たまま寝たかのように皺が寄り、爪は噛《か》みすぎて、短くなっている。目の覚めるような赤毛は乱れて肩に広がり、彼女が大きなサングラスを外すと、美しい緑色の瞳とともに、目の下のくまが現われた。

これが甘やかされた女相続人のわけがない。ハリーは暗い気持ちになりながら、立ちあがって彼女を迎えた。再生の道を探る女がまたひとりやってきた。

2

エレンはこわごわ奥へ進んだ。友だちのケリーを助けてくれたのは、RBKのRにあたるサム・レストンという人。するとこの人がBなのだろう。ハリー・ボルトだから。ケリーからサム・レストンの話は聞いていたけれど、そのパートナーであるほかのふたりについては聞いていなかった。ひょっとすると、取り返しのつかない失態を犯しつつあるのかもしれない。このボルトという男がジェラルドに連絡したらどうしよう？　みずから死刑執行命令書に署名するようなものだ。背後のドアが静かに閉まり、とっかかりのない広々とした面があらわになる。一瞬、背後をふり返り、ノブも蝶番《ちょうつがい》もないことに不安を覚えた。もう出られない。

右手の壁にあるボタンを押せばドアが開くらしいと気づくには、かなりの時間がかかった。どきどきしながら前を向くと、ハリー・ボルトが立ちあがりかけていた。まだ立ちあがり切っていない……。

雲を衝くような大男。あ然としてしまう……大きい。屈強そう。にこりともしない。

ジェラルドの手足となって働く男たちの多くは、こんな面構えをしている。集中力があって、一途で、物騒で、人を傷つけるべく訓練を積んできた男たち。

エレンは後ずさりをしかけて、踏みとどまった。この一年で学んだことがあったとしたら、恐いからといって、それをあらわにしてはいけないということだ。手のひらは汗ばんでいるけれど、手の震えは見せたくない。怖がっていることをこの男に悟られてはならない。

「ミズ・チャールズ？　どうぞ奥へ進んで、おかけください」ハリー・ボルトの声は淡々として太かった。動かずに、こちらをじっくり見ている。体が大きいので、じっとして相手を不安にさせないよう注意しているのかもしれない。

動悸を覚えながらも、エレンは広々としたオフィスを進み、デスクの向かいにある二脚の椅子の片方に腰をおろした。クライアント用の椅子だ。もしこれが現実で、ケリーが話してくれたことが事実であり、ハリー・ボルトがサム・レストンの同類なら、恐怖にかられたたくさんの女たちがこの椅子に腰かけてきたことになる。

その人たちはまだ生きているの？　裏切られはしなかっただろうか？　どこかの側溝や湖の底で腐敗していたり、殴り殺されたりしていないだろうか？

答えを知る方法はひとつしかない。

それでも恐怖がまさって、話をするだけの酸素を取りこめなかった。震えずに、しっかりとした声が出るようになるまで、待たなければならなかった。

ハリー・ボルトは待つのを苦にしていないようだった。エレンが坐ってから席につき、坐ったまま黙ってこちらを見ていた。

その瞳の色は変わっていた。茶色なのだけれど、金色と呼んでもいいくらい明るい。ワシの目みたい。エレンは心のなかで首を振った。ほかにもっと大切なことがあるのに、男の瞳の色のことを考えるなんて。自分の命が懸かかっているのよ。

何度か呼吸をくり返し、勇気を奮い立たせた。ハリー・ボルトは黙って待ち、まったくいらついたふうがなかった。

周辺から探ってみることにした。ちょっとしたテストのようなものだ。こちらの話していることが通じないようなら、外に出て、何日かかろうとサム・レストンを待てばいい。

何日も生きていられたらだけれど。今日の夕焼けを見られるかどうかもあやうい。

深呼吸。「まずは、ハトからよろしくと言付かってきました。元気でやっているから、ありがとうと伝えてほしいとのことです」

さあ、いいわ。彼の反応を見てみよう。

ハリー・ボルトはエレンの顔をじっと見て、うなずいた。「よかった」重々しい口調で静かに言った。「サムから聞いているが、いい人だそうだね」

正しい反応だ。合格。

〝ハト〟とはケリー・ロビンソンのことだった。実際にいい人だが、乱暴者の酒飲みと結婚したのが運の尽きで、その男に殺されかけていた。ケリー・ロビンソンというのは本名ではないし、エレンのほうは彼女にイレーネ・ボールと名乗っていた。身に危険が降りかかっているふたりにとって、本名かどうかなど些末な問題だった。

エレンは一年前、怪物たちに追いかけられているために名前を変えた女たちの世界の一員になった。そしていつしか、多くを語らずともわかりあえる同性の仲間ができた。

少し前のことだ。ある男性がエレンに好意を抱いていると、ケリーから聞いた。よく聞いてみると、相手はただデートに誘いたいだけだったが、エレンが異様に怖がっていることに気づいたケリーは、それで察しをつけ、とっておきの番号が書いてあるとっておきの名刺をくれた。それがRBK社の名刺だった。

「きみも似たような境遇に置かれているのかい？」ハリー・ボルトは抑えた声で尋ねた。

「ええ」エレンはささやいた。

「姿を消す必要があるのかな？」

それはもう。「ええ」

彼は少し前かがみになり、筋肉のついた二の腕に上体をあずけた。エレンは彼の手を注意深く観察した。大きくて傷だらけで強そう。その視線に気づいて、彼が手の動きを封じた。

エレンは顔を上げて、彼を見た。

「ぼくは敵ではないよ」

そうかもしれないし、そうでないかもしれない。

一秒たりとも警戒をゆるめることはできない。この男にはジェラルドの手先たちと同じように物騒な雰囲気がある。物騒さではむしろ上回るくらいだが、ただこの人は、ジェラルドや、彼の部下たち全員が持っている〝おれの邪魔をしたらミンチにしてやる〟というオーラを完璧に抑えこんでいた。

ジェラルドの部下のなかでいちばん大きい男と同じくらい大柄で、いちばんたちの悪い男と同じくらい屈強だった。それに、この人は兵士として特殊部隊に所属していた。RBKの共同経営者三人については、インターネットカフェで小さく表示されていた経歴に目を通してきた。自分の命を託そうとしている会社なので、三人のことを知っておきたかったのだ。だからハリー・ボルトがかつて特殊部隊の兵士で、トップクラスの強靭《きょうじん》さを誇りつつ、放っている雰囲気は……落ち着いている。そして、穏やか。

極度の緊張感が少しだけゆるんだ。

ふたりは互いに顔を見あわせていた。室内は静まり返っている。

どう切りだしたものか迷っていると、やはり穏やかな声で彼が言った。「けれど、きみには敵がいる」

エレンはぎこちなくうなずいた。

ああ、なんてむずかしいのだろう。

「最初から話してみないか?」彼がうながした。

エレンは深呼吸した。最初から。そうね。

「わ、わたしは会計士です。公認会計士」その発言と、煙となった自分の存在を考えてみて、言いなおした。「いいえ、以前はそうでした。別の人生では」

3

ひどい怯えようだ。いくら口でだいじょうぶだと言って聞かせても通じないだろうから、ハリーはいま自分にできる唯一のことをした。動きを封じて、彼女が心を開くのを待つのだ。傷ついて怯えている動物に対するのとなんら変わりがない。

ケガをしていないだろうか？　ハリーは首から下を見ないようにしたが、人一倍目がよくて視野が広い。外から見るかぎり骨折の様子はないし、ギブスも包帯もしていない。目の縁が赤いけれど、黒い痣《あざ》はできていない。

ケガがなさそうでよかった。彼女が痣だらけだったら、じっとしていられなかったかもしれない。

どうしたら女や子どもを痛めつけられるのだろう？　そんな男がいると思うだけで、怒りに頭が吹っ飛びそうになる。そんなことができる理由は知らないが、世の中には現実に暴力をふるう男がいる。折れた腕、外れた顎、黒く腫れあがった目元、ぼろぼろになった脾臓《ひぞう》……。

誰がそんな目に遭っても悲惨だが、この女性がそんな目に遭わされたら……想像しただけでむかむかしてきた。体つきはほっそりと華奢で、髪は赤く、クリーム色の肌にはシミひとつない。彼女に痣は似合わない。暴力による痣など言語道断だ。

見えていない部分にもケガはない。入ってきたときの身のこなしが優雅で、軽やかだったからだ。そのくせ、意志の力で苦労して足を運んでいるようだった。後退は許されないとでも言うように。

これがもし痛みがあれば、動きが緩慢になる。肋骨を折られたせいで浅い呼吸しかできなくなっていた女たちもいた。ハリーはそんな例を数多く見てきた。

「ぼくたちにどうしてほしい?」答えはわかっている、と思いながら尋ねた。悪い男たちから逃げたいのだろう。

そこでようやく、彼女が深い息をついた。「さっき言ったとおり、わたしは公認会計士でした。それも優秀な」

その声に滲《にじ》んだ誇らしさを聞いて、ハリーは内心、嬉しくなった。この人は完全には叩きのめされていない。そう、いまはまだ。そして、ここへたどり着いたからには、今後もそんな目には遭わせない。おれが許さない。

「そうでしょうね、ミズ・チャールズ」小声で相づちを打った。

彼女の目が泳いだ。本名ではないからだ。嘘の苦手な人だ。対するハリーは嘘つきのプロ。

まばたきひとつせずに、自分はランペルスティルツスキンだと名乗ることができる。

「ええ、まあ」持っていたバッグを関節が白く浮くほどぎゅっと握りしめる。「大学を出てすぐに、とてもいい働き口を見つけました。大企業の本社勤務で、サバナから五十キロほどの場所です。海外とも取引のある企業で、荷は重かったけれど、やりがいがありました」

言葉を切って、ハリーを見る。ハリーは表情を変えず、ただ息をしていた。彼女の好きなペースで話をさせたい。

彼女が視線をそらして、表情を曇らせた。「わたしは経理課の取り仕切りを任されました。入社直後にです。学位を取ったばかりの新卒者で、まだ資格証書のインクも乾いていない新米公認会計士には大役です。でも、在学中オールAだったので、社長がその成績を見て、経験はないけれど、やらせてみる気になったのだと思いました」

「それで？」彼女が黙りこんだので、先をうながした。

「成績がよかったからじゃなかった」膝に目を落としてから顔を上げ、口元に厳しさを漂わせた。「経験のないことが彼の目には好都合と映ったんです。その会社の会計処理はでたらめでした。税金も全額は払っていませんでした。彼のやっていることに筋道を見いだすのに、二年かかりました。国税庁《IRS》の査察が入らないのが不思議なくらい。でも、おもに合衆国政府の仕事を請け負っていたので……有力者の友人がいるのかもしれません」

ハリーは素知らぬ顔を続けつつ、かすかなとまどいを覚えた。合衆国政府から仕事を請け負うと同時に国外からも仕事を受けているとすると、警護かセキュリティの会社ということになる。国内のセキュリティ会社はすべて知っていた。

「そんな仕事をもらえて、とても嬉しかった。五つのオフィスを切り盛りして、百万ドル単位の企業の経理を任されたんです。でもそのうちに――おかしなことになってきて」ごくりと唾《の》を呑んだ。「社長がわたしの周囲を嗅ぎまわりだしたんです。で、わたしに無理を言うようになって……わかりますか？」

なるほど、そういうことか。彼は意識してポーカーフェイスを保った。ほうっておくと苦虫を噛み潰《つぶ》したような顔になり、傍目《はため》には怖いと言われている。彼女を怖がらせたくない。

「ああ」淡々と言った。「わかるよ」

彼女がこちらを見た。臆することなくハリーを見て、判断しようとしている。ハリーはされるがままになっていた。

苦痛ではなかった。彼女の瞳がとてもきれいだったからだ。サムの妻のニコール以上かもしれない。ただ、人をふり返らせるたぐいのあでやかな美女であるニコールに対して、彼女の美しさはもっと慎ましかった。ぱっと見てきれいだとわかるタイプではないが、ひとたびその美しさに気づいたら……おいおい。

仕事に集中しろ、とハリーは自分に厳命した。彼女はやっかいなことに巻きこまれている。いつひどく傷つけられるかわからず、悪くすれば命を奪われるかもしれない。物言いたげな海緑色の瞳とクリーム色の肌とハート形の顔に見とれていても、彼女の助けにはならない。と、彼女がふいにうなずいた。どうやら合格したらしい。この女性に読心能力がなくてよかった。海緑色の瞳に心を奪われたことがばれたら、怖がらせてしまう。いまの彼女には、間違いなく、男とつきあう気などない。服装も男の目を意識しておらず、安物で皺だらけだ。魅力的な女性にありがちな、挑発的な動きも見られなかった。

かりに、彼女に誘惑するようなそぶりがあったとしても、それを責めることはできない。彼女がここに来たのは保護を求めるためであり、ハリーはそれを提供する側にいる。そこでセックスに持ちこみ、ハリーを引き入れて味方につけようとするのは、理に適っている。だが、彼女から感じるのは不安と恐怖と、強い決意だけで、〝好きにしていいから、わたしを守って〟という雰囲気はなかった。

彼女が深呼吸した。「あの、社長はよくわたしのデスクに立ち寄って、わたしに腕をまわし――」そのときのことを思いだしたのだろう、彼女の表情がこわばった。「すぐに会社じゅうにわたしが彼のものだという噂が広まりました。そう、彼の恋人だと――いくら否定しても、取りあってもらえなくて。みな意味深な笑みを浮かべて、優秀さ以外の理由で雇われたのだろうと言わんばかりでした。それでも、むやみなことは言えません。相手は雇い主ですから」

「そして、それがしだいに悪化した」ハリーが言った。

彼女がまばたきした。「そうです」ハリーが読心術者でもあるような驚きぶり。そうではない。ろくでなしの知り合いがいただけだ。ろくでなし学という分野があれば、ハリーには博士号が授与されてしかるべきだ。

「恋人扱いされるだけでもうんざりだったのに、そのうち、わたしたちが婚約したという噂が流れて」ぶるっと身震いする。「彼が指輪を求めて宝石店をまわっているという話を聞きました。大きな指輪を。なにをするにも派手好きな人で、実際そうしていました。でも、わたしは仕事をやめたくて、探しはじめていたんですが、この景気では……」

ハリーはうなずいた。ＲＢＫ社は好調だが、この手の会社は社会状況が不安定なときほど需要がある。だからこその業績好調だった。

「そうこうするうちに、ありえないことに、社長がわたしを婚約者扱いしだして。実際はキスすらしたことがなかったのに！　とても強引な人だったので、会社じゅうが彼の話を鵜呑《うの》みにして、わたしたちをカップルと見なすようになりました。そして、一年前、あることが起きたんです。その日は、政府の仕事を受注できたことを祝うパーティが開かれたんです。大企業らしく、場所はサバナにあるハイアットリージェンシーの宴会場で、料理は有名シェフに頼みました」口元がゆがんだ。「ただ酒だっていうので、みんな多かれ少なかれ酔っていました。わたしはお酒を受けつけない体質なんで、しらふでしたけれど。それで、従業員のひとりが近づいてきて、社長の頭のよさを上機嫌で話しだしたときも、残念ながらしらふでその話を聞かなければなりませんでした。社長は合衆国政府から二千万ドル盗んだんだ、そんな利口な男と結婚できるんだから、きみは運がいいな、とその人は言ったんです」

ハリーが目をみはると、彼女がうなずいた。「ええ、そうです。はっきり言って、会社創業時の会計は帳尻が合わないものが多かったのですが、それで納得がいきました。会計上より多くの収入がありました。たぶん社長はわたしがその原因を調べているのを知っていたんでしょうが、わたしには自分がなにを探しているのか、わかっていませんでした」

ハリーは眉をひそめた。「その男から詳しい話を聞いたのか？　彼の名は？」

彼女がためらいを見せた。どの程度明かしたらいいのか、決めかねている。「はっきり言って、その人は酔いすぎていて、まともな話ができる状態ではなかったんです。でも、やけに自慢げで。わたしがそんな話は信じられないと言うと、携帯電話を取りだして、写真を見せてくれました。社長とふたりの男が写っていました。イラクで戦っていた兵士だと、彼は言いました。そして傍らには、束のドル紙幣を煉瓦《れんが》みたいに積みあげたパレットが何百とあったんです。彼は泥酔状態でしたけれど、写真はクリアでした。彼は言いました――翌日にはこの紙幣が全部なくなったのに、誰も気づかなかったんだぞ、と」

「そのあとどうなった？」尋ねるハリーはやはり小声だった。

展開が読めたような気がする。それでいて、彼女の話に集中するのがむずかしかった。話の内容は興味深いのに、彼女の声音にそれを上回る興味を覚えたからだ。やわらかで、鼻にかかっていて、かすかな南部なまりがアクセントになっている。欲望をそそりつつ焦《じ》らすようなその声が、なぜか懐しかった。もちろん、彼女とは初対面なのだから、そんなわけはないのだが、こんなときに幻聴とは、困ったものだ。

睡眠不足なのだろう。少なくとも訓練するのと同じくらいは、眠らなければならない。軍隊の優れた規則だ。

「わたしにその話をしながら、彼がお酒のせいで倒れそうになったのを、宴会場の向こうにいた社長が気づきました。社長はわたしと酔っぱらいを見ました。あんなに険悪な顔をした人を、わたしは生まれてはじめて見ました」思いだして、身震いする。「それで酔っぱらいの酔いもいっきに覚めたんです。彼はまっ青になって、いまの話は忘れてくれと言うと、あっという間に立ち去りました。あ然としました。社長が近づいてくるのがわかったので、柱の陰に隠れてそっと遠ざかりました。真実だとしか思えなかったから、考える時間が欲しくて。わたしが会計上に見つけた穴に説明がついたんです」

ハリーは彼女を見つめ、彼女の声音ではなく、話の内容に意識を向けようと苦労していた。軽いめまいがする。ひょっとすると、この女性はギリシャ神話に登場する妖婦のたぐいかもしれない。神話によると、ただの歌声なのに、そのあまりの甘美さに船乗りたちがわれを忘れて座礁したというではないか。そうだ、この声ならありうる。「それで?」

彼女は息をつき、バッグを引き寄せた。神経が高ぶっている。「つぎの日、彼が死体で発見されました。わたしに話をした酔っぱらいのことです。わたしがそれを知ったのは、早朝のニュース番組でした。物取りの犯行ということになっていましたが、わたしの知るかぎり、彼は不意を衝かれるような人じゃありません。道ばたに倒れていたその死体は、頭を撃ち抜かれて、現金とクレジットカードがなくなっていたそうです」

「銃の口径は？」

彼女の目が大きくなった。「え？」

口径からわかることは多い。だが、彼女はそれを知らない。「いや、いいんだ」ハリーは言った。「先を続けて」

「それでじゅうぶんでした。わたし、縮みあがっていたんでしょうね。その日は会社に行かず、病欠の連絡もしなかったんです。無断で休んでしまって。それがいけなかったんです。わたしのことを知っている人は、いつもと違うことに気づきますから」

「勤勉なんだね」ハリーがつぶやくと、彼女が誇らしげに顔を上げた。

「ええ、そうです。十二で働きはじめてから、病気で休んだことは一度もありません」首を振る。「それはともかく、その夜はずっと警察に行こうかどうか迷っていました。でも、地元の警察署長は社長と懇意で、たくさんの警官が社長が所有する射撃場をただで使わせてもらっていました。それに社長は遺族基金の大口寄付者でもあって、だから、わたしがなにを訴えても、信じてもらえる見込みは万にひとつもなかったんです。証拠があればまだしも、それもなかった。酔っぱらいが殺されたというニュースが流れたときから、すぐに警察に駆けこまなければつぎはわたしがやられることはわかっていました。そのときたまたま窓の外を見たら、わたしのコンドミニアムの玄関から通りをはさんだ向かい側にバンが停まって、男たちが出てきました。みな武器を携帯していて、ジェ――社長の部下でした」

ハリーは動けなくなった。「それできみは？」

「逃げました」彼女はあっさりと言った。

バンから男たちが出てくるのを見たとき、鮮明なパニックで頭が熱くなったことを、エレンは昨日のことのように覚えていた。

本能がすべてを凌駕《りょうが》した。先々のことも考えなかった。荷物をまとめる暇などなかった。車のキーをつかみ、読み古した『高慢と偏見』にはさんでおいた千ドルの現金を取りだすと、裏階段を駆けおりた。洗濯室を抜け、地下通路を走って裏手の駐車場に出た。彼女の車はそこに置いてあった。

思いつくなかでもっとも東に位置するATMまで車を走らせ、限度額いっぱいの現金を引きだすと、そこから西へ折り返し、考えつくかぎりもっとも遠い街まで長い長い旅をはじめた。目指すはシアトルだった。

「きみは逃げた」ハリー・ボルトは思案げに言った。太い声は穏やかで、ささやくように小さい。

エレンはうなずいた。「身を隠さなければならないことはわかっていました。社長は探しものが得意です。それが業務のひとつだし、放置するような男でもありません。だから……」エレンは目を上げてハリー・ボルトの顔に微妙ななにかを探った。こちらの言っていることを完璧に理解しているという印象を。それを見つけて、エレンは深い息をついた。

「たぶん彼はわたしを探しつづけます。そう、わたしが死ぬまで。わかってもらえますか？」

「わかるよ」と、静かな答えが戻ってきた。

そう、わかってくれている。これならなんとかなるかもしれない。

「夜のうちに車を走らせ、昼間はモーテルで寝ました。ときには一、二週間留まって、身分証の提示を求められない店でウェイトレスとして働きました。そしてようやくたどり着いたんです……北部の都会に。治安の悪い界隈に部屋を借りて、現金で払いました。なにも尋ねられなかった。家主の女性はわたしが部屋を借りたことを国税庁に報告しないつもりだったんでしょう。それから二日後、あやしげな店でウェイトレスの仕事を見つけました。雇い主には偽名を名乗り、書類も見せませんでした。雇い主は――ええ、よくしてくれました。たぶん、わかっていたんだと思います」

その雇い主はマリオ・ルッソといって、それなりの善人だった。大柄だし、全身これ部族のタトゥーだらけだしで、一見すると荒っぽい男だった。やっていたのは種々雑多な客が集まるファンキーなバーだが、酒には水を混ぜず、詮索はせず、身の程さえわきまえた客なら、ビール一杯で好きなだけ長居をさせた。寒さの厳しい日なら、なおさらのこと。

マリオはそんな義務もないのに、最低賃金より多めに給料を払ってくれた。それにチップを加えれば、家賃を払ったうえで食べていけた。なにも尋ねずに金曜の夜ごとに給料をくれ、客に度を越したふるまいがあると、なぜかいつもそこにいた。

「逃げだして一週間後ぐらいに、わかったんです――」喉が締めつけられるようで、ごくりと唾を呑んだ。そのことを考えると、毎回、胃がずりあがってくるような感覚がある。

エレンは自分を見ているハリー・ボルトを見た。相変わらず、いらだった様子も見せずに続きを待っている。全身の筋肉が動いていなかった。そのとき、ある事実が浮かびあがってきた。この人はどんなに時間がかかろうと、エレンのペースで話をさせてくれる。

いまのいままで、エレンの関心は彼が敵かどうかだった。この男に打ち明け話をしたら殺されるだろうかと、そんなことばかり考えていた。

だが多少緊張がゆるんできたせいで、男のそれ以外の部分にも関心が向くようになった。たとえば、人並み外れた長身であることとか。坐っていても、デスクの上にそびえているようだった。体つきはがっちりしていて、筋肉質。贅肉《ぜいにく》はなく、引き締まっている。そして肩幅の広いことといったら。こんなに広い肩を見るのは、はじめてかもしれない。

見惚《みほ》れるような肉体ではあるけれど、初対面で気づくのは別のことだ。そう、鉄を引き寄せる強力な磁石のような働きをするのは、彼の瞳。金色と見まがうほど淡い茶色の瞳は、一途で、知的で、老成した印象がある。

「きみは逃げだして一週間後になにかを見つけた」彼がさりげなく先をうながした。

エレンは深く息を吸った。「ええ。最初のうちはニュースも観ていなかったので。毎晩、へとへとになってベッドに倒れこむだけでした。でも、ある晩、自分が以前いた場所でなにが起きているか、探ってみる気になって」バッグのキャンバス地を握る手に力が入った。さもないと、手が震えてしまう。「社長は友人の警察署長にわたしが会社の金を百万ドル近く持ち逃げしたと届けでていました」

緊張に身をこわばらせ、失意のうちに彼の顔を見た。訴えられたショックがよみがえってくる。そのあとふた晩、眠れなかった。

彼が金色の細い目をしばたたいた。「よくもそんなでたらめを」彼の言葉を聞いて、エレンは長々と息をついた。ほっとしたのだ。

「ええ、ほんとうに。でも、社長はもっともらしい説明までしていました。地元のニュース番組から単独インタビューを受けたときに、なぜ彼女がそんな愚かな行為に走ったのかわからないが、最近、酒の飲み方がひどかった、と言ったんです」

そこでハリー・ボルトの目を直視したエレンは、ふたたび彼の憤りが熱く体に突き刺さるように感じた。「そんな嘘をつくなんて、雷に打たれて死なないのが不思議なくらい。わたしはお酒を飲まないし、お金を使いこんだこともありません。でも、まだあるんです」

「その社長はきみが死んだ男の恋人で、きみが彼を何者かに殺させたとほのめかした」ハリーが静かに述べた。その太い声には、心配いらない、と言っているかのような頼もしさがあった。

エレンはびっくりして、一瞬、絶句した。「ええ。どうしてそれを？」

「いま聞いた印象だと、その男は工作員《オペレーター》だ。複雑な要素を組みあわせて、自分に疑いが向かないようにしつつ、それをきみに押しつけている。そうしておけば、きみは表に出てこられないし、きみが訴えでても、誰も信じないからね。一石何鳥にもなる」

エレンは自分がいともたやすく敵の思う壺《つぼ》にはまったことに傷ついた。これは自分のせいでもある。プラインビルでは徹底して人づきあいを避けていたせいで、あの男は都合のいいように話をねつ造することができた。

ため息をついた。「それで、潜伏しなければならないことがわかったので、そうしました。丸一年。暮らしとも呼べない日々だったけれど、命だけは長らえて。ところが三日前、あることが起きたんです」

「誰かが死んだのか？」

「いいえ。わたしが知るかぎりは。でも、その一件ですっかり怖くなってしまって……うちに帰ろうとしたら、近所の店先で男がうろついていたんです。恰好こそホームレスでしたが、一瞬顔が見えて、一年前に社長が新しく雇った男だとわかりました。あのとき見落としていたら、いまごろ死んでいたでしょう。今日まで命があったのは、純粋に運がよかったからです。でも、それも永遠には続きません。わたしはあなた方がハトと呼ぶ女性と友だちになりました。打ち明け話をしたことはないけれど、彼女は察していたんだと思います。たぶん彼女も似たような境遇なのでしょう。この名刺をくれて、助けが必要なときは電話をして、サム・レストンを頼るように言われました」

エレンはバッグを開き、名刺を取りだして、テーブルの向こうに押しやった。エレンの手が震えていることに彼が気づいた。ワシのように鋭いまなざし。エレンは手を引っこめて、膝に戻した。

ハリー・ボルトはほとんど名刺を見なかったが、当然、よく知っているはずだ。ビジネスカードにしては風変わりだった。

カードの最上部には自由の象徴である飛翔《ひしょう》する鳥の絵が、すっきりとした筆致で描かれていた。あとは中央に電話番号が印刷されているだけの、あっさりしたカードだ。言葉も、名前も、住所もない。自由のシンボルと番号のみ。

その番号にしても、RBKセキュリティ社の対外的な番号とは別だった。それ以外の情報はない。デザイン化された鳥の絵と通話料無料の番号だけ。エレンはそこに電話し、秘書のひとりからどの街のどこへ来たらいいかを教えられた。

専用のホットライン。命からがら逃げだした女たちのための番号。ハリーがじっくりとこちらを見て尋ねた。「その男たちがどうやってきみの居場所を突きとめたか、思いあたるふしはあるかい？」

いよいよだ、とエレンは思った。「ええ、あります、残念ながら。さっき、バーで働いていたと言いましたよね。あやしげな店で」

彼が重々しくうなずいた。

「その店では火曜と木曜の夜にライブがあったんです。舞台に立っていたのは、年配のジャズシンガーで……はっきり言って……たいした歌い手ではありませんでした。長年のタバコと酒のせいで声はがらがらだったし、手も関節炎にやられていたし。でも、その店で二十年歌ってきたので客たちも慣れていて、店主の性格からして、その先も二十年は歌うはずでした。それがある晩、現われなかったんです。あとになってわかったことですけれど、心臓発作で亡くなっていました」ホノリウス・ライム。彼もまた、酒瓶の助けなしには人生の困難と向きあえなかった善良な男のひとりだった。かつては才能にあふれていたのに、その才能を水に流してしまい、ついでに人生も配水管を伝って流れ去った。

エレンはそんな人たちを身近に見て育った。才能があるのに弱く、夢のようなことばかり考えているうちに、人の情けにすがるしかなくなり、やがては墓場へと送られる。

そんな環境から抜けだしたい。その一念で生まれてからずっと必死に学び、働いてきた。

それがいまやこのざまだ。

そんなことをふと思うのは、疲れているせいだろう。そんなことを考えてもエネルギーの浪費だし、そんな余裕はどこにもない。

エレンは深呼吸した。「そのままだとライブが提供できないので、わたしが代わりに歌うと申してたんです」

このときはじめて、エレンは彼の顔に光が差すのを見た。ほほ笑んではいないが、おもしろがっているようだ。「きみには才能があるの？」

そう、それが問題だった。「いくらかは。哀れなホノリウスよりは、多少ましでしょうね。それで、毎週火曜と木曜に歌うことになって、わたしを疲れさせたくないと店主が言ってくれたんで、水曜と金曜は休ませてもらえるようになりました。新しい客がうんと増えたので、いまから半年ほど前のことですが、お客さんのなかにエージェントがいました。それで、わたしが歌いだして二週間後のある夜、ライブが終わったあと話をして、彼に勧められるまま、何曲かレコーディングしました。彼はいいスタジオを知っていたんで、全曲ワンテイクで、一日のうちにCD二枚分の楽曲が録音できたんです。片方は歌とキーボードとベースとサックスとドラムの構成。もう一枚は、大半がカバー曲。そう、自分でつくった曲も何曲か。ただ……暇つぶしにつくってみただけですけれど」

音楽がもたらしてくれる慰め。恐怖に彩られていたこの一年の逃亡生活中、慰めを見いだせることにどれほど感謝したことか。

「先々のことはあまり考えていなかったんです。その二枚のCDは偽名で世に出て……」困惑げに肩をすくめた。「一枚はゴールド、もう一枚はプラチナディスクになりました。まさかそんなことに――」

エレンは口をつぐんだ。ハリー・ボルトの表情が一変して、電気ショックを受けたようにびくりとしたからだ。顔が引きつり、険しくなった。大きな手をデスクについて、太い腕に体重をかけて前のめりになった。

「信じられない」つぶやいた。「きみがイブか」

ハリーは自分は驚くということを知らない人間だと思っていた。驚くに値することはすでにもう起きてしまったのだと。少なくとも、そんなことが二度あった。それに、デルタフォースでは、驚きをあらわにしないよう、徹底的に鍛えられてきた。

加入したときはまだ驚く能力が多少は残っていたかもしれないが、それも、デルタの訓練によって完全に叩きだされた。

それなのにいまは、太い角材で頭を強打されたようだった。

イブ。なんということだ。自分の目の前にイブが、ほぼ毎晩、頭に直接そそぎこんでいる南部なまり混じりのやわらかな声の持ち主がいるとは。

そして彼女は顎が七つに割れたカバではなかった。本物の美人だった。疲れ切って怯えているが、それでも輝きを放っている。どうりで彼女の話に耳を傾けているあいだ、内容に集中するのがむずかしかったわけだ。そんな自分にやましさを覚えていたが、いまその理由がわかった。

ハリーは、マイクのような尻軽男ではない。二年近く禁欲状態が続いている。そのうち丸一年はアフガニスタンにいて、そこは女をむやみにベッドに誘うと投石によって処刑される地だった。傷だらけになって帰還したそのあとの一年は、ひたすら回復につとめなければならなかった。

人生からセックスが駆逐されたような状態だった。だが、いまこの瞬間それをいっきに取り戻そうと腹をくくらなかったら男がすたる。目の覚めるような美女がそこにいる。彼女は怖がっていて、セックスのことを考えている余裕などなく、生き延びることだけを考えているのだから、ほんとうなら自分を恥じるべきだろう。

事実、恥じてもいる。けれど、不面目よりも勃起のほうを優先しただけだ。

そうとも。人呼んでミスター・自制心のハリー・ボルトが、脂汗を滲ませながら抑えこもうとしても勃起したのだ。この女性のなにもかもにそそられた。青ざめた肌は陶器のようだし、それと美しい対比をなすのが、こっくりとして艶のある豊かな赤毛。くまのできた、けれど美しい瞳。頬骨と顎のラインはほっそりとして優美だ。

疲労困憊《こんぱい》して、服は皺だらけ、目の下には濃い紫色のくまが浮かび、張りつめた糸のように緊張しているのに、これまで会ったどんな女よりも強力にハリーをその気にさせた。

それに……なんとあのイブなのだ。

そのショックが覚めやらないうちに、サムの部屋とのあいだにあるドアをノックする小さな音がした。ひょっこりサムが顔を出した。

「おれに来客があったって？」サムの顔には昨日はなかった皺が何本か刻まれていた。ニコールのつわりがひどかったらしい。だが、ここにいるということは、彼女の体調がよくなったということだ。そうでなければ、サムは出社してこない。

サムはノラ・チャールズ――あるいは本名がなんであれ、ハリーにはもはやイブとしか考えられないが――を見てから、ハリーを見た。緊迫した雰囲気を感じ取りつつ、ハリーのオフィスに入ってきた。

サムの登場によって室内の組成《そせい》が変わったため、ハリーも多少正気を取り戻して、ペニスをおとなしくさせようとした。

ノラ――イブ――はトラックに轢《ひ》かれたような顔をしている。正体を見破られたくなかったのだ。彼女の話からは具体的な名前がすべて省かれていたけれど、その穴も埋まった。北部の都市とはシアトルのこと。エージェントは、ブロークン・モンキーズとイサベルを発掘したロディ・フィッシャー。

サムがこちらを見ていた。サムはイブに目をやり、ふたたびハリーを見た。イブは椅子の端に浅く腰かけ、キャンバス地でできたノーブランドのバッグをぎゅっとつかんでいる。

怯え切っている。

そして自分はなんというぼんくらだろう。冷徹で情け容赦のないハリー・ボルトがたんなるミーハーに成りさがって、ただきれいなだけでなく、何十年にひとりという才能を持つシンガーであり、怖がってもいるこの女性を怯えさせてしまった。

ここへ来たということは、彼女の命が危機に瀕しているということなのだから、気を引き締めてかからなければならない。

ハリーはサムのほうを向いた。彼女をびくつかせないよう、ゆっくりと動いた。「来いよ、サム。イブに会ってくれ」

サムもまためったなことでは驚かない男だ。だから、ショックに目を見ひらいたのは、睡眠が足りていなかったせいか、あるいは妻が胃を裏返して吐くのを見ていたストレスのせいだったのだろう。

「イブって、あの歌手のか?」

「その情報は極秘扱いです」エレンは鋭い口調で言った。命にかかわる情報なのだ。

では、この男性がサム・レストンなのか。

エレンはじっくり観察した。ハリー・ボルトとはまったく似ていない。レストンの顔立ちは荒々しく、髪は黒っぽかった。ボルトは濃いブロンドで、顔が角張り、繊細な目鼻立ちをしている。それでいて、ある部分は同じだった。どちらも背が高くて、異様にたくましく、泰然としている。

危険そうなところも同じだった。改めて、ここへ来たのは間違いだったかもしれないと思った。もしそうなら、ケリーに間違った場所に誘導されて、みすみす命を投げ捨てることになる。

この男たちは危険にさらされた女たちをどこかへ連れ去る。そんな人たちなのだから、そのまなざしにはやさしさと思いやりがあふれていると思いがちだ。背は高いけれど、ソーシャルワーカーのようなものだと。

ところがこのふたりの外見はソーシャルワーカーとはかけ離れている。もし犯罪組織の元締めだとか、人殺しだとか聞かされたら、言葉どおりに受け取っていただろう。

やさしさも、思いやりも、慈悲深さも感じられない。

わたしはなにをしているの？

沈黙が一、二分続いた。エレンの喉は締めつけられて、話す気になれないほどからからだった。

「それで」ハリー・ボルトはまばたきをしない目を彼女に据えた。ワシのように薄茶色のまなざしには、人間味がなかった。「きみはイブなんだね？」

そうよ。そしてわたしは、それを突きとめられるほど多くの個人情報をあなたに与えてしまった。これであなたに助けてもらえなければ、わたしはおしまいよ。

いいえ、そんなはずない。くだらないことを考えてないで、ここを出なければ。急ぎの用事があるので、これで失礼します。

そうよ。いいえ。そうよ。いいえ。

「そうよ」思わず口走った。口に張ってあったシールが破れたかのように。そのことはエージェントしか知らない。ひょっとすると、店主のマリオは知っているかもしれない。タトゥーだらけのおおらかな外見の内側には、明晰《めいせき》な知性が詰まっている。だとしても、尋ねられたことはないし、エレンからも話さなかった。「そうなの。そして、わたしの元雇い主はそのせいでわたしを見つけたかもしれない。もちろん、制作サイドの人たちには守秘義務があるけれど」

エレンはロディに口外しないと誓わせ、機密条項を盛りこんだ契約書を交わした。情報をタブロイド紙に売ろうという気が起きないよう、抜け道をきっちりふさげる程度には、法律用語にも通じていた。ミュージシャンたちは別室で演奏し、別の入り口から出入りして、エレンの歌声は聴いていても、姿は見ていなかった。そうしてくれと、エレンが強固に求めたのだ。

ロディはまともに取りあっていなかったが、そこにマーケティング上の活路を見いだした。マスコミ業界の人間がウェブサイトを運営するなり、ブログを書くなり、フェイスブックで友だちとつながっているなり、ツイッターをするなりしていて、RSSフィードを流したり、リンクが張られたりすれば、正体が謎であることが抜群の宣伝効果を発揮する。

ハリー・ボルトはエレンに視線をそそいだまま、サム・レストンに話しかけた。「それで、サム、こちらはノラ・チャールズ、別名イブだ。おれたちの番号はハトから聞いたそうだ。イブ、彼がサム・レストン、きみの友だちに手を貸したのは彼だよ」

エレンは神経質になりすぎて体が震え、背中と胸のまんなかを汗が伝っていた。白い肌はストレスで氷のように冷え切っている。

サム・レストンは握手を求めようともしなかった。エレンが崖っぷちに立たされているのを感じ取っているのだろう。重々しくうなずき、「はじめまして」と低い声で言うと、パートナーであるハリー・ボルトの隣の椅子に腰かけた。

そして、エレンを見たままパートナーに話しかけた。「ハリー? 状況説明を」

いまやエレンはふたりから熱心なまなざしを向けられていた。そういうときは攻撃性を感じることが多いけれど、ふたりにはそれがなかった。そう……ひたむきなだけで。こちらの話にじっくりと耳を傾けるのと同じだ。ただそれ以外の情報をエレンの目つきや、手や、足から拾っている。内臓まで見透かされそうだった。

「ミズ・チャールズは会計士で、ある会社で働いていた。その会社は……南部に?」ハリー・ボルトが軽く眉を吊りあげた。

エレンはぎこちなくうなずいた。南部の貧乏白人なまりを消そうとずっと努力してきたけれど、まだ少し残っていて、ストレスがかかるとそれが強くなった。

彼は続けた。「パーティ会場で会社の同僚から社長がイラクにあった政府の金を盗んだと聞かされたそうだ。その額、なんと二千万ドル」

こんどはサム・レストンの眉が吊りあがる番だった。

「その同僚が翌日死んだ。額に銃弾をぶちこまれて。追っ手が迫ってきたので、彼女は逃げた。彼女の雇い主は警察に訴えたうえ、彼女が百万ドル横領して、それを口にした男を殺したのではないかとマスコミに流した」

その話を聞くたびにエレンの胸は痛んだ。人から後ろ指をさされない生き方をしたくて必死に働いてきたのに、それが打ち壊されて、いまではその破片が足元に転がっている。

「わたしはやっていません」エレンは静かに告げた。

サム・レストンが眉をひそめる。「もちろん、きみじゃない」

室内に静けさが広がった。

「きみを追っている人物の名前を教えてくれないか?」沈黙を破って、レストンが尋ねた。

「きみを助けるためには、どんな脅威が迫っているか、知っておかないとな」

彼らに名前を教える？　心臓がどきどきした。全身の細胞という細胞が、やめろ、と叫んでいる。この一年、ひとりでその名前を抱えこんできた。

ジェラルド・モンテスが合衆国政府から二千万ドルを盗んだのを知っているのは地球上に自分ひとりという可能性も、おおいにある。その秘密を知る人物が少なくともひとりは消されたのだから。

自分が死んだときに備えて、その事実を誰かに伝えておかなければならない。

目の前にいるふたりの男のことは知らないが、そのうちのひとりは、自分の友だちが暴力から抜けだして新しい人生を築くのに手を貸してくれた人だ。この人たちに秘密を打ち明けても心配はいらない。このふたりなら身を守るすべを知っている。

それに……この寂しい秘密をひとりで長く持ちすぎた。人生を破壊したその秘密を打ち明けたいという思いがどこかにある。彼らに話せば、頭上に垂れこめている黒々とした悪意の雲に隙間ができ、人生に日が差すのではないか。

ひとつ深呼吸をして、そのために命を落としそうになった秘密をふたりに分け与えた。

「会社はベアクロウ。わたしの元雇い主はジェラルド・モンテスです」

通電したように、室内の空気が一変した。男ふたりが顔を見あわせた。

一瞬の目配せだったが、その行為がエレンのパニックに火をつけた。

感情をひた隠しにする癖がついているので、たぶんふたりはエレンの心のなかに赤く警告灯が灯ったことに気づかないだろう。だが、頭のなかでは、魚雷が近づいてきたとき潜水艦のなかで鳴り響く野太いサイレンの音のように、パニックがごうごうと響きわたっていた。やってしまった！

彼らはジェラルドとベアクロウを知っている。

おそらく友人なのだろう。同業者なのは確かだし、仕事で組むこともあるのだろう。ジェラルドの犯罪を隠蔽したいと考えるのは、当然の流れだった。

エレンは瞬時に悟った。ジェラルドの同類に保護を求めるなど、正気の人間のすることではなかった。逃亡生活一年にして、敵の懐に飛びこんでしまうとは。

巨大な手に肋骨を握りしめられているようで、息が苦しかった。意識しないと、頭もまともに使えなかった。

自分の生死は、このあと数分の自分の動き方いかんにかかっている。

「これです」すらすらと言うと、バッグを開いた。「携帯に写真が保存してあるので、お見せします……」言葉を切り、眉をひそめる。あまり大げさでなく、かすかにとまどいを滲ませる。「どうしたのかしら……」

顔を上げて左を向き、記憶をたどるふりをした。淡々と、冷静に。

「携帯がなくて……ああ、いけない！」思いだして、目を見ひらく。立ちあがり、体は逃げろと叫んでいるけれど、ゆっくりと動く。「下で住所を調べたときに、バッグから落ちたんだわ。すぐに戻ります」

走っちゃだめ。でも、きびきびと。

ふたりに引き留める隙を与えなかった。つぎの瞬間には受付エリアに出て、まばゆいばかりの笑顔を秘書に向けた。「忘れ物をしちゃって」声を張りあげた。「すぐに戻ります！」

通路に出ると、エレベーターのドアが閉まりかかっていた。エレンは体調維持のため、毎日みすぼらしいアパートで運動してきた。その甲斐あって、走るとぎりぎりで間に合った。金属に穴があかないのが不思議なくらい、一階のボタンを強く押した。

恐ろしく長く感じた。ようやく小さな音とともにドアが開くと、通りに面した巨大なガラスのドアの外に飛びだし、まぶしい日差しに目をしばたたいた。こんども逃亡する女たちの女神が味方をしてくれたらしく、タクシーが縁石に近づいてきて、乗客を降ろした。

見るからに動転していたのだろう。タクシーの運転手からぎょっとしたような目で見られながら後部座席に飛びこみ、予約を入れてある小さなホテルの住所を早口で告げた。「十分以内に連れていってくれたら、料金の倍を払うわ！」

運転手は若く、まだ大学生のような顔をしていた。「了解！」にこりとすると、腰を浮かせてアクセルを踏みこんだ。タイヤがきしみ、エレンは座席の背に押しつけられた。その調子よ。事故さえ起こさないでくれれば、なるべく早くホテルの部屋までたどり着きたい。

あのふたりに見つかる心配はあるだろうか？　そのことをエレンはくり返し考えた。〝飛翔する鳥"へ電話をかけたときは、自分の携帯ではなく、グレイハウンドの駅の公衆電話を使った。だが、見つけておいたホテルは、ここからわずか二キロ足らず。そこまで追ってくるだろうか?

たぶん。仕事上、彼らには資源がふんだんにあり、そのなかには人手も含まれる。エレンは寝る間も惜しんでここまで来た。RBKに行く前も、顔と手を洗うのがやっとだった。だとしても、ホテルに長居するわけにはいかない。そして……。

頭がまっ白になった。

どこへ行けばいいの?

考えるのはホテルに着いてから。いまは疲れにパニックが重なっている。ほとほと疲れた。この一年が、三日間が、コンクリート製のコートとなってずっしりと両肩にのしかかってきた。即決するのは得意なのに、いまはなんの閃《ひらめ》きも浮かんでこない。

逃げるしかない。もう一度。でもどこへ?

ジョージア、シアトル、サンディエゴ……地理の上から言えばつぎの目的地は北部のニューイングランドになるが、寒いのは大の苦手だから、潜伏するならメインかバーモントあたりがいい。

そこまでどうやって行こう? ジェラルド・モンテスと同じぐらい恐ろしいハリー・ボルトとサム・レストンに気取られることなく移動するには、なにを使えばいいの?

ジェラルドはふんぞり返って歩きまわっている。彼が危険なのは、感情の起伏が激しくて荒々しい一面があるからだ。

その点、ハリー・ボルトを危険だと感じたのは、彼の目に明晰な知性があったからだ。暴力的な男に追われるのは恐ろしい。だが暴力的なうえに知性を備えた男となると、恐ろしいを通り越して、脅威になる。

ああ、神さま。

恐怖に押しつぶされそう。エレンは震えながら、目を閉じた。つぎはなにが起きるの？　完全な外れくじを引いてしまった。とりあえず、携帯電話の電源が切ってあるのを確認しておこう。安い使い捨てのプリペイド携帯で、ふだんは電源を切り、どうしても必要なときしか使わないようにしている。RBKセキュリティに突き止められるとは思えないけれど、用心するに越したことはない。

エレンはバッグのなかをまさぐって、目をみはった。RBK社を飛びだす口実がまぎれもない事実であったことに気づいたのだ。ほんとうに携帯電話を忘れてきてしまった。建物の外に落としたのではなく、ホテルに置いてきてしまった。これから向かうホテルからは、早々に退散しなければならない。

町並みがしだいにみすぼらしくなり、タクシーがホテルの前に停まった。エレンは代金を払って、入り口に急いだ。

大きな手につかまれ、車の側面に叩きつけられた。拳銃を持った何者かがこちらに走ってくるのがわかる。体に痛みが走り、世界が視界の隅から闇に呑まれていった。

4

ハリーはサムの視線を受け止め、顔をしかめないように気をつけた。サムの目はひどく充血して、まるで血管が破れたようだ。ニコールのつわりがはじまったのは今朝ではなく、昨夜から続いていたのだろう。

サムは絶世の美女と結婚した。サムは彼女にぞっこんだし、向こうも彼を愛している。ふたりのあいだには、望んでやまない女の子が生まれようとしていた。その楽しみに比べたら、何晩か眠れないぐらい、なんだというのか？

どうということはない。

「モンテス」サムはうなるように言った。「あの腐れ外道」血走った目が怒りに燃えあがった。「やつを倒しに行くぞ」

ベアクロウ社は合衆国の全軍から忌み嫌われ、なかでも特殊部隊からは目の敵《かたき》にされていた。モンテスは部下たちに自制を求めず、交戦規則はないに等しい。〝おれの邪魔をするやつは撃ち殺す〟という態度が交戦規則に入るのであれば、別だが。

ひじょうに優秀な兵士が四人、ベアクロウ社の強引なやり口が直接の原因となって無残な死に方をしたし、ハリーが知っているだけでも二度、ベアクロウ社の男たちはたんなる不注意から兵士のいる場所を火炎放射した。

「そうだな」そのジェラルド・モンテスがイブを追っている。考えただけで、ハリーの胃は締めつけられた。モンテスは合衆国兵士を踏み台にして金儲けをしてきた極悪人。倒すことに異存はない。そしてイブには、指一本触れさせない。

イブと言えば……。

「まずい！」いきおいよく立ちあがったせいで、ハリーの椅子がひっくり返ってしまった。

サムの赤い目がハリーをとらえた。「どうした？」

「彼女は逃げたんだ。戻ってこない」瞬時にそう悟った。イブは逃げた。なんらかの原因で怖がらせてしまったのだ。自分たちの言動のなにかが原因になった。いまやどこにいるかわからず、あのくそジェラルド・モンテスにあとを追われている。

全身の毛が逆立ち、腕の毛がドレスシャツのごわついたコットンにこすれた。細胞という細胞が恐怖にあえいでいる。

恐怖という感覚には慣れていない。怒りや憤怒ならわかるが――恐怖？　あのクソ野郎のロッドにクリッシーを殺されたのを最後に、怖いという感覚が消滅した。最悪のことは、すでに起きてしまった。妹が壁に叩きつけられ、床にできた血溜まりのなかに横たわっていた。それをまのあたりにすることに比べたら、自分が死ぬことなど、たいしたことではない。にもかかわらず……いまのこの感覚はそのときのものに近い。比類のない美女イブが、危険にさらされて怯えている。

イブはジェラルド・モンテスの弱みを握っている。情け知らずのモンテスは、彼女を消すことになんの躊躇《ちゅうちょ》も覚えないだろうが、ただでは殺さない。彼女の美しい頭のなかに自分を害するどんな情報が入っているか探るため、徹底して痛めつけるだろう。

それでなくとも、彼女はモンテスに人生を台無しにされた。彼女が横領した証拠をねつ造し、モンテスを窮地に立たせた男の殺害まで彼女のせいにした。さらに地元警察まで味方につけているのだから、彼女が出頭できるわけがない。

ジェラルドがイブをとらえたときにできること――するであろうこと――など、思い浮かべるのもおぞましい。ジェラルドは彼女を生け捕りにしようとしている。ばかではないから、シアトルまで追っているのは間違いない。彼女はみずから……そう、罠に……飛びこもうとしている。

ハリーは三台ある最新鋭のコンピュータの一台を起動し、サムはそれを目を丸くして見ていた。ハリーがキーをふたつ叩くと、ビルの外側の通りが鮮明に映しだされた。

「いたぞ」ハリーは言った。「ここだ」

モニターには、建物の入り口の前で乗客を降ろしたタクシーに駆け寄るイブが映っていた。

タクシーは彼女を乗せるや、急発進した。

ハリーがあるキーを押すと、映像が停止した。ナンバープレートを拡大表示する。その部分を選んでコピーし、いまのような急ぎのときに備えてつねに起動してあるデータベースに直接入った。

そのデータベースには、タイヤ《T》・プレッシャー《P》・モニタリング《M》・システム《S》のＩＤが登録されていた。自動車の安全走行を支援するＴＰＭＳは、車両の追跡にも圧倒的な威力を発揮する。圧力測定デバイスが定期的に圧力を測定して、それを車に搭載されたコンピュータに送るのだが、車にはそれぞれ固有のＩＤが割りふられており、こうした安全対策の副産物として、二〇〇七年以降に製造された全車が手軽に追跡できるようになった。

くだんのタクシーはプリウスの二〇〇八年モデルだった。

小さな電子音とともに、ふたつめのモニターにそのＩＤとサンディエゴの地図が表示された。

「リム！」ハリーは武器庫に走った。ケブラーの軽い防護衣をまとい、ショルダーホルスターにキンバー１９１１をおさめて、ベルトに弾倉を三つ装着し、耳に通信システム装置をはめた。

武器庫の右側にあった拳銃を手に取った。ここにある銃はすべて未登録で足がつかない。

モンテスの部下たちに取り囲まれれば、殺しあいは避けられないだろう。

最後にジャケットをはおってこうしたもろもろを隠してから、ドアに走った。「ヘンリーにガレージからSUVを出させろ。あとで車から電話するから、タクシーの追跡を続行してSUVのGPSに転送してくれ。それと、タクシー停止地点の監視カメラを切るんだ」

いつもなら、こういうときはハリーがコンピュータを担当する。サムが得意とするのは作戦の立案であり、ハリーはコンピュータの申し子だった。だが、今回はサムにコンピュータを任せるしかない。イブを追うのは自分以外に考えられないからだ。

サムはモニター前の席に陣取った。ハリーほどコンピュータに詳しくないのは、自分でもわかっていた。現実問題として、そんな人間はほとんどいない。だが、そのハリーから一任されたのだ。

「任せとけって」サムはハリーの車に搭載されているコンピュータに画像を転送するよう設定した。「おまえは彼女がモンテスの手に落ちないようにすることだけ考えてろ」

「了解」言うなり、ハリーは部屋を飛びだした。

ガレージを管理するヘンリーは、スパイダーマンなみの超感覚で超過勤務をしていたのだろう。ハリーが玄関から飛びだすと、縁石に停めた愛車チェロキーのエンジンはかかり、運転席のドアは開いていた。ハリーはGPSの画面をにらみつけて、車を急発進させた。

「彼女はラークを下ってる」イヤホンからサムの冷静な声が聞こえてきた。

「みたいだな」ハリーは道路状況が許すかぎり飛ばした。タクシーは四ブロック先を走っている。前方の信号はまだ黄色……。

ハリーは急ブレーキを踏み、腹立たしさにハンドルを殴った。配送用の大きなバンが横道からふいに現われ、ゆっくりと目の前を横切っていく。信号が赤になっても突っ切るつもりでいたが、とんだ邪魔が入ってしまった。

車内は防音仕様なので外の音が聞こえないとはいえ、タイヤが悲鳴をあげるのを承知で、信号が変わった瞬間に飛びだした。バックミラーには、ふり返ってこちらを見る人たちの顔が映っていた。

車には過酷な扱いだが、知ったことではない。大切なのはイブの目的地まで一刻も早くたどり着くこと。モンテスの手下どもが待ち伏せをしていたら、彼女が捕まえられてしまう。

彼女が罠《わな》に向かって歩いているという感覚が、刻一刻と強くなっていく。

ハリーは画面上に表示されている自分の会社の番号を押した。かかるのに五秒かかった。RBKセキュリティ社と外部とのやりとりはすべて、専用の通信衛星を介して行なわれている。この衛星を所有しているのは、カナダにあると見せかけつつ、じつはバハマに拠点を置く会社だった。この衛星を使えば、ブルートゥースによる通信とは違って、通信内容を傍受されずにすむ。

「はい？」ロストワンの雑事全般を担当するマリサだった。彼女自身がこの活動によって救われたので、仕事にもおのずと熱が入る。女を追う男たちがどんな手を使ったとしても、マリサのかくまった女たちがRBKに逃げこんだことを突き止めることはできない。

「マリサ！」ハリーはどなった。「ノラ・チャールズは携帯から電話してきたのかい？」

キーを打つ音に続いて、マリサが淡々と答えた。「いいえ。公衆電話です。場所は……」さらにキーの音。「グレイハウンドのウェストブロードウェイ駅」

前方の信号が青色に変わった。ハリーはアクセルを踏みこんで交差点に突進し、ティーンエイジャーが運転するムスタングをよけた。彼女までの距離は二ブロックに縮んだ。

「助かったよ、マリサ」ハリーはほっとした。もし彼女が携帯からRBKにかけ、ベアクロウがその携帯電話を手に入れていたら、RBKのことまで知られてしまう。まだつきには見放されていないようだ。通常業務にはいっさい使わないその番号は、やはりカナダを迂回してバハマで登録されている。だが、彼女が携帯の電源を入れていれば、それだけで連中は彼女の居場所を突き止めることができる。

携帯がどこにあるか知らないが、いまは電源が切ってあることを祈るしかない。

カーティス・ホテル。タクシーを示す小さな赤い点が止まり、彼女の宿泊先がわかった。すぐに地図を重ねるよう声で指示し、ホテルの名前を読んだ。わずか一ブロックの距離だった。

めいっぱいアクセルを踏みこみ、ひと目で状況をとらえた。片手はハンドルに置いたまま、キンバーを取りだした。

タクシーが立ち去るやいなや、男がふたり物陰から現われた。どちらも銃を携帯した大男。女ひとりを捕まえるのに、たいした重装備だ。ひとり目がイブの腕を背後からねじりあげて、バンの側面に押しつけた。

イブはショックに青ざめ、茫然《ぼうぜん》とうなだれた。

男はイブをひっぱたくと、腕をさらに高く持ちあげ、かがんで彼女に指示を出した。続いて、縁石に寄せてあるオフホワイトのパネルバン、フォード社のトランジットへと押しやった。もうひとりがバンの荷台のドアを開けた。荷台は空っぽで、何枚かブランケットが積んであるだけだ。ドアを開けた男は四五口径の拳銃を脚に添わせていた。

バンに乗ったら二度と出られないと察したらしく、イブは足を踏んばっていた。彼女を抱える腕に抗い、劣勢に立たされつつも、あきらめていない。ハリーは抵抗するイブと、彼女を手の甲でふたたび殴った虫けら一号と、それを傍観している虫けら二号を見た。

イブが暴力にさらされるのを見て、血が沸き立ち、全身がわななくほど激高した。自分のすべきことを心得ている手だけは、動じることがなかった。

ハリーはブレーキを踏むや、肩でドアを押して通りに立った。まだ車の揺れもおさまっていない。

イブを抱えている男に突進した。男はいま一度、彼女をトランジットの車体に叩きつけておいてから、ジャケットの内側に手を入れた。心得のある人間の反応だが、ハリーと伍《ご》するほどの訓練は受けていない。そんな訓練はこの世にない。

兵士の本能が武装した男を先に襲えと叫んでいた。武器を手にした男と、これから武器を手にしようとしている男がいたら、いま見えている武器を先に片付けなければならない。

だが、もはやいっときもイブが手荒に扱われるのを見ていられない。イブを抱えている男に駆け寄り、素早く横に動いて男の足を払うと、ぐらついた男を腰で払って転がし、盾として自分の前に構えた。

銃を持った男が発砲しはじめた。自動拳銃から規則的に銃弾が撃ちだされてくるが、その弾の標的になっているのは盾代わりの男だ。ハリーはその後ろでただ銃弾の衝撃を受け止めていた。

銃を持った男が撃つのをやめて、銃口をイブに向ける。だが、そのときにはハリーが拳銃を持ちあげて、引き金を引いていた。頭に二発。男は石のように倒れ、中空に舞うピンク色の霧だけが男の頭のあった位置を示していた。

三秒とかからなかった。

イブは気絶して倒れている。だが、彼女を助ける前に男をもうひとり片付けなければならない。反対側——運転席側——のバンのドアが開く音がした。ハリーは地面に伏せて、両足首を撃った。骨片が地面に散らばる。男の悲鳴を無視してバンの前方をめぐり、わめき散らしている男の頭を容赦なく連射した。

この虫けらどもは、できることならイブを生け捕りにしてこいと命じられていたにちがいない——いざとなれば、殺すにしても。三人とも武器を携帯していた。イブに暴力をふるっていた男のジャケットをはだけると、使いこまれたホルスターにグロック17がおさまったままになっていた。女ひとりを制圧するぐらい、素手《すで》でじゅうぶんだと思ったのだろう。

ハリーはその脇腹を力いっぱい蹴った。死んでいるのが残念だ。できることなら、もう一度殺してやりたい。蹴ったのは生きていないのを確認するためだと言い訳しつつ、自分でもただの口実だとわかっていた。ハリーのなかの原始的な部分がこの虫けらの胸を切り開いて、心臓をつかみだし、犬に食らわせたがっている。イブに触れるものは殺す。

下を向いたとたん、心臓が止まった。長く感じたその一瞬、鳥肌が立つほどの恐怖にみまわれた。

そんな。

そんなことがあってたまるか。つと目をつぶり、もう一度開けた。足元のアスファルトに異状はなかった。車のまわりに男の死体が三体散らばっているだけだ。

こんな残酷なことがあるだろうか。そんな思いが脳裏をよぎった刹那、体じゅうの細胞が反対の声をあげた。人生はときに残酷なものだ。この世界は底無しに残酷な場所だった。ときとして心が粉々になるようなことが起きる。

ふたたび目を開けても、そこに広がる光景は変わらなかった。

イブは身じろぎもせず、仰向けに倒れていた。血が白いシャツと腕を赤く染め、背中の下に血溜まりをつくっている。と、血溜まりがはじけて流れだし、肉眼では判然としないアスファルトの溝に沿って縁石の端からしたたりだした。

ハリーは膝をついた。もう立っていられなかった。

そんなはずはない。否定の言葉が心臓に重く響いた。

まさか。

考えることすら拒絶した。クリッシーを救うことはできなかったが、その歌声によって自分を助けてくれたイブは絶対に救うつもりだった。

救えるはずだった。それがあるべき姿だった。がむしゃらに運転していたときも、モンテスのクズどもと戦っていたときも、一度として彼女を救えないかもしれないとは思わなかった。

イブを救わなければならなかった——自分自身の魂を救うために。通りを流れ、側溝に落ちていく血が、わが血のように感じられた。

怪物にばかり勝たせるわけにはいかない。ハリーの人生は意味を必要としていた。怪物を阻止できる能力は、その意味を与えてくれる。せめて一度だけでも。

膝をついて、彼女に顔を寄せた。涙が目を刺す。最後に泣いたのは、クリッシーの死体を前にしたときだった。世界一かわいかった妹が怪物によって殺されたあのとき、ハリーは気を失うまでのあいだ、ずっと涙を流しつづけた。

回復に要した数カ月のあいだも、骨がすり潰されるような耐えがたい痛みがあったけれど、泣くことはなかった。世界じゅうの痛みがハリーの肉体に集まってきたような痛みだったにもかかわらず、一度として涙を流さなかった。

その涙がいま目から噴きだしている。ハリーは力を失ったイブの体を抱き寄せた。なぜ今回も助けられなかったのだろう？　イブを救えないなら、なんのために生まれてきたのか。この命はすべてのイブたちを救うためにあるのではなかったのか。

あと数秒早くビルを飛びだしていたら、道に車がいなかったら、彼女がオフィスを出たあと立ちすくんでいないで、すぐに反応していたら。後悔の念が高々と積みあげられていった。抱きあげたイブは、羽根のように軽かった。涙がこぼれ落ち、彼女の胸の血を滲ませた。彼女を抱えたまま、天に向かって、世界に向かって、大声で運命を呪いたかった。

サイレンのくぐもった音が頭に飛びこんできた。時を忘れて悲嘆に暮れていたが、世界はいまも動いている。発砲事件があったとの通報を受けて、警察が急行してきたのだ。

ハリーは腕のなかの女を見おろした。まもなく警官が到着する。彼女の正体はあばかれ、その死がありとあらゆる新聞で報道される。

モンテスはそれを読んで、大喜びするだろう。

だめだ。敵に塩を送るようなことはできない。こんども、まぎれもない悪が勝ちをおさめた。モンテスには彼女がまだ生きていて、終わることのない脅威が続いていると思わせてやる。部下たちはもう口をきけない。このまま彼女を運び去れば……。

ハリーはぴたりと動きを止め、眉をひそめた。彼女のまぶたの奥で、眼球が動いている。

やはり……生きている！

イブが生きていた！

死ぬなよ。ハリーは心のなかで命じつつ、彼女を抱えたまま楽々と立ちあがった。

サイレンの音が大きくなってきた。ＳＵＶの助手席を倒してそっと彼女を横たえ、運転席側にまわってエンジンをかけた。

パトカーが到着したときには、現場から二ブロック離れていた。バックミラーを見ると、銃を抜いた警官が六人降りてきて、あたりを調べている。警官のひとりがイブを抱えていた男の首筋に指を二本、押しあてた。

ハリーは交差点を横に折れて、警官たちの視界から消え、車を止められないように制限速度を守った。

ちらっと横を見ると、イブはいまだ死体のようだった。肌は冷えびえとして青ざめているが、完璧さをあざ笑うように血痕が飛び散り、肩と体の側面は深紅に染まっている。痛々しく傷つき、意識を失っていてもなお、彼女は美しかった。魔法のような声の持ち主というだけではなく。

イブは死なない。おれが死なせない。

この命と引き替えにしようとも。

5

ジョージア州プラインビル

まだ連絡してこない。モンテスが派遣したのは三人――合衆国政府によってひとりあたり百万ドルをかけて訓練されたのち、さらにもう百万ドルをかけて特殊な訓練を施した男たちだというのに、その三人がこちらからの電話に出ない。音沙汰なし。この地球から消えたかのようだ。

なんたるざま！

凝った造りの肘掛け椅子に坐っていたモンテスは、椅子の肘を叩いた。緑系統のシルクで織られたブロケードが張ってある。事情がわからないことが無性に腹立たしかった。

くそエレンの携帯電話が確認されたあたりには複数の監視カメラがあったが、すべて十一時四十七分ちょうどに切れた。トレイがテキストメッセージをよこしたのもその時刻だった。

タクシーにて荷物到着

カメラが切れたのはその直後だ。

そのときは、部下たちが誘拐の証拠を残さないために監視カメラを切ったのだと思っていた。あの売女《ばいた》を消すことになるかもしれないのだから、しかるべき用心だといえる。

もちろん、指示は出してあった。生きたまま捕まえてくるのが望ましいと、はっきり伝えておいたが、不測の事態が起きたらそうも言っていられない。

彼女が知っていることを突き止め、どこかに証拠を隠していないかどうかを探るには、生かしておかなければならない。モンテスはそう自分に言い聞かせていた。あながち嘘ではないものの、まったくの真実でもない。

はっきり言って、彼女を罰したかったのだ。朝、目を覚ますとそれを思い、夜眠りにつくときもそれを思った。そのあと浅い眠りに落ち、彼女の夢を見た。

それがこんなことになろうとは。

なにもかもエレンが悪い。すべて、あの売女のせいだ。

金。詰まるところ、すべては金のためだ。

警備もつけずに無造作にパレットに山積みされていた紙幣の束を独り占めしたとき、モンテスはそれが記念すべき第一歩になるのがわかった。その思いが閃光《せんこう》のように脳裏を走ったのだ。これで人生が変わる、これで経済を動かす大物のひとりになれる、と。

そのとおりになっただろう？その金で一国に値するほどの土地と、軍隊がつくれるほどのマンパワーを手に入れたのだから。

開戦当初、保安の仕事はたやすく摘み取れる果実のようなものだった。川の水が大海に流れこむように、次々と依頼があった。その後……流れがゆるやかになり、ちょろちょろとしか入ってこなくなった。

いくつかの事件がペンタゴンに報告された。当初、モンテスは、深刻にとらえていなかった。数人のイラク人が殺されたからといって、なんだ？ベアクロウ社が護衛していた国務省やペンタゴンの職員が傷つけられたわけではない。肝心なのはそこだった。

だが、モンテスには敵がいた。その連中が陰でささやいたせいで、受注できる仕事が減ってきた。裁判にも訴えられた。モンテスのほうが勝ったものの、そのために二百万ドルもの大金をどぶに捨てた。

射撃練習場を維持するには金がかかり、毎月の人件費が五十万ドル。会社は金を垂れ流し、やっとのことで政府の仕事を二件、受注できたところだ。

もしエレンが姿を現わして、証拠らしきものを持っていたら、すべてが水泡に帰す。

そんなわけでベアクロウ社はいま全社を挙げてイブの名で知られるエレン・パーマーを見つけだし、この世から抹殺しようと血眼になっている。

コロナドショアズ
アパートメント8D、ラ・トレ

エレンは開いた目をすぐに閉じて、視界を占領しているなにもない白い空間を理解しようとした。死んだの？　ここがあの世？　まっ白で、のっぺりした、この空間が？

この先ずっとここにいるの？

体には痛みがあった。筋肉はどこもかしこも痛いけれど、なかでも肩は焼けるようだった。なにより悪いことに、疲れ切って力が入らず、ふがいないことこのうえなかった。

ただし、痛みがあるのは悪いことばかりではない。死んでいたら、こうは痛まないから。

もちろん、ここが地獄ならまた話は別だけれど。

音もしない……いえ、リズミカルなあの音……衣擦れのような音。あるいは空気が漏れるような音。ビーチに打ち寄せる波にも似ている。でも、ビーチなんてありえない。

横たわっているのはベッドのようなもの。手は少し動く。ざっくりしたコットンの感触。シーツだ。片方の手はあまり動かない。少しひねってみると、手が引っぱられた。テープに針。点滴のチューブか。

アルコールの刺激臭に、清潔なリネンの心休まるにおい。かすかにコーヒーの香りが漂っている。

病院なの？　それとも死後の世界はアルコールと清潔なシーツとコーヒーのにおいがする場所なのかしら。

あらためて目を開くと、こんども白さだけが目についた。これといって見るもののない、がらんとした空間だった。

「目が覚めたね」低い声が言った。エレンはパニックを起こして、声のほうを向いた。視界がゆがみ、やがて正しい位置におさまった。そうか。ただ広くて白い空間は天井だったのね。すぐ隣に男がいて、椅子に腰かけていた。疲れの滲む険しい顔で。

エレンが息を呑む音が静かな部屋に響いた。

最後にこの男を見たときは、手に拳銃を持って駆けてきていた。

ああ、どうしよう、どうしたらいいの？

ハリー・ボルト。愚かにも、あやまって助けを求めてしまった男。こちらの期待にそむいて、ジェラルド・モンテスの配下にあった男。

だとしたら、これでおしまいだ。一度は逃げたけれど、逃げ方が足りなかった。速さも距離も中途半端だった。

濁った耳障りな声が口から漏れた。甲高い悲鳴をあげるには、肺のなかの空気が足りなかったのだ。まさに逃げようとする手負いの動物の鳴き声だった。シーツに足がかりを求めて、なにもはいていない足を動かした。

起きあがろうとするのに、いたずらに体を泳がせることしかできない。点滴のチューブが外れ、包帯の下から血が滲んだ。

「おい、やめてくれ」

男がすかさず立ちあがり、大きな手で肩を押さえつけて、しかめ面でエレンを見た。破れかぶれになってはいても、エレンには男がさっきより十歳は老けて見えることがわかった。頬に深い線が刻まれ、目の下にくまができ、頬骨が目立つ。

男の手の下で身をよじったが、コンクリートブロックを相手に抵抗しているようなものだ。男の手は一ミリたりと動かず、がっちりと肩を押さえこまれていた。

怖いうえに、絶望的だった。絶体絶命。これまでジェラルドの部下たちから逃げてこられたのは、即座に反応して、正しい判断をし、素早く行動したからだ。

わが身を助けてくれた資質――反射神経のよさ、体力、生き残りたいという意志――をすべて失ってしまった。頭は混濁してわけがわからず、働きが鈍くなっている。彼がハリー・ボルトだとわかるのに数秒かかってしまった。目の焦点と同じように、心の焦点まで合わなくなっているようだ。

しかも、彼の手をどけようと無駄な努力をして、かえって疲れてしまった。もうなにも残っていない。崖っぷちに追いやられているのに、筋肉は弛緩《しかん》して、反応しなかった。それにうんと深い部分、動物的なレベルで、戦う力や意欲をなくしていた。

もうだめ。

もう一度、弱々しく抵抗すると、それを最後に抵抗をやめた。気力が萎《な》えて、どこかへ消えてしまった。もうなにも残っていなかった。

目を閉じて、こめかみに冷ややかな涙の跡を感じた。

「泣かないでくれよ、頼むから」低い声がまた言った。

ハリー・ボルトはがっちりして重い手を肩からどけ、エレンの手を取った。すぐにそっと包帯が押しあげられ、血管に針が刺された。痛みはない。

エレンはびっくりして目を開け、彼の目を見た。残忍な勝利感をたたえているとばかり思っていたら、そこにあったのは疲労と……心配？

どういうこと――？

ふたりは互いに見つめあった。エレンの心臓の鼓動が遅くなる。

「わたしを殺すつもり？」沈黙の末にそっと尋ねた。

彼が顔を引きつらせて、のけぞった。「よしてくれ！　いや、大声を出してすまない」弱りはてた表情で、首を振った。回れ右をして、背後の部屋に向かって叫んだ。「ニコール！」

エレンは彼の顔から目を離さなかった。異常さも残酷さもなかった。彼は慣れた様子で、エレンの手の甲のテープを指一本でそっと押さえている。

リズミカルなヒールの音がしたかと思うと、エレンの視界に女が入ってきて、ベッドにかがんだ。

息が止まりそうになった。いままで会った誰よりもきれいな女性だった。長い漆黒の黒髪が肩に広がり、瞳は印象的なコバルトブルー。顔立ちは繊細で、表情はやわらかだった。

ハリー・ボルトの女？　彼の手足となって、わたしを実際に殺すのはこの人なの？

脳みそに釘《くぎ》を打ちつけられるような頭痛があった。点滴のチューブにつながれ、ボルトの手に押さえつけられたまま、痛みのある頭を動かさないようにして、ふたたび大きな涙声を出した。

弱さを見せてはいけない。ずっと守ってきた人生訓だが、弱り切っているいまは、取り繕う余裕もなかった。

ニコールは手を上げ、エレンの無傷のほうの肩にそっと触れた。「だいじょうぶよ」小声で言った。「なにもかもうまくいくから」

嘘よ。なにもうまくいかない。

エレンは手をひっくり返して指を曲げ、万国共通の〝こちらへ来て〟という合図をした。それだけの動きでも負担になる。ニコールがかがんだ。髪を片側に寄せて押さえ、笑顔で尋ねた。「なに？」

エレンは距離を近づけようと、首に力を入れた。顔は少し持ちあがっただけで、枕に戻った。首の筋肉に力が入らない。ニコールがさらに深くかがんだ。

エレンはハリー・ボルトに視線を投げてから、ニコールを見あげた。リスクがあるのは承知していた。ひょっとするとニコールは、ボルトが殺し屋であることを知らず、ふつうの男のつもりでつきあっているのかもしれない。

「その男」ささやくと、ニコールの顔がさらに近づいてきた。「気をつけて。わたしを殺そうとしたの」

それだけで疲れはて、目をつぶった。さあ、言ったわ。少なくともこれで、真実を残して死んでいける。

ニコールがびっくりして、腰を起こした。ハリー・ボルトを見て、エレンを見た。彼は微動だにせず、広い胸だけが呼吸につれて上下していた。顔は引きつって、無表情だった。

ニコールが声をたてて笑いだしたので、エレンはとまどった。

それが本物の笑いだと気づくのに、少し時間がかかった。痛みと悲しみの満ちた部屋には似合わない。やがて笑いやんだニコールは、エレンを見おろして、真顔に戻った。そして、エレンの髪をやさしく撫でながら言った。

「ハリーがあなたを殺すなんてありえないわ。わたしの言うことを信じて。彼はあなたの命を救ったのよ。あなたが最後に覚えていることは、なあに?」

エレンは手を開き、シーツの上で少し動かしたあと、ボルトを指さした。「彼」ささやくような小声で言った。「銃を持って、わたしのほうに走ってきた」

ニコールが眉をひそめて、彼を見た。「じゃあ、男ふたり——」ハリー・ボルトが大きな手を掲げ、指を三本立てた。「男三人を見てないの？」

エレンは目をつぶって、記憶をたどった。混沌《こんとん》としている。タクシーを降りたら、叩きつけられ、どなられた……どなり声。

「そうね、見たかも。何人かいた」小さなしわがれ声で言った。ほかになにを見ただろう？

「あと——トラックが一台。誰かが荷台のドアを開いていた。そうよ、トラックではなくてバンだった」靄《もや》がかかったようだ……声、いくつかの声、鋭い口調……。

エレンは目を開いた。

「そうだ」ハリー・ボルトの低い声はかすれて、荒々しかった。「やつらはそのバンできみを連れ去ろうとしていた。きみを拘束するつもりだったんだろう」

モンテスの部下の手に落ちて、自由を奪われていたかもしれない。エレンの心臓が激しく打ちだした。

「あの男たちは追ってこなかったの？　わたしがここにいるのを知っているの？」せばまった喉から、声を押しだすようにして尋ねた。ハリー・ボルトに関しては誤解だったかもしれないが、モンテスの部下たちに追われていたのは事実だ。

沈黙。ニコールが不安そうに顔をそむけた。ハリー・ボルトはワシのような鋭い瞳で黙ってこちらを見ている。ついに、彼が沈黙を破った。「連中なら死んだよ」素っ気なく言った。「もうきみは誰にも追われていない。そして二度と追わせない」

エレンは肘をついて体を起こそうとしたが、できなかった。動けないという事実に、パニックが押し寄せてきた。この家に閉じこめられ、知らない人たちに囲まれている。声がうわずった。「あの男は賢いわ。なんらかの手を使ってあなたを追いかけて、いますぐここに現われてもおかしくないの。彼らには――」

「いいや」ボルトはぴしゃりと言うと、険しい顔になった。「追っ手はいないし、警察が来る前に現場を離れた。使った拳銃は未登録だから、追跡不能だ。監視カメラは前もってすべて切っておいた。実際はそんな時間などなかったが、万が一にも誰かがおれの車のナンバーを見ていて、通報したとしても、車の所有者はダミー会社で、法律に詳しい会計士がチームを組んで追跡しても一年はかかる。だからいまは安全だし、これからも同じだ」

彼はまるで自然の摂理のように述べた。太陽が東からのぼるように、きみはここにいれば安全だ、と。

エレンが軽く体をひねると、肩に痛みが走った。〝安全〟といっても、痛みからは逃げられない。

察したハリー・ボルトが、近くのテーブルに置いてあった痛み止めの瓶に手を伸ばした。

錠剤を一錠取りだし、ピッチャーの水をくんで、エレンの頭の下に手を差し入れた。「痛み止めだ」彼は言った。「効くまでに十分ぐらいかかる」痛みを感じさせることなく、楽々とエレンを持ちあげた。

枕に頭を戻してもらいながら、エレンは彼の目を見つめた。自分でも怖くなるほど体が弱っている。当面、危険は避けられるかもしれないが、かりにそうなったとしても、これでは身を守ることもできない。錠剤を飲むにも、助けてもらわなければならないとは。

せめて状況を把握しておきたい。「それで……なにがあったの？」

ハリー・ボルトが口を真一文字に引き絞った。「きみは撃たれた。ただ運のいいことに、直接ではなくて、跳ね返った弾だった。一瞬、肝を冷やしたよ。いくらか出血したが、命にかかわるほどではなかった。でなければ、モンテスが手をまわしているのを承知で、病院に運ぶしかなかったからね。それでなくとも病院は、銃創に関する報告義務を負っている。おれは治療全般の訓練を受けているし、必要なものはすべてここにあった。傷跡はお世辞にもきれいとは言えないが、よくなることは、このおれが請けあう。傷跡が気になるようなら、いずれ整形外科手術を受ければいい」

エレンはかぶりを振った。枕に髪がこすれる。傷跡など些末《さまつ》な問題だ。

「いつから――」咳《せき》払いをして、喉をゆるめた。「いつからなの？　わたしはどれくらい……気を失っていたの？」

ハリー・ボルトの口元がさらに険しくなった。深い溝が頬に刻まれた。「三日だ」その口から短い言葉が石のように転げ落ちてきた。

彼の様子……強い感情を押さえつけているような。怒りだろうか？　わたしに腹を立てているの？　大切な用事があったのに、邪魔をした？　それとも彼を危険に巻きこんだから？　なんだかよくわからないけれど、彼の感情が強く揺さぶられていることは確かだった。

ニコールは彼を見て、ふたたびエレンを見た。「ハリーはね、三日とふた晩、あなたのそばを離れなかったのよ」小さな声で告げた。「あなたの手当をして、ずっと付き添っていたの。わたしたちみんなが交替すると言ったのだけれど、断わられてしまったわ」

「みんな？」

「わたしと、わたしの夫のサム――あなたが会社で会ったサムよ――と、ハウスキーパーのマニュエラと、RBK社の三人めのパートナーのマイクよ。あなたも彼にはまだ会ったことがないわね」

説明する彼女の声は穏やかで、お茶会で招待客の話でもしているようだった。

「わたしたちみんな、あなたに付き添いたいと言ったのよ。ひと晩めは高熱が出てね。とても高い熱だった。さいわい抗生剤が効いたのだけれど、意識の混濁状態が続いたの。ハリーはいまいるここに張りついて、トイレ以外、席も立たなかった」ニコールは角のドアを指さした。「それ以外は、三日間椅子に坐りっぱなしだったんだから」

どう答えたらいいかわからなかった。エレンが動きの悪い、にぶった頭でその情報を処理していると、ニコールの表情が変わった。

目をみはるような変化だった。元来きれいな人だけれど――生身にしろ、映像にしろ、こんなきれいな人には会ったことがないけれど――その彼女の顔にぱっと明るい笑みが浮かぶと、美しさに磨きがかかった。光り輝くような美しさだ。

エレンの視界はかぎられていたものの、ニコールが輝くばかりの笑顔になった理由が近づいてくるのがわかった。その男はかがんで、太い腕をニコールにまわし、彼女にキスをした。

このときはじめて、エレンはニコールのある動きに気づいた。腹部を重そうにしている。赤ちゃんがいるのだ。そして、夫が彼女にキスする様子から、ふたりがそれを喜んでいるのが伝わってきた。

エレンは子どものころ、母親が妊娠したのではないかと怯える姿を何度か見たことがあった。喜ぶなど、考えられなかった。だいたいは、男のほうがすでに国外に出ていたし、母親は自分とエレンが食べるにも困るような状態だったから、赤ん坊など、もってのほかだった。

ところがこの男性はどこにも行きそうにないし、赤ん坊ができたことを心から喜んでいる。サム・レストン。ケリーを逃がした男。ケリーの命の恩人。信頼できる人だと、ケリーが言っていた男性だ。

エレンの体からわずかに居残っていた緊張が抜けた。

ハリー・ボルトにはまだ疑問符が残るけれど、ニコールとその夫のサムには気を許せる。サムが顔を上げた。妻の目を見て、にこりとする。ふたりのあいだの、とっておきの笑顔。その瞬間、ふたりは愛の繭《まゆ》にくるまれ、外界のすべてを追いだした。

ため息が出てしまう。この気持ち……なに？　嫉妬？　羨望？　自分でもよくわからないけれど、エレンの胸は締めつけられた。こんなに弱ってしまって。涙が流れるのはそのせいだろう。

だとしても、こんなふうに人を愛したことも愛されたこともなかった。こういう関係は見るのもはじめてだ。母親がつきあっていたのはもっぱら怠け者の男たちで、その場かぎりのベッドの相手であり、場合によっては母はベッドだけを求めていた。

こんなふうに愛されたら、どんなに幸せだろう。

サムがこちらを見て、ほほ笑んだ。いかつい顔が一変して……ハンサムに見える。ハリー・ボルトの笑顔はどんなだろう？　いまは笑みを知らないような顔をしている。そう、生まれてこのかた笑ったことがなく、笑ったら顔が割れてしまうとでも思っているようだ。

「やあ」サムがベッドにかがんだので、顔がよく見えた。「よく戻ってきたな。少し心配になってたんだぞ。ただ、ここにいるハリーは優秀な衛生兵でね。かいがいしく看護してた」

エレンはハリー・ボルトに視線をやった。たぶんそうなのだろう。お礼を言うべき？

「それで……ここは安全なの？」エレンはまっ黒で表情のないサムの瞳を必死にのぞきこん

だ。妻を見るときだけは、例外的に熱っぽくなる。「わたしがここにいることは、誰にも突き止められないの？」

「ああ、きみは安全だ」サムは言った。

「口先だけじゃ納得がいかないみたいよ」ニコールは夫の脇腹を肘でつついた。ハリー・ボルトに負けず劣らず、筋肉におおわれている。つついたぐらいではあまり感じないだろう。「ここにいるわたしの夫は……わたしのこととなると、とても心配性でね。危険がないと彼が納得しなければ、ここへだって来させてはもらえないのよ」

「あたりまえだろう」サムが太い声で言った。「ジェラルド・モンテスをここへ引き寄せるものはないし、今後もそうだ」

いったい、いつまで？　ここに――どこだか知らないけれど――ずっとここにいろということ？

まだ考えられない。エネルギーが枯渇しているせいで、なにかを推測したり、望んだりできない。怖がることすらむずかしい。それほど空っぽになっていた。

目を閉じて、「だったらだいじょうぶね」とつぶやき、物音を聞きながら闇に落ちた。

6

彼女がきれいすぎるからいけないのだ。

ニコールとサムとマイクは誤解している。ハリーはなにも犠牲的な精神で彼女に付き添っていたのではない。ボルトカッターとクレーンを持ってきても、ハリーをどかすことはできなかっただろう。

ハリーはただ彼女を眺めて、生きていてくれたことを喜んでいたかったのだ。

一分遅れていたら――いや、一秒遅れていたら――彼女は死んでいたかもしれない。これまでに多くの死体を見てきた。慣れると思うかもしれないが、ハリーは違った。

そして女の死体……だめだ。考えただけで頭がおかしくなる。

それがイブだったら……その打撃から回復できるとは思えない。

ほんの少しの差で、この世から消えていた！　そうなっていたらいまごろここに坐って、彼女のほっそりとした手を握ることもなかった。彼女の本名さえ知らずに、石だらけの冷たい大地に死体を埋めていただろう。

自分の命に関しては、死んだらそれまでだと思っている。たとえ死ぬにしても、よく健闘してきたという思いがある。少なくとも努力はした。サムやマイクやニコールより先に死ねば、三人が覚えていてくれるだろう。そして、サムとニコールのあいだに生まれる娘もだ。そのためにもぴったり張りついて、いいおじさんになるつもりだ。だが、基本的に、死んだらそれでおしまいだった。

だが、イブは違う。

彼女は奇跡だからだ。もし人類がこのまま続けば、いまから千年後の人たちも彼女の声、彼女の歌を聴くだろう。真夜中に痛みに苦しむ哀れな男が彼女の歌を聴き、その奇跡の歌声から新たな一日に向きあう力をもらうだろう。その歌声は寒々とした暗い世界で、小さくも美しく輝く光となる。

彼女のなかにあとどれだけの音楽が埋まっているかわからない。命とまでは言わないにしろ、ハリーは彼女に心を救われた。彼女がこれまでに録音したわずか二枚のCDに。彼女を生かしておけば、これからもたくさんの音楽が生まれてくる。

ハリーは彼女の才能と勇気を心から尊敬していた。

だったら……三日間、勃起しっぱなしだったのはなぜだ？

たぶん、それもハリーの一部なのだろう。そんな自分を恥じてはいるものの、それが現実なのだから、しかたがない。彼女の顔を眺めること三日とふた晩、その形を頭に刻みこんできた。なだらかな弧を描く眉、豊かなまつげは髪よりも色合いが濃く、じっと頰に留まっている。顔のラインは繊細で、カーブした先についているとがった顎の先は、少し割れている。首の付け根の、鎖骨が合わさる箇所には、小さいくぼみがあった。艶のあるやわらかな髪が、ワイン色の額縁のように顔を縁取っていた。

実際問題として、髪をそのままにしておくのはいい考えとは言えない。磁石のように人目を惹《ひ》きつけるからだ。短く切って、よくある茶色に染めたほうがいい。

それでも、彼女の美貌には傷がつかない。南京袋でもかぶらないかぎり美しさは隠しようがないが、狼煙《のろし》のような髪がなくなれば、顔に人目が集まりにくくなる。

全身、どこをとっても豪華なのに、華奢でもあった。触れたら壊れてしまいそうだ。ほっそりとした手には、長くて形のいい指がついていて、その手が、ハリーも知っているとおり、キーボードにすてきな音楽を奏でさせる。点滴による痣がある手さえ、いままで見たどんな手よりも美しかった。

そこにいるのは、あらゆる面で、健康な男なら本能的に守りたくなる女だった。自然とそういう気持ちになってしまうのだ。

そんな彼女を傷つけたり、殺したりしたがる男がいるとは、信じられない。どこをどう病んだら、女や子どもを傷つけたくなるのだろう?

三十四歳のハリーにして、いまだその事実にはとまどってしまう。数え切れないほど世界じゅうを転々としてきたのに、まだ腑《ふ》に落ちなかった。なぜそんなことができるのか？　しかもこの女性は、生涯に一度、出会えるかどうかの美声の持ち主……傷つけるなど、もってのほか。

でもセックス……となれば、話は違う。

認めるのは苦しいけれど、とことん正直になると、それが彼女のそばを離れなかった理由のひとつだった。

離れられなかった。

意識のない状態にもかかわらず、彼女が目に見えない触手を伸ばしてきて、ハリーのペニスを――それはそれは硬くなったペニスを――ベッドサイドに引き寄せているようだった。かんべんしてくれ。

この三日間、ずっと勃起しっぱなしで、なにをしても鎮められなかった。ニコールやサムやマイクが様子を見にきたときは、意志の力でどうにかねじ伏せた。彼らの身になってみるといい。ケガ人を見舞うつもりで来てみたら、ハリーがその女に勃起しているのだ。われながらうんざりする。

だが、彼らがいなくなって、イブとふたり静けさのなかに残されると……まいったな。できることはすべてした。まず彼女を見ないようにした。けれど、これはそもそも無理だった。ここにいるのは彼女が恐慌を来さないように見守り、必要があればすぐに対応するためだ――と、少なくとも自分にはそう弁解していたが、ほんとうは彼女から目が離せないだけだった。おまえは最低のクズだとくり返し言い聞かせても、効き目はなかった。その事実を受け入れ、椅子の座面に張りつけられてでもいるように、そこから離れなかった。

勃起したペニスを放置することには慣れていない。とはいえ、ふたたび勃起するようになったのはつい最近のことだ。非セックス地帯に等しいアフガニスタンで一年過ごしたころ、致命的なケガをし、負傷兵救護ヘリでバグラムからラムシュタインに送られ、さらにもう一年の中断を強いられた。そしてまっすぐ立てるようになるために受けた四度の外科手術と過酷なリハビリがペニスも回復させてくれた。

苦痛の荒れ地の住人であった数カ月間、ハリーは死の呼び声を身近に感じていた。地球上の地獄を熟知している半面、死後の地獄は信じていなかったからだ。死後にはなにもない。そして長いあいだ、なにもないということが幸せに思えて、やけにそそられた。自分がその誘いに屈してしまわないように、兄弟たちが監視の目を光らせているのもわかっていた。

死こそが安らぎに思えた。だからそれを邪魔する兄弟たちに深い部分で腹を立てていた。そんなときだった。この女性とその歌声がやってきて、自分の外側に生きる力を与えてくれるものを見つけた。彼女の歌声は安らぎをもたらすというより、世界がいまも輝きに満ちていること、美しいものにあふれていることを思いださせてくれた。たとえいまは見えないとしても、だ。その歌声がハリーを死の国から呼び戻した。

勃起したことには、ほんとうに驚いた。彼女の声はやさしくて官能的だったけれど、けっして欲情を誘うような音楽ではなかった。

けれど、彼女自身はそうだ。そうとも。会った瞬間から、骨抜きになっている。彼女が命にかかわる危険な状態に置かれているという認識だけで、現実に踏みとどまっていた。

性欲が湧いたのに手近に女性がいないときは、みずからの手が処理のしかたを心得ていた。自分のめんどうは自分でみられる。

ところが、今回はそれもままならない。棒のようになって数時間後、そんな自分にいやけが差したので、バスルームで問題を処理することにした。ところがムスコに裏をかかれた。右手ではいけなかったのだ。ムスコは拳をいやがり、彼女を欲しがった。

別の女も拒否している。それがわかったときは、うろたえた。求めているのは書斎の治療用ベッドに横たわる傷ついた女だけで、そうじゃない女には、その十億分の一も欲望を感じなかった。

拳じゃだめ。

ほかの女でもだめ。

それ以外の選択肢はない。

で、勃起したまま彼女を見つめつづけた。ずきずきしたが、彼女から離れたら、もっとずきずきしそうだった。彼女がなにかを必要としたとき、その場にいてやれないなどということは、耐えられない。

イブがうめいたので、腰を起こして、顔を見た。首を左右に振る彼女のまぶたの奥で、眼球が動いている。車のワイパーのように行ったり来たりしていた。どんな夢を見ているかわからないが、窮地に立たされて脅かされているのだろう。眠りながらも声を押し殺しているらしく、悲鳴が喉にかかっている。息が速く荒くなり、脚がばたつきだした。

喉の奥から苦しげな声がせりあがってくる。森で自分より強い動物に出くわした小動物が怯えているような声、死に直面した動物の鳴き声だった。夢のなかで逃げだそうとするように、踵《かかと》でシーツを蹴っている。

固く閉じた目の端から涙がこぼれ、小さなうめき声が泣き叫ぶような大声になって、ハリーの腕とうなじの毛を逆立たせた。

悪夢の街。

ハリーもその街の住人だった。夜の恐怖のすべて、とりわけ昼間怖かったことが反映された悪夢にはハリーも覚えがあった。

手を伸ばしてそっと彼女を揺さぶった。ぱっと開いた目には、あせりと怯えが表われていた。彼女が息を呑む音が、暗い部屋に大きく響いた。

「心配いらない」ハリーはすかさず声をかけた。ああ、この顔から恐怖をぬぐい取ってやりたい。「悪い夢を見ただけだから、心配しなくていい。きみは安全だ」

「安全」彼女が小さな声でおうむ返しして、身震いをした。言葉としても概念としても縁遠いもののような口ぶりだった。

ハリーの胸が締めつけられた。安全。この命に代えても、彼女を守る。

親指を突きだして、頰に残る涙の跡をぬぐった。「ああ」しゃがれ声になった。「安全だ」

彼女の目が暗い室内をさまようが、見るべきものはあまりない。室内装飾学というものがあるとしたら、ハリーはミニマリスト派に所属している。

室内に手がかりを見いだせなかった彼女の目が、ハリーの顔に戻ってきた。

ハリーは表情を隠すのが得意だ。物心ついたころからずっとそうしてきた。世界は、隙があればやわな心臓に突き刺さろうとしている巨大な刃物のようなものなので、つねに堅い甲《こう》羅《ら》を外さず、おれにかかわるなという強烈なメッセージを放ってきた。

いまはそれも役に立たない。彼女が必要としているのは安心感なのに、その与え方がわからなかった。それで、自分にできるたったひとつのことをした。ほんのいっとき、自分の守りを解いたのだ。

甲羅を外し、メッセージを引っこめる。下半身まで少しおとなしくなった。この美しき奇跡の女性が傷ついて、悪夢に閉じこめられて怯えているという現実に、気が滅入ったからだ。

恐怖に見ひらかれた大きな瞳をまっすぐのぞきこんだ。その瞳が、リビングの明かりを映しこんだ部屋の、この世のものならぬ薄明かりを受けて、緑色に輝いていた。まばたきもせず、じっとこちらを見つめ返している。

「ここにいれば、絶対に安全だよ」ハリーはくり返した。少し声を張ったせいで、部屋のなかにこだました。

彼女がまばたきして、息をついた。それではじめて、彼女が息を詰めていたことに気づいた。彼女が目覚めたとき、首筋で脈が打つのが傍目にもわかった。筋肉が弛緩するほど疲れているにもかかわらず、鮮烈な悪夢のせいで、危機に瀕《ひん》したときと同じように、心臓が血をいきおいよく送りだしていたのだ。それもいまは静まってきている。

花が開くように、彼女の右手が開いた。ハリーはそっとその手を両手ではさんだ。冷たくて、やわらかで、はかなげだった。彼女は自分の右手を見おろしてから、ハリーの目を見た。まぶたを閉じた。

「安全」そうつぶやいて、ふたたび眠りに落ちた。


「彼女はほんとうに安全なの？」

バスルームから出てきたニコールは、サムが好きなナイトガウンの一着を身につけていた。もちろん、どのナイトガウンも好きだが、もっと好きなことがあって、それはナイトガウンを脱がせることだった。

開けっぱなしのバスルームのドアから、いいにおいのする湯気があふれだしている。サムは目を閉じて、においを吸いこんだ。湯気とともに運ばれてくるのは、彼女が使っているしゃれたシャンプーとコンディショナーとモイスチャライザーとハンドクリームとフットクリームとキューティクルクリームと……結婚して十カ月で、女性が必要とするクリームとローションにすっかり詳しくなった。それぞれにいいにおいがするが、それが渾然《こんぜん》一体となって、ニコール本人のにおいが重なると……それはもう、こたえられない。

「うん？」サムは寝室を歩きまわる妻を目で追った。この寝室も、結婚してからすっかり様変わりした。いままでは女性的なものであふれている。ベッドには襞飾《フラウンス》りがついているし、シーツは花柄、壁には水彩画がかかり、あちこちにアロマキャンドルと、花びらいっぱいのクリスタルの器が置いてある。シルクのドレープ。これでもかというほどの女性らしさ。

だが、サムは強い男だ。これしきのことにはめげない。

ニコールと結婚するためなら、赤く燃える石炭の上を裸足《はだし》で歩くこともいとわなかっただろう。フリルに耐えるぐらい、どうということはない。

サムは生きる奇跡である自分の妻に近づくと、両腕をまわして抱き寄せた。そろそろ人目につく時期に入り、腹部に小さなふくらみがあるのがわかる。そのふくらみがサムは大好きだった。

ニコールの腹に宿った小さな娘も、腹がふくらんでくるまでは、想像の産物のようだった。妊娠が判明したあともしばらくは、なにも変わらない日々が続いた。

そのうち腹がふくらみ、つわりがはじまったので、サムは毎日きちんと帰宅するようになった。ニコールの腹のなかで動いて、そこに自分の子どもがいるのを感じることができた。サムは妻を愛し、兄弟たちを愛していた。妻と兄弟のためなら、いつでも死ねる。だが、彼らとは血のつながりがなかった。ニコールのなかで育っている赤ん坊は、サムと血のつながりのある地球上でただひとりの人間だった。

そのことを考えるたびに全身が粟立《あわだ》ってしまう。

サムはかがんでキスし、片方の手を上にやって妻の後頭部を支えた。唇が触れあうだけで、われを忘れる。体を震わせながら、深々と息を吸った。体じゅうのホルモンが息を吹き返す。右手を背中にやって、彼女を強く抱きしめた。

生地のなめらかさが心地よいが、彼女の生身がもっと心地よいのは、よくわかっていた。

このナイトガウンだと、たしかファスナーがあって……ほら、やっぱり。後ろ身頃がふたつに分かれると、なめらかな肌に手をすべらせ、さらにしっかりと抱き寄せた。

妊娠中のニコールと愛しあうのは、頭が吹っ飛びそうになるほど官能的だった。サムは体重があるから、もうしばらくしたら正常位ではできなくなる。だとしても、体位はほかにもたくさんあるし、サムはどれも知っていた。

妻を抱きあげて、そっとベッドに横たえた。しばらく立ったまま、彼女を見ていた。痛いほど勃起しているが、これが自分の妻で、妊娠しているのだと思いながら、こうして眺めていると……それだけで、最高に幸せだった。

「サム」ニコールが言った。「それで？」

おお。彼女の興奮がにおいとして立ちのぼってくる。サムの脳のもっとも原始的な部分に刻印されたにおいだった。たぶんニコールはサムの脳は全部原始的だと言うだろうが、彼女のこのにおいは最深部にある爬虫類《はちゅう》脳に記憶されて、人生の終わる日まで消えないだろう。

そう、ニコールの性的興奮のにおいは。

どれくらい興奮しているのだろう？

「サム？」

知りたければ、方法はひとつだ。股間をおおうやわらかな雲のような黒い毛に視線をそそぎ、自分がそこにいたいと思っているまさにその場所に手をあてがった。手を動かすと太腿が開いたので、奥にすべりこませて、その部分に触れた。入り口の襞《ひだ》がふっくらとして、すべりが……。

「サム！」

長い指を差し入れると――ありがたい――内側が潤っていた。興奮している。自分ほどではないが、それはそもそも無理だから。

身を乗りだし、脚を差し入れて彼女の脚を開かせようとした。

「ああ、もう――」ニコールがサムの手を払いのけ、脚をぴたっと閉じた。「わたしの話、聞いてる?」

サムはびっくりして顔を上げ、妻のいらだった表情に面食らった。自分に対して腹を立てている。美しい顔にその表情が浮かぶのを見るのは、はじめてではない。今回はなにをしでかしちまったんだ?

「なんだい、ハニー?」妻に笑いかけた。「なんの話だっけ?」

「これで三度めよ。ここは安全なの? イブを守れるの?」

頭からセックスのことが吹き飛んだ。妻の黒髪を撫でつけて、耳にかけた。まっすぐ目を見て、きまじめに答えた。

「ああ、心配いらないよ。マイクが部屋を調べて、彼女の特定につながるようなものは、いっさいないと請けあった。きみもマイクの言うことなら、信じられるだろう?」

「ええ」ニコールは小声で答えた。「百パーセント信じられるわ」

サムの心臓がどくりと打った。自分の幸運に気づかされるたびに、そうなる。かりにニコールが兄弟たちとうまくいかなくとも、彼女と結婚していただろうが、実際は兄弟ふたりも自分と同じくらいニコールを愛してくれている。なんと運がいいのだろう。

「おれたち三人でその件を検討してみた。モンテスが彼女をおれたちに結びつける材料は、思いつかなかった。だから、彼女はここに置いて、元気になったらおれたちで新しい人生を用意するよ」

ニコールが謎めいた笑みを浮かべた。

サムは眉をひそめた。「どうした?」

彼女が首を振った。振りまかれたシャンプーのにおいに、サムは幻惑された。

「気にしないで、べつにどうということじゃないから。それで——だいじょうぶなのね?」

「ああ、絶対だ」サムは妻の手を口元に運んだ。どこにもふざけたところのない、厳粛な口調で言った。「おれは絶対に——おれが絶対と言ったら絶対だぞ——きみとおれたちの子を危険にさらすようなことは、絶対にしない。その点は信用してくれ」

「もちろんよ」ニコールは驚いた顔をした。「あなたを信じているもの」

「よかった」頭に集まっていた血がどんどん下がる……かがんで首筋に口をつけ、軽く噛んだ。こうすると彼女が喜んで、その気になる。長い交わりのなかで、学んだことだ。ニコールがぶるっと身を震わせた瞬間、彼女の脚を持ちあげて、ペニスを突き入れた。「さあ」ゆっくりと引きだし、ふたたび入れる。「続きをはじめないと」

ジョージア州プラインビル
ベアクロウ本社

「申し訳ございません」電話に出た政治家の補佐官は、高飛車な口調で言った。「あいにくマンソン議員には、手の離せない用件がございまして」

モンテスは歯ぎしりをして、受話器を遠ざけた。怒りを長い息にして吐きだすのを聞かれないようにだ。耐えろ、ここは我慢のしどころだぞ。

「そうか」そう応じたときには、淡々とした声になっていた。「では、いつなら時間を取ってもらえるのかね？」

〝まだわからないの、永遠にだめよ〟

口に出されない言葉がそこに浮かんで、揺らめいている。

モンテスは上院軍事委員長の補佐官をしているこの長身痩軀《そうく》の女が、政治学と物理学のふたつの博士号を持っていることを思いだした。恐ろしく野心家のこの女は、上院議員のスタッフとして、いつか十倍の給料で一流のシンクタンクに転職する機会をうかがっている。

この女とは初対面のときからそりが合わなかった。

「この点については上院議員の代理として申しあげても差しつかえがないと思います」補佐官がついに話しだした。「はっきり申しあげて……このところ、あなたに対するよろしくない評判が流れています。いまあなたと結びつけられるのは、上院議員として好ましくありません。少なくとも、疑いが晴れるまでは。そういうことですので、ごきげんよう」

カチャリ。

このわたしからの電話を切ったのか。モンテスは切れた受話器を見つめた。あのクソあま、わたしの電話を切りやがった。

彼女の指摘がなにを指すかは、わかっていた。サンディエゴで従業員三人が射殺された件をメディアが大きく取りあげ、その報道合戦によって会社の基盤が揺らいでいる。

女ひとりのために、工作活動に通じた優秀な部下三人を派遣した。相手は小柄な女ひとり。よもや失敗するとは思っていなかったので、身分証明書の携帯を禁ずることもなかった。ところがそのまさかが起きた。もののみごとに失敗し、サンディエゴの街なかに男三人の射殺体が残った。三人はベアクロウ社の社員証を持っていた。彼らの正体を隠蔽するまもなく警察が駆けつけ、モンテスにはどうすることもできなかった。

三人の元兵士、射撃の名手ぞろい――それが女ひとりにしてやられた。もちろんそんなことはあり得ない。あのエレンにかぎって。

モンテスは数え切れないほど何度も、彼女に射撃を教えてやろうと申しでた。拳銃に胸をときめかす女は多いし、銃の扱いに長けた男には、なおさら胸をときめかす。エレンは違った。彼女はそのつど断わった。表情を取り繕ってはいたけれど、コブラにキスする方法を教えてやるとでも言われたように怖がっていた。そんな彼女は、ガンマンにも興味を示さなかった。そうでなければ、とうにモンテスの誘いに乗ってベッドに入っていただろうし、そうなっていれば、いまごろ慌てふためくこともなかった。

つまり、部下たちを出し抜いたのはエレンではない。部下たちは彼女を捕まえるという任務を果たすため、準備万端だった。そんな彼らを出し抜ける人間などいない。モンテスはそう確信していた。

だが、そんな人間が実際はいたのだ。ある人物。サンディエゴ市警察はその男に関して驚くほど口が堅かった。その男が被疑者だからこそ、内部情報を流さないのだろう。モンテスは警察のシステムに侵入し、部下たちの命を奪った銃弾を発砲した銃が一丁は追跡不能、もう一丁はベアクロウ社の登録だと知った。

一丁の拳銃に、ひとりの男。

ひとりの男が、危機対応に長けた部下三人を倒した。しかも、迅速かつ手際よく、痕跡を残さずやってのけた。そんなことがあり得るだろうか。

おかげでベアクロウ社の評判はさんざんだった。沈静化しつつあるのは、犯人どころか手がかりも拳銃も見つからないという、得点ゼロの状態だからだ。死体は解剖されて——なんと、意外なことに三人とも死因は銃弾による致命的な外傷だったことがわかり——その後、モンテスのもとへ送られてきた。

いずれも身よりのない男たちだったので、モンテスは死者を英雄として手厚く弔《とむら》った。会社の敷地内で社葬を行ない、全従業員に忌引を与えて葬儀に参列させた。その間ずっと、はらわたが煮えくりかえっていた。三人はいともたやすく片付くはずだった仕事をしくじり、ベアクロウ社におおいなる損害を与えた。

実際、ここでモンテスがうかうかしていたら、会社の屋台骨が揺らぎかねない。なぜなら、いますぐ、なにがなんでも、ペンタゴンから仕事を受注しなければならないからだ。

いまエレン・パーマーは、モンテスの部下三人をわずか数分で処理して、笑いながら立ち去ることができるほどすご腕の工作員の手の内にある。

いまの彼女は、以前の十倍は危険だ。

かくなるうえは外部の助けがいる。内心、忸怩《じくじ》たるものがあるが、それを認めて、外注しなければならない。社内の人間よりも優秀で、会社と関連づけられることのない人物を。

その条件に合う男がひとりいる。

モンテスは暗記していた番号に電話をかけた。

ピート・バン・デル・ブーケ。南アフリカ出身にして、いまは国を持たない男。モンテスが最後に見かけたピートは、反乱軍のリーダーを追跡してコンゴ川を遡航《そこう》していた。

彼はその任務もやり遂げた。伝説的な男なのだ。会社は持たず、同類の男たちを子飼いにもしていない。仕事ごとに必要な人材を確保する。業界に通じているので、毎回、その仕事に最適の人物を必要な人数探しだしてくる。だが、もっとも得意とするのは単独行動だった。

いまはチームが乗りこんでくるより、ピートひとりが好ましい。モンテスは二〇〇二年にピートに便宜を図ってやったことがあった。それを恩義に感じたピートから、助けがいるときは電話してくれと、番号をもらっている。

ピートはきわめて有能な兵士、逸材といってよかった。だが、有能な兵士はそこらじゅうにいて、モンテスも、そんな元兵士を三百人以上雇っている。銃撃戦になったときの身の処し方とか、銃の撃ち方とか、生きて任務を遂行するにはどうしたらいいかを知っている男たちだ。ありふれてはいないけれど、困らない程度にはいる。

そんななか、ピートには誰よりも得意なことがある。追跡だ。

ピートの母親は、彼を産んだ直後に死んだ。父親は荒れ地で農園を営んでいたが、そこはヨハネスブルグから五百キロ離れていたうえ、さらに決定的なことに、別の白人女性のいる場所まで少なくとも三百キロは移動しなければならなかった。そのためピートは、地元ングニ族の族長の妻に乳を飲ませてもらった。族長はピートをわが子とともに育て、ふたりは兄弟同然になった。ピートの父親が未払いの請求書の山を前に不興をかこち、ウイスキーのボトルを次々と空にしているあいだも、ピートは自然とのつきあい方を学びながら大きくなった。十七歳になったその日に南アフリカ軍に入隊し、生来の兵士であることを証明した。

だが、なにより特筆すべきは、ピートにはどんな環境でも標的を追跡できる能力があることだった。サバンナとかヒンドゥークシの高地とかグロズヌイとかペシャワールとかベオグラードとか……標的が潜伏した国なり街なりを伝えさえすれば、ピートはその相手を探しだしてきた。

独立したピートのもとには、依頼が殺到した。ピートは獲物の追跡能力を持つだけでなく、近代的なテクノロジーに対応する能力にも長けていた。ピート・バン・デル・ブーケと契約しないのは、合衆国軍がほんとうはビン・ラディンを見つけたくないからだ、とささやかれたほどだ。ピートを雇っていれば、被告席にいるか、もしくは地中に埋められているはずだ、と。

携帯電話が鳴った。モンテスの電話は高度に暗号化されており、ピートの電話もそうであることはわかっていた。

「やあ」その低音には強い南アフリカなまりがあった。なまりが強すぎて、音声変換プログラムを通しても完全には消せず、「やあ」が「いやあ」に聞こえる。だが、声紋はすっかり変換されている。かりに国家安全保障局がこの会話を選びだして傍受したとしても——そんな可能性は十億分の一だけれど——一致する声紋はない。

ピートを起こしたかもしれない、とふとモンテスは思った。彼がいまどこにいるかわからないからだ。ピートの本拠地があるとされる西アフリカにいるとしたら、あちらは真夜中にあたる。だが、彼の声には力があって、歯切れがよかった。

「名前は出さない。わたしたちはムーンダストの最中に会っている。わたしはチームを率いていた。わたしを覚えているか？」

ムーンダストというのは、パキスタン国境付近で展開された私的な秘密工作のことだった。

ピートと彼が雇った四人の男でニューヨークタイムズ紙のジャーナリストひとりを護衛しつつ、アルカイダの生物兵器の専門家を追っていた。このジャーナリストはのちにピュリッツァー賞を受賞する。ただし、GPSが使えなくなったために、立ち入ってはならない区域を六キロほど進んでパキスタン国境まで行き、あげくタリバンの潜む山あいで襲撃されたことになったのだが、そのことが記事に書かれることはなかった。

ピートは打つ手を失ったうえに、三つの死体とふたりの負傷者が残され、負傷者のひとりがジャーナリストだった。もしISIことパキスタン軍統合情報局に捕まれば、ジャーナリストは投獄されて死ぬまで出してもらえず、ピートと部下たちはさんざん苦しめられたうえで絞首刑にされる。

そのときモンテスはビン・ラディンの通信係のひとりが泥でつくった小屋を本部にしているという情報を追っていた。結局、それはただの泥の小屋——遊牧民とその山羊たちでいっぱいの——でしかないことがわかり、部下を連れて引き返そうとしていた矢先、ピートからのSOSが入った。

本来、モンテスには無関係だった。いや、厳密に言うと、傭兵《ようへい》に手を貸すのは規則違反だった。だが、ほんの数キロの遠回りだし、人力はたっぷりあった。ピート・バン・デル・ブーケから借用証書をもらうチャンスだった。銀行に預金するより、ずっと価値がある。

モンテスの部隊はそれから二時間ほど前進作戦基地《FOB》との連絡を切り、ピートとジャーナリストを含む負傷者の救出に向かった。この救出劇については口外しないと誓わされたジャーナリストは、ピートに関してもモンテスに関してもひとことも触れないまま記事を書き、それが書籍にまとめられて、ベストセラーとなった。

「いやあ、覚えてるぞ、ダチ公。なにか入り用か？」

「ああ、なんとしても手に入れたいものがある。会社のプライベートジェットを迎えにやる。ルンギ付近にいるのか？」

フリータウンにあるルンギ空港は、アフリカ中西部のほぼ全域の集結地になっている。賄賂が横行する混雑した空港なので、もう一機プライベートジェットが増えても目立たない。

「いやあ」

「明日の現地時間十四時までに空港へ行けるか？」

「いやあ」

「よかった。会社のジェット機の名前——」

「名前なら知ってる」それきり電話が切れた。

モンテスはしばし画面を眺めたのち、ノートパソコンの電源を落としながら、破滅的な状況を脱するには、こうするしかないのだと自分に言い聞かせた。

いやあ。

7

ジョージア州プラインビル

モンテスは私設飛行場で八年の歳月を感じさせないピート・バン・デル・ブーケと再会した。ひどく日焼けして肌が傷んでいるのは当時もいまも、変わらない。相変わらず針金のように痩せていてしなやかで、ガルフストリームの機体にしまいこまれていたステップを、十時間にわたって与圧室に坐りつづけていたとは思えない軽い足取りで降りてきた。

「よく来てくれた」モンテスはステップの下で彼の手をつかんだ。ピートの手は力強くて乾いていた。

「なんてことはない」

運転手つきの車を待機させてあった。ピートが駐機場に降り立って二分後には、車に乗って走りだしていた。飛行機は貨物専用機で登録してあり、ピートがアメリカにいることを知る者はいなかった。

ふたりとも運転手つきのリムジンが状況説明に適した場所でないことを承知していたので、話をしなかった。モンテスは小型冷蔵庫を開けて、ミネラルウォーターのボトルを黙って差しだした。傭兵には珍しく、ピートは厳格な禁酒主義者だった。

モンテスは母屋に併設されているガレージに車を向かわせた。六台駐車できるこのガレージは、地下通路で母屋とつながっている。ピートは口を閉ざしたまま、鋭い目つきでいっさいを観察していた。

そのせいで、自宅が他人の目にどう映るかを意識した。モンテスにとってははじめてのことだ。ゆうに三千平方メートルはある自宅には、アトランタからやってきたゲイのインテリアコーディネーターの手によって、これでもかというほど贅沢な内装がほどこされている。観察眼に優れたピートは、獲物をじっくりと観察し、内的にも外的にも獲物の生来の習慣を見きわめる。ピートが自分の居住空間を見て、そこからなにかを読み取るかと思うと、落ち着かない気分になった。

だが、モンテスはその気持ちを振り払った。この仕事の報酬としてピートには五十万ドル渡す。彼がなにをどう考えようと、知ったことか。

ようやくふたりはモンテスの書斎にたどり着いた。この書斎は一日に二度、盗聴の有無を調べさせている。特殊加工をほどこした窓は、レーザー光線を分散する。家の周囲十メートルは動作センサーでカバーしてあるので、カメラつきのスネークマイクをしかけられる心配もなかった。

ここならくつろげる。

モンテスは大きくて坐り心地のいい、革張りの肘掛け椅子を指し示し、ピートが坐るのを待った。自分用にタリスカーの二十年物をたっぷりついでから、もう一脚に腰かけた。

ピートが酒を飲まないからといって、自分まで我慢することはない。

そして目の前の南アフリカ人を観察した。ピートは黙ってその視線を受け止めている。

「五十万ドル出す」モンテスが切りだすと、ピートは大きくごつい手を掲げた。

モンテスはまつげ一本動かさなかったが、心のなかで失望のうめき声を漏らした。ピートの料金が値上がりしたのか？　いまこの時期、政府から仕事が受注できる見通しがない状態では、五十万ドルが精いっぱいだった。百万ドルと言われたら、どうすればいいのか？　それだけの現金が余分にあるかどうかもわからなかった。

「金はいらない」ピートが言った。モンテスは一瞬、あ然としたのち、真顔に戻った。

「あんたには命を救われた借りがある。おれはかならず借りを返す。だが、あんたのために引き受けるのは、今回かぎりだ。二度とおれには電話をしないでくれ。それでいいか？」

モンテスの頭のなかにある口座残高がいっきに上がる。五十万ドルを資産側に戻しつつ、浮かれ顔にならないように気をつけた。「わたしはそれでかまわない。助かる」

ピートは手を振って礼をしりぞけた。「それで……おれは誰を追えばいい？」

「女を」ピートの表情をうかがう。傭兵のなかには、なぜか女や子どもを標的にすることを嫌うものがいる。それがモンテスにはわからない。仕事は仕事ではないか。

だがピートはうなずいた。「何者だ？」

「エレン・パーマー」名前を口にしただけで、血圧が上がる。「わが社の経理担当者だった」

ピートの瞳ほど淡いブルーの瞳をモンテスは見たことがなかった。日差しのもとだと、さらに色を失って、白く見えるほどだった。

「その女のことを教えてくれ」

モンテスは気持ちを静めようと、ウイスキーの残りを胃におさめた。あの売女のことを考えただけで……。「なにが知りたい？」

ピートの声は落ち着いていて、思慮深かった。「どんなたぐいの女かを。派手で騒々しいのか、物静かで堅苦しいのか。あるいは趣味。人あたりがいいのかどうか。外見は？」

それならモンテスにも難なく答えられる。二枚の写真をすべらせた。どちらも一年半前、会社主催のピクニックで撮られたものだ。

ピートはじっくりと時間をかけて、それぞれの写真を見た。一枚に五分ほどかけている。

モンテスは坐ったまま、そわそわしてきた。話を先に進めたい。ようやく、ピートが言った。

「いいだろう、話してくれ。洗いざらい」

モンテスはそうした。ただし、バグダッドのグリーンゾーンで消えた札束の総額と、アーレン・ミラーの顚末《てんまつ》だけは省いたが。

「それで？」ピートの口調は、いまいましいほど平然としている。

「それで、その売女が……消えた。丸一年、消息がつかめなかった。部下をあちこちにやったし、彼女の電話もメールもクレジットカードもチェックした。それでも手がかりはなかった。この地球上から姿を消してしまったように」

「だが、あんたはまた彼女を見つけた」

モンテスはいぶかしげに目を細くした。「なぜそれを？　誰も知らないはずだが」

「理屈に合う答えはそれしかない。彼女が見つかっていなけりゃ、おれには電話してこない。あんたはいったん彼女を見つけながら、また見失った」

あらためてそう指摘されると、血管を流れる血がどくりと打った。シアトルではふたりの部下の手のあいだをすり抜けていった。そしてサンディエゴでしくじった部下三人は、さいわいなことにもう死んでいる。さもなければ、彼女を逃した罰として、もう一度殺してやるところだ。

「そうだ。ある歌手がいて、正体不明のままとても有名になった。彼女はある名前で――」

「イブ」ピートが言い、モンテスの表情を見て、軽く眉をそびやかせた。「音楽に国境はないぞ、ジェラルド。そして、正体不明の歌手は世界にひとりしかいない。だいたい――あんたらアメリカ人はなんと言うんだ？　そう、表に出すぎだ。それで、彼女とイブをどうやって結びつけた？」

「たんなる偶然だった」モンテスは唾を呑んで、込みあげてきた苦いものを押し戻した。「十日ほど前、レストランに出かけたら、ラジオがかかっていた。耳に入ってきた声と歌は、前に聞いたことがあった。あるとき、オフィスでエレンがその歌を歌っていたんだ。その歌をつくったのはイブとのことだったし、声にも歌にも聞き覚えがあったから、あとは単純な算術だ」

「彼女もつい最近までは、うまく正体を隠してきたようだが」ピートは思案げに言った。「レコーディングのときもミュージシャンとは別室だったというし、いまの彼女にはプライバシーを買うだけの財力もある」

「そういうことだ。だが、彼女の正体を知る唯一の人物に対しては、守りが甘かった」

「エージェントだな」

モンテスはうなずいた。

「いまエージェントはどこにいる？」

「カスケーズ山脈でクマの餌になっている。その前はシアトルにいた。彼女もだ。シアトルに九カ月いたんだ」

「エージェントからなにがわかった？」

モンテスは奥歯を嚙みしめた。「たいして。彼女の本名も住所も知らなかった。会う場所はそのつど、カフェとか公園のベンチとか、彼女のほうから指定して、自分のことはなにも教えなかったそうだ」

ピートが目を細くした。「ただ、例外があるんだろう？ 携帯電話の番号だ」

モンテスはうなずいた。「そうだ。プリペイドだが、そこから住所を突き止めて、彼女のアパートの外で待ち伏せした。あの売女は現われず、携帯の電源も切られた。つぎに信号が入ってきたのは二日後、なんとサンディエゴだった。急遽《きゅうきょ》、部下たちを現地にやった。さいわいティファナで仕事中のが三人いたんで、その仕事を中断させて、サンディエゴに向かわせたんだ。電話はホテルの客室にあり、部下たちがフロントに電話をすると、彼女は外出中とのことだった。それで、待ち伏せした」モンテスは歯がみした。「うちの部下は優秀だ。すべきことを心得ている。予想外のトラブルにみまわれるとは、思ってもいなかった。だから、彼女を連れてくるように命じて、わたしはシアトルからここへ戻った。あの女……片付けなければならないことがあったから、それに備えたかった。だが、なにかが起きて、優秀な男三人が死に、彼女はいまだどこぞをさまよっている」

「彼女には保護者がいる」ピートが言った。

「そうだ」いまだそれを考えるとはらわたが煮えくりかえる。「ある男。ひとりの男が」ピートの目を見ると、完璧に理解していることがわかった。「彼女がどこにいるにしろ、彼女を保護している男がいる」

それからピートはたっぷり十分は沈黙を続けた。それが苦痛だったモンテスは、もう一杯、ウイスキーをついだ。モンテス自身、この問題についてはじゅうぶんに頭を悩ました。あとは誰かに片付けさせるだけだ。

ピートがふいに立ちあがった。「行こう」

「うん？　どこへ？　サンディエゴか？」

「いや、シアトルだ」ピートの発音だと、〝シーエトル〟に聞こえる。「嗅ぎまわりたい。クマの餌を掘り返したら、串刺しにして、彼女に揺さぶりをかける。彼女のほうから出てくるように」〝いさぶり〟。「そのあとサンディエゴに向かう」

モンテスは軽いめまいを覚えて、おもむろに立ちあがった。「情報収集にあたるのなら、そのなまりはなんとかしたほうがいい。ひどく印象に残る」

「おやおや。あんたの口からそんな台詞《せりふ》を聞かされるとは」ピートは傷ついた顔をして、片手を心臓にあてがった。彼の声色が郊外に住んで息子のリトルリーグのコーチをしているパパの口調に切り替わった。多少サーファーっぽくもある。誰が誰とも区別のつかない、いわゆるアメリカ人男性の声だ。そして悲しそうに首を振った。「ひどく傷ついたよ。二度と言わないでくれ」

サンディエゴ

エレンがつぎに目覚めたときも、彼は傍らにいた。前と同じようにしゃちほこばって、動かないように見えた。顔に何本か皺が増えていることだけが前との違いだった。

午前中だった。日差しが黄金色のバターのようだから、天気がよくて、お昼近いのだろう。窓は開け放たれ、薄手のコットンのカーテンがそよ風に揺れていた。風が規則正しいやわらかな波音を運んでくる。海が近い。

エレンは頭と両手を動かしてみた。点滴のチューブがなくなっているので、手が自由に動かせる。動きやすさを確かめるように、手首を少しひねってみた。少し肩に痛みがあるけれど、もう激痛ではない。

素早く室内を見まわしてから、ハリー・ボルトの顔に戻った。前より老けて、頬に深い皺が刻まれている。疲労の色が目の下のくまに見て取れた。

「やあ」彼は低い小声で言うと、片方の口角を持ちあげて半分だけ笑顔になった。

「ハイ」息苦しかった。体が弱っているせいではない。夜中のうちに誰かが胸から岩をどけてくれたように、気分は楽になっている。

日差しは燦々《さんさん》と降りそそぎ、海の脈動が別の部屋から流れてくるジャズのサックスフォンのかすかな音と溶けあっている。磯の香りと、清潔なコットンのにおいと、それに……コーヒー？

エレンは深く息を吸った。「このにおいは、わたしが思っているもののにおい？」

深刻そうな彼の顔にちらっと笑みが浮かんだ。「そうだよ。腹いっぱい、朝食を食べてくれ」彼の手がエレンの手に重なった。「空腹だといいんだが」

「ええ、すいてるわ」ささやくような小声で答えた。

自分の手の上にある彼の手は硬くて温かく、その温かさが腕を這いのぼってくる。そして彼の笑顔にもぬくめられた。

いいえ、ほんとうのことを言うと、彼の笑顔にただぬくめられたのではなくて、全身に熱が走った。衝撃的な感覚だった。そう……生きているからこその衝撃。

そのせいで、なかば死んだように横たわっていることに耐えられなくなった。両脚を折り曲げて踵を踏んばり、肘で体を起こした……気がつくと、背中に枕をあてて坐っていた。苦もなく彼が持ちあげてくれたのだ。エレンのことを気遣いながらやすやすと。

「さあ、これでいい」ハリー・ボルトが目を見て、笑いかけてくる。それではじめて、彼がとてつもなく魅力的であることに気づいた。人一倍大きな体に、金色の髪。角張った顔に伸びはじめたひげまでが金色で、それを全部まとめると、とびきりすてきなひとりの男ができあがる。彼のことを怖がっていたせいで気づかなかったけれど、こうして恐怖がなくなってみると、とまどうほど意識させられてしまう。

そのこと自体が驚きだった。このベッドに横たわって、意識を失ったり取り戻したりしているうちに、いつしか恐怖が抜けていた。

ふいに、彼に手を握られていたことが、体の記憶としてよみがえった。何時間も。何日も。

「何曜日？」唐突に尋ねた。

「木曜だ」

エレンはまばたきした。「四日間も意識を失っていたの？」

「その間、ずっと意識がなかったわけじゃない。何度か目を覚ましたからね」彼の目が細くなる。「覚えてないかい？」

そうだったかもしれない。頭のなかに認識力という、長らく留守にしていた頼りになる友人が戻ってきた。「ここはどこ？」

「おれの自宅。書斎だよ」

エレンは彼に焦点を合わせた。「ここに四日いたのね」はっきりさせたくて、くり返した。

「ああ」彼の唇がきつく結ばれて、細い線になった。「そのことは、もうきみに話した。おれはきみを病院に連れていかなかった。きみは撃たれていて、病院と医者には銃創を警察に届けでる義務がある。きみはそれを望まないだろうと思った。あの男たちはしゃれにならない」

「そうなの」小声で言って、身震いした。「そうしてくれてよかった」

「おれも病院には連れていきたくなかった。ジェラルド・モンテスなら病院と警察署に見張りを立てるに決まっている」彼は椅子を引いて、さらにベッドに近づけた。椅子の脚が床の硬材にこすれる音がする。エレンの手を握る手に力が入った。「やつはきみの居場所を知らないし、今後も知られることはない」

「あの、正直に言うけど、わたしも自分がどこにいるか知らないのよ」

「言ったとおり、おれの自宅だ」

「それはどこなの?」

「コロナドショアズ」エレンのぽかんとした顔に気づいて、彼が目をみはった。「サンディエゴを知らないんだな?」

エレンは首を振り、痛くないことに驚いた。「はじめての土地よ。海岸沿いにあるらしいことはわかるけど。外から海らしき音がするから。それで、あなたがわたしを修理してくれたのね」右肩を動かして、右腕を持ちあげた。楽に動く。なにより、ぞっとするような脱力感がなくなったことが、ありがたかった。

自分を見おろした。ぶかぶかのTシャツを着ていたらしき記憶がぼんやり残っているが、いまは淡いピーチ色のナイトガウンを着ていた。混ぜ物なしのシルク。掛け値なしに豪華。ラペルラかも。「ただ修理してくれただけじゃないわ。撃たれた女を手当しようと、待ちかまえていたみたいね。看護用のベッドと点滴のチューブがあって、たぶん外科手術の器具まであるんだろうから」両手でピーチ色の生地を撫でた。「それにシルクのナイトガウンなんて。女性を救出するのが趣味なの？」

まずいことを言ってしまった。彼の表情が固まり、なにかとても強い感情――悲しみだろうか？――が顔をよぎった。

ハリーは急に立ちあがった。「いや、そうそう救出はしてないよ。病院のベッドと点滴のチューブはおれのパートナーの家から借りてきた。パートナーの奥さんのニコールが、父親を自宅で看取《みと》ったからね」

「きれいな女性が部屋に入ってきたのをなんとなく覚えているわ。夢だと思ってた。あの人がパートナーの奥さん？」

「そうだよ。彼女の父親が亡くなったとき、迷った末に看護用品をとっておいたんだ。医療用のキットはおれが持っていた。緊急時に備えてね。ナイトガウンはニコールが貸してくれた。あと何着か、引き出しに清潔なのを入れてくれてある。そんなこんなで、きみの観察どおり、きみを助ける備えはあったってわけだ。運のいいことに、きみは直接に撃たれたんじゃなくて、跳弾にやられただけだったし、傷も深くなかった。弾はおれが取りだし、傷口を縫いあわせておいた。八針縫ったよ。糸は体内で吸収されるタイプだから、あと数日で消える。ただ完璧じゃないから、この先、整形外科手術を受けた――」

エレンはもう一生、針には近づきたくなかった。「いいえ、これでいいわ」

「ずいぶん長いあいだ意識が戻らなかったが、おれの見立てだと、傷口がどうのより、疲れが溜まっていたんだろう。違うかい？」

エレンはうなずいた。一年におよぶ逃亡生活に加えて、ほぼ七十二時間ぶっつづけで起きていた。骨の髄まで疲れ切っていた。深呼吸すると、自分の肉体の先端に意識を向けた。まだふらつき感が残っているけれど、たっぷり休めた。それと——。

「そこにいたんでしょう？」エレンはベッド脇の椅子を指さした。「この間ずっと」ハリー・ボルトはエレンの目を見たまま、答えに詰まっていた。わたしの反応を気にしているの？「ああ。トイレとシャワーのときは席を外したよ。食事はニコールが運んでくれた。でも、そうだね、たいがいはここにいた」

びっくり。四日間、昼も夜も椅子に坐っていたなんて。「ごめんなさい。そこまでしてくれなくてよかったのに。死にかけてたわけじゃなし、そんな必要なかったのよ」

「いや、あった」ハリー・ボルトがひたとエレンを見据えた。ひたむきな薄茶色の瞳が窓から差しこむ日差しを反射している。「きみはときどき……うなされた。悪い夢を見てね。荒い息をしながら、怯えて目を覚ました。夜中にひとり、知らない場所で目を覚まさせるのはしのびなかった」

言われてみれば、そうだった。夢はたちまち悪夢になり、恐怖に駆られて闇のなかで目を覚ますと、がっちりとした手が自分を支えてくれた。

闇のなかで与えられたぬくもりと力強さ。夜になっても、ひとりではないという感覚。そのおかげなのだ。いま……生き返った気分なのは。寝ているあいだ、悪夢に追いかけられてさえいなければ、眠りは深かった。

この一年、夜中に目覚めることなく朝まで寝られたことは、一度もなかった。浅い眠りに甘んじ、夜中に物音がしたら反応するよう、脳の一部を緊張させていた。犬が吠《ほ》える声。車の排気。痴話喧嘩。ドアが叩きつけられる音。そんなものでも目が覚めて、息を切らしながら枕の下に忍ばせておいたナイフを取りだしたものだ。あのナイフはいまもみすぼらしいワンルームのベッドの枕の下にあって、二度と目にすることはないだろう。

ここでの夜は、本物の眠りに身を任せることができた。動物的な深い部分で、自分が安全なのを察知していたのだろう。

いまのところ、まったく危険がない。空腹を危険の範疇《はんちゅう》に入れたら、話は別だけれど。口を開いて食べ物を頼もうとしたら、先を越された。

「よし、いいだろう。いま朝食を運んでくるよ」彼は最後にもう一度、だいじょうぶであることを確かめるように彼女を見ると、椅子から立ちあがった。それでもまだ、エレンの手に手を重ねていた。

そういえば、オフィスでの彼はドレスシャツを着ていた。いまは黒のTシャツ。それが広い胸に張りつき、ふくらんだ二頭筋で袖がはち切れそうになっている。彼は並外れた体格をしていた。異様なほど肩幅が広くて腕が太いのに、ウエストは蜂のように細く引き締まっている。

彼の手が離れると、急に寒気がした。どういうこと？ 開いたフランス窓から暖かな風が吹きこんでいるのに。

遠ざかる彼を目で追った。長身で、驚くほど広い肩。皺だらけのTシャツとジーンズ。その彼に奪われたいと感じるなんて、われながら正気を疑ってしまう。体のほうが心配無用、万事オーケー信号を出しているのかもしれない。けれど、まったく知らない男なのだ。サタンの子孫やジェラルドのスパイではないとしても、なにが飛びだすか、わかったものではない。卑劣さだったり、暴力だったり、狂気だったり。

そう言い聞かせはしたものの、それほど深刻にはとらえていなかった。もし彼が暴力好きの卑劣漢なら、見ず知らずの女がひとりで目を覚ましたら怖いだろうと、何日も椅子に坐って見守らないはずだ。

かちゃかちゃと音がして、さらにいいにおいがしてきた。パンとシナモン。その奥にダークチョコレートのようなコーヒーの芳香が漂っている。

エレンはわが身を見おろした。肩がうずくけれど、もう痛みはない。腕を顔に近づけて、においを嗅いだ。誰かが体を拭いてくれたらしく、すがすがしい石けんの香りがした。ナイトガウンをずらして、右胸上部の絆創膏《ばんそうこう》を見た。絆創膏はきちんと張ってあって、取り替えたばかりのようだった。ふと好奇心が頭をもたげて、テープを持ちあげた。小さな黒い縫い目がきれいにならんでいる。これならたいした傷は残らない。

傷のまわりの肌は清潔ですっきりしている。感染症にはなっていない。

そうしたもろもろの奥になにかがある。いや——なにかが欠けている。恐怖が。怖くない。

この一年、夜となく昼となく、つねに恐怖が傍らにあった。いつ目出し帽をかぶった男たちに襲撃されても、銃弾が飛んできても、喉をナイフで切り裂かれてもおかしくないと思ってきた。

この一年間の一秒一秒が恐怖と孤独感とともにあった。

いまは恐くないし、寂しくもなかった。わずかなあいだにしろ、まったく危険のない状態にある。それを疑うこともなく、心のスイッチが入って、ハリー・ボルトは危険な人物から安全な人物へと切り替わった。電気のスイッチを入れたように、暗い場所がいっきに明るくなった。

といっても、ずっとここにいることはできない。ハリー・ボルトと、あの美貌のニコールと結婚しているそのパートナーのサム・レストンと、まだ会ったことのないもうひとりのパートナーのマイクには仕事があって、それはエレンをどこかへ運び、エレンのために新しい人生を準備することだった。だから、体がよくなりしだい、彼らから新しい書類を渡されて、あちらへ行けと新しい道を指示されるのだろう。

もちろん、ひとりきりで。そこに疑いの余地はない。

モンテスから追われているかぎり、ひとりでいるしかないことを、エレンは当然のこととして受け入れていた。これから死ぬまでその状態が続くかもしれない。

だからいま大切なのは、ひとりではないうちに、心ゆくまでひとときひとときを味わうことだった。夜ごと付き添ってくれて、いまはキッチンで調理道具をがちゃがちゃさせている男がいるあいだに。

できることならこの感覚に浸り切りたいけれど、じきに出ていかなければならないことはわかっている。ここで過ごす一分一秒が甘美で妙なる誘惑だった。この環境に慣れてはいけない——人に世話をやいてもらうこと、危険な男にそばにいてもらうことに。

ようやく頭の霧が晴れて、記憶の断片がよみがえってきた。ホテルの外での一件については思いだせない部分も多いけれど、重要なのは自分を助けるためにハリー・ボルトが駆けつけて、ジェラルドの部下三人を殺してくれたことだ。

そういう男性がそばにいてくれたら、誰だって安心できる。

エレンには許されない贅沢だった。その安心感に溺れてはいけない。

よくなったら、ここを出ていくのだから。

そのためのステップ一は、みずからの足で立つこと。

さあ、いいわね。これまでだってずっと自分で歩いてきた。そのことが、そんなにむずかしいわけないでしょう？

ブランケットをはねのけて、ゆっくりと足を動かした。ベッドから垂らし、下を向いて、唾を呑んだ。なんなの？　床が遠く感じる。入院したことはなかった。病院のベッドがこんなに高いなんて、はじめて知った。

どうしたらいいの？　片足ずつおろしてみる？　腰を動かすと、右脚を伸ばしてぴかぴかの硬材の床に近づけた。ついた。片方が床についたから、もう片方も――。

ハリーがドアのところに現われた。「聞きたいんだけど、きみは――おい！」

左足を床につけたとたん、エレンは膝から崩れた。息をはずませて、手を伸ばした。倒れると思ったその瞬間に、たくましい胸板に抱きあげられた。

びっくりして彼の目を見た。いつの間に動いたの？　ドアの前にいたと思ったつぎの瞬間には隣にいて、倒れる自分を受け止めてくれた。目にも留まらなかった。

記憶が呼び覚まされる。光のように速く、自分のほうに向かってくるハリー。銃を取りだすや、早くも撃ちだしていた……。

身のこなしが敏捷《びんしょう》なのだ。

ハリーの眉間に皺が寄った。「なにしてるの？」

「なにって……ベッドから出ようと思って。病人じゃないもの。それにあなたも言ってたでしょう、ひどいケガじゃないって」

ハリーは腕のなかの彼女を見おろして眉間を開き、金色の瞳を輝かせた。

「きみは怖かったんだな」小声で言った。「体が弱ることが怖かった。やつに見つかったとき、反撃できなくなることが怖かった」

心を見透かされたようだ。「走って逃げられないこともよ」

「それはもう怖がらなくていい」彼は淡々と述べた。「やつにはきみを見つけられない。誰にもだ。そして、今後いっさい、きみは誰からも傷つけられない」

エレンは床に視線を落とした。艶やかで、堅牢《けんろう》で、安全だった。そしてそれもまた、ほかのすべてと同じように、ただの見せかけかもしれない。現に自分の足では、その床に立つこともできなかった。

「おれにはきみの気持ちがわかる」妙な気分。病室となった彼の書斎で、彼に抱かれながら、こんな会話をしているなんて。どこかで小さくて軽い音がした。パンが焼けたとき、トースターがまさにこんな音をたてる。

「なに？」彼がなにかを言ったが、エレンは別のことに気をとられていた。なにに？　そう、いままで触れたなかで、いちばんすばらしい男の肉体に。

ジェラルドの会社には筋骨隆々とした男が多く、よたよた歩きが見苦しくてばかみたいなボディビルダーも少なくなかった。みな〝おれにかまうと火傷《やけど》するぞ〟という、いかにも物騒な雰囲気をかもしていたが、あの三人にしたってハリー・ボルトに易々とやられてしまったのだから、結局、ただのはったりでしかなかったことになる。

エレンにはハリーがなぜ彼らに圧勝したか、体で感じることができた。とっさに片方の腕を彼の肩にまわし、もう一方を胸につけていた。こんな肉体ははじめて。温かな鋼鉄に皮膚をかぶせたよう。まるでレーシングカーのエンジンのように、長くて細い筋肉が太い骨をくるみこんでいた。

「おれにはきみの気持ちがわかると言ったんだ。弱っていて、ちゃんと立つこともできないことがどんなにいやなものか、おれも知っている。ぞっとするような感覚だった。そんな瞬間瞬間がいやでたまらなかった。おれと違ってきみは追われているから、よけいだろう」

エレンは驚きの目で彼を見た。どこから見てもまじめな顔で、厳粛ですらある。くっきりと皺が刻まれた頰。真一文字に結んだ大きな口。深刻な目つき。いま自分を抱えている男、自分を子どものように抱きあげられる男がそこまで弱っているさまなど、想像するのもむずかしい——。

「どういうこと？　あなたが弱ってたっていうこと？　どんなふうに？」

その質問自体が異様に聞こえた。どう考えても、エレンがいま目にして、感じている部分——がっちりした首、誰よりも広い肩、大きくて筋張った手——は、弱いとはいえない。とにかく大きな人だった。

彼は口をへの字にして、大きな肩の片方をすくめた。その動きでエレンは沈んで、浮かびあがった。

「じつは撃たれてね、アフ——任務地で。一年ぐらい前のことだ。数週間のうちに四度の手術を受けて、体重が三十キロ減り、何カ月も歩けなかった。そう、疲労困憊してて、そんな状態がしばらく続いた」

エレンは片手で口を押さえ、目を丸くした。「そうなの？　ごめんなさい。ほんとうに深刻なケガだったのね。どうやって回復したの？」

彼の口角の片方が持ちあがった。「おれの手柄にできることは、ひとつもない。兄弟たちが無理やり戻してくれたんだ。サムとマイクがね。きみはサムとニコールには会ったが、マイクはまだだったな。とはいえ、きみが寝ているあいだに何度かここへ様子を見にきた。その当時のおれは疲労困憊してただけじゃなくて、落ちこんでもいた。ふたりがおれを元に戻すためにナチスを雇ってくれなかったら、あのまま自己憐憫《れんびん》の海に沈んでたかもしれない」

「ナチス？」

「そうさ。実際はドイツ人じゃなくて、ノルウェー人だったが。ビョルンといって、これがまた、情け容赦のない男でね。百二十五キロの悪意の塊さ。半年間、毎日やってきて、サムとマイクに報告した。おれが反抗しても、おれよりふたりのほうが怖いと言いやがった。ふたりから仕返しされるのを怖がってたんだろう。で、おれのほうだけれど、最初はよちよち何歩か歩ければいいほうだった。すぐにケツま――いや、転んでばかりいた」

エレンは彼が兄弟のことを話すときの愛情深い口ぶりに感じ入った。サムとハリーが兄弟だとは知らなかった。長身で、異様なほど体格がいいこと以外、まるで似ていないからだ。でも、考えてみたら……サムの名字はレストンで、ハリーはボルト。

「どういう関係の兄弟なの？　母親が同じで、父親が別？」

「血のつながりのない兄弟だ。長くなるから、この話はまた時間のあるときにするよ。ただ、おれを助けてくれたのはあのふたりだけじゃない。きみも一役買ってる。おれがいまこうしてここにいるのは、きみのおかげでね」

狐《きつね》につままれた思いで、エレンは黙って彼を見ていた。「わたし？　あなたには会ったこともないのよ。そんなわたしがあなたの回復にどうやったら手を貸せるの？」

「きみの声さ。おれは夜のあいだ、きみの歌を延々と聴きつづけた。きわめて現実的な意味で、ぼくはきみの音楽に命を救われたんだよ、イブ」彼の低い声がいちだんと低くなり、視線が鋭くなって、体に突き刺さるように感じる。「きみの歌を聴くために、ぼくはこの世界、この人生を続けたいと思った。こんなこと言うのはどうかと思うけど、神にかけて、これが真実さ」

「エレン」彼女はささやいた。

「なに？」

「イブは歌手名よ。エージェントがつけたの。人類最初の女、イブ。謎めいていると思ったのかしら――彼がなにを思ったか知らないけれど。でも、わたしの本名はただのエレンよ。エレン――」すんでのところで、頭のベルが鳴り響いた。名字を明かして、信頼という名の絶壁から一か八か身を投げかけた。だが、エレンは頭のなかで腕をまわしてバランスを取りなおすと、後ろに下がった。ハリーのことは信頼しているけれど、いま名字を教えたら、気持ちのうえで……身ぐるみはがれてしまう。

いまも裸とたいして変わらないけれど。

彼の腕のなかにいたエレンはふいに、薄いシルクの下は裸であることを強く意識した。対するハリーのほうは、とうに気づいていたようだ。撫でまわすようなことはしないけれど、腕のなかにエレンがいないふりもしていない。彼の特別大きくて特別温かな左手は乳房に添えられ、右手は太腿にまわされている。

男性とこんなに距離が縮まったのは久しぶり……この数年なかったことだ。正直に言うと、こういう男性と親しくなったことは一度もない。こういう男性、たくましい男性……男らしい人と。

前にベンという彼氏がいたことはある。エレンと同じように、会計学の学位を取るために大学に通っていた。いい人で、植物の添え木みたいに痩せていて、セックスよりもデリバテイブに興味がある人だった。

トヨタの代理店をやっていたジョーという彼氏もいた。十五キロほど太りすぎで、マシュマロみたいな感触のものをエレンのなかにいつまでも入れておきたがった。

ハリーは種類が別のようだ。大きくて、力強くて、たくましくて、敏捷で。

彼がエレンを見おろしている。視線が目から口に移動し、ふたたび目に戻った。まるでわたしの気持ちをはかりかねているみたい……。

無言の質問への答えとして、エレンは彼の首にまわした腕に力を入れ、目をつぶった。

彼の唇の温かさは手と同じくらいで、感触はもっとやわらかかった。美味。コーヒーとシナモンとバターの味がする。彼が唇を少しかしげて、エレンの口をこじ開けた。舌がなかに入ってくる。

その感触に電気が走ったようになり、びっくりして息を呑んだ。ひりつくような熱さに息を奪われた。

強すぎる刺激に、エレンは身を引いた。

彼の唇がキスで少し濡れているのを見て、無性に触れてみたくなった。屈強な男のなかで、唯一やわらかな場所。そのやわらかさをもう一度、確かめたい。

ハリーがほんの少し頭を起こしたので、エレンの唇のすぐ先に唇があった。

金色の瞳が燃えあがり、太陽よりも熱そう。

「どこへ行くつもりだったんだい？」彼の顔がすぐ近くにあるので、コーヒーのにおいのする息がかかった。

息が詰まって、返事ができない。

すごい。キスに感電してしまった。どうかしている。ただのキスで、初キスでもないのに。でも、こんなにぞくぞくするキスははじめて。セックスをしたのと同じくらい、ふたりの距離が縮まった。それに、最後にこんなふうに抱えられたのはいつだろう？　最後に人に触れたのは？　心を揺さぶられるような接触はもちろんのこと、ささやかな触れあいすらなかった。

エレンは彼に対して心のなかで小さな柵をつくった。彼によって呼び覚まされる、あまりに誘惑的だからこそ危険な官能や安全の感覚から身を守らなければならない。そして、腕のなかで少し体をこわばらせた。

「あの、わたし、トイレに行きたくて」それに、あなたの腕から出なければならない。

ハリーは回れ右をしてエレンをバスルームまで運ぶと、そっと床に立たせ、腕を持って支えた。

エレンは立てることがわかった。支えてくれる彼の手の感覚が心地よすぎるので、小さく後ろに下がって、彼の手を逃れた。「わたしがバスルームを使っているあいだ、ここで待つつもりじゃないといいんだけれど」

とびきり魅力的な男性を前にして、自分がシルクとはいえ皺だらけのナイトガウンしか着ていないことを強く意識した。髪には寝癖がつき、舌にはこけが生えているかもしれない。逃亡生活に不足はつきものとはいえ、こうして威厳まで失ってしまう。

黄金色の瞳は多くを見透かし、多くを理解する。

「手伝う必要がなければ」注意深いまなざしでエレンの目を探り、しばらくすると答えを見いだした。「ただし、ドアのすぐ外にいる。手助けが必要なときは、呼んでくれたら、聞こえる」洗面台に向かって、うなずきかけた。「そこに新品の歯ブラシと小さな歯磨き粉がある。石けんとタオルはカウンターだ」

「モイスチャライザーはないの？」エレンはわざと聞いてみた。

「いや、ごめん」ハリーはまごついて、首を振った。「モイスチャライザーとは気づかなかったよ。でも、あとで買ってこよう。ニコールに聞けば、どこでどんなのを買ったらいいか、教えてくれる。そうだな、彼女に頼んで買ってきてもらおう」彼はバスルームから出て、「いいかい、すぐ外にいるからね」と、ドアを閉めた。

エレンはトイレを使ってから、洗面台に近づいた。バスルームは大きくて、ゆったりとしていた。調度は白で統一され、壁も白いタイル張りだった。左手側にガラスの扉がついた白い棚があり、右手が特大のシャワー室になっている。

女性の形跡はまるでなかった。彼が女と暮らしていようと、毎夜、女たちが次々と寝室とバスルームを通過しようと、自分には関係のないことだ。そう言い聞かせてはみたものの、たんなる強がりだった証拠に、彼のトイレタリー用品を見ると安堵《あんど》感が押し寄せた。洗面台に置いてあるものを見れば、一目瞭然。櫛《くし》がひとつ、歯ブラシが一本、半分使った歯磨き粉がひとつ、電気カミソリがひとつ。袋に入ったままの新品の歯ブラシと小型の歯磨き粉には、ヒルトンホテルのロゴが入っていた。

エレンはシャワー室を見て、膝の具合を試してみた。なんとかなりそう。さっさとナイトガウンを床に落として、シャワー室に入った。

すばらしい。

この一年間、惨めな場所で暮らしてきた。それは子ども時代に住んでいた場所を彷彿《ほうふつ》させた。エレンはそんな場所から逃れたい一心で努力を重ねてきた。きつい仕事に猛勉強。仕事をふたつ掛け持ちしながら、学位を取得するという目標に向かってレーザー光線のように邁進《まいしん》し、最初についた大きな仕事にもけんめいに取り組んだのに、結局めぐりめぐって、この一年は逃げたいと思いつめていた場所に引き戻されてしまった。西へ西へと向かいながら、安くて汚いモーテルに泊まった。トイレにはシミが浮かび、シャワーの排水溝には陰毛が落ちていた。そして、ろくにお湯の出ない貸しアパートの部屋。

そういう場所はいやというほどよく知っていた。

イブのCDで大金を稼いだのはいいけれど、その全額がお金を受け取るために設立した会社に入り、注目を集めずにお金を引き出す方法を考えだせなかったので、自分のお金とはいえ、月にあるようなものだった。

だから、このシャワーは久々の贅沢だ。

ハリー・ボルト家はあまり飾り立てられていないようだけれど、それはお金の問題ではなく好みの問題らしい。バスルームにはふんだんに金がかけてあった。シャワー室は、エレンが最後に住んでいたワンルームのシャワー室の十倍の広さがあって、シャワーヘッド六つを備えていた。降りそそぐ湯の下に入って、身を任せた。

デンバー近郊の小さな町で何日間か、やはりもぐりのウェイトレスの仕事につき、同僚のウェイトレスから好意を寄せられたことがあった。ニューエイジかぶれの不思議ちゃんだったけれど、やさしくて親切な娘だった。その彼女が水に関して一家言《いっかげん》あって、なんでも、流水には厄災と悪いカルマを取り除いてくれる作用があるのだとか。

そうかもしれないし、そうでないかもしれない。なんにしろ、いい気分。

エレンは鼻歌を口ずさんだ。シャワーを浴びると、つい歌ってしまう。嬉しいときはそれを祝うために歌い、悲しいときは気分を引き立てるために歌い、怖いときは勇気を奮い起こすために歌った。

エレンの声と音楽は、生まれたときからずっと、よいものでもあり、悪いものでもあった。魂の抜け殻のようだった母親は、音楽業界の片隅で生きていた。大酒を食らい、ひっきりなしにタバコを吸って、仕事をこなし切れないまま、いつか成功することを夢見ていた。皮肉なことに、そんな母はたいした声の持ち主ではなかった。若いころは才能の片鱗《へんりん》があったのかもしれないが、エレンが十歳になるころには、とうになくなっていた。それでなくとも、母は自分の身ひとつも持て余していた。わずかな才能はタバコと酒と不幸に消費されてしまった。まず声がやられ、それに人生が続いた。エレンは十七歳になっていた。

そして母親は、一家の才能のすべてがエレンに集中したことに腹を立てていた。小さいころは、よく母親にフェアの会場や飛び入り歓迎の酒場に連れていかれた。野生のイノシシとでもハモることができるエレンがいれば、母の声が引き立ったからだ。けれど、エレンが大きくなるにつれて、エレンだけを出演させたがる店主が増えた反面、音楽業界の裏を見すぎたエレンは、数字に魅力を感じるようになっていた。クールで、合理的な数字に。数字には過不足がない。そして輝かしく、崇高だった。

数字は信頼できて、人を裏切らない。二足す二はつねに四になる。先の読めない、その場しのぎの不安定な生活のなかで、数字の世界を発見したエレンは、もう後戻りしなかった。級友より一年早くハイスクールを卒業して、大学に入り、勉学に没頭した。

食べるための手段がほかにできたので、音楽は楽しみになった。シャワーを浴びながら、車を運転しながら、散歩をしながら。音楽は個人的な楽しみであり、慰めであった。

ちょうどいまのように。いまエレンはストレスのかかる不安定な状態で、将来の見通しが立たずに怯えている。そんな自分にシャワーを浴びせるように、音楽を浴びせてやり、その両方で自分を清めてやった。

シャワーから出ると、そそくさと身支度をした。ドライヤーが見あたらなかったので、髪はタオルでよく拭いて櫛を通した。モイスチャライザーはないので、体を拭いたら、あとはナイトガウンをもう一度着るだけだった。

ドアに手をあて、ためらった。鼻歌まじりにシャワーを浴びているあいだは現実を忘れていられた。けれど、ドアの向こうには現実が待ちかまえていて、襲いかかってこようとしている。

命を救ってくれた男、異常なほど惹かれてしまう男が、そこで待っている。とりあえずマントを広げて身を守ったけれど、いつまでも広げたままにはできない。

RBK社は、恐ろしい目に遭っている女たちを新しい人生に送りだしている。エレンが保留状態になっているのは、負傷していたからだ。けれど、ふだんの生活に戻るためにも、エレンにはさっさとよくなってもらいたいと思っているにちがいなかった。

できれば今日のうち、長くても二、三日のうちには、よそへやられるだろう。あるいは、糸が吸収されるまでは待ってくれるつもりかもしれない。だとしたらあと一週間ほど、恐怖のない感覚をやさしいそよ風のように味わっていられる。

だとしても、遅かれ早かれ、寒風のなかに出ていかなければならない。ノースダコタだとかワイオミングだとか、突拍子のない場所が引っ越し先に指定されるのだろうが、もし選ばせてもらえるなら、冬の寒さの厳しくない、雪よりも太陽の日差しに恵まれた土地がいい。けれど、それもあくまでこちらの希望で、この一年の大半がそうであったように、自分には決定権がなかった。

だから、気がつくと見知らぬ町にいて、新しい身分と名前を与えられて、それに慣れなければならないのだろう。友だちをつくるにもびくびくしながら、割りのよくない仕事につき、ずっと顔を伏せていなければならない。そして生きているかぎり二度と歌うことはできない。

痛みに胸を衝かれた。

いまこの瞬間、これは貴重な時間なのよ。覚えておこう。このぬくもりや、穏やかさ、ドアの向こうにいる騎士に守ってもらっている感覚を。

エレンはドアを押し開けた。

出てきた!

ハリーは思わずひざまずきそうになった。バスルームから出てくる音が嬉しすぎて、空耳でないかどうか、頬をつねって確かめたくなった。

彼女の口が奏でる音楽は驚異だった。もし火星人が地球人のことを知りたければ、イブの歌を聴けばいい。イブ……エレンの。

しかも美人なのだから、こんな豪勢なことはない。イブほどの美声の持ち主なら、それだけでじゅうぶんだと思うかもしれないが、そうではない。その歌声が、これほど美しい女性の色っぽい唇から出ているなど、誰に想像できようか。そうイブ、いやエレンの唇から。まだ彼女のことをエレンだと思えなかった。でも、考えてみると、そう決めつけたものでもないかもしれない。もしイブが美人だと聞いたら、人はこれ見よがしな絶世の美女を思い浮かべるだろう。

ところが実際のエレンは清らかで静かな美人で、控えめで奥ゆかしい美しさがあった。よく見ないとわからないけれど、一度気がついたら、二度と目をそらすことができない。透明感があり、陶器のようになめらかな、青白い肌。濃いまつげに彩られた、吊りぎみの大きな緑の瞳。細く通った鼻筋。少しだけ大きい口はいまにも歌いだしそうで、それに、セックスを連想させる。

小柄で痩せていて、胸郭も狭いので、ジャズを歌うときに大声を絞りだせるのが不思議なようだった。

彼女はバスルームからそろそろと出てきた。まず頭を突きだし、あぶなくないのを確かめてから、ドアを大きく開いた。いまだ怖がっている女、一年におよぶ逃亡生活を続けてきた女の動きだった。

それも考えてみれば当然のことだ。いまもあの卑怯者のモンテスに追われ、ハリーが介入しなければ、一生その状態が続くかもしれないのだから。できることなら、やつの息の根を止めてやりたい。

それで彼女の逃亡生活に終止符が打たれ、ハリーは立候補できる。

ハリーは彼女がためらっている原因の一端が自分にあることに気づいていた。彼女を安心させるためにできるだけのことをしたが、彼女が最後に覚えているハリーは、拳銃を手にして全速力で走っている姿であり、つぎに目覚めたときには、負傷して見知らぬ場所にいた。

人の心は重層的にできている。微妙な情感や洗練された考えを編みだすことができ、お茶を飲みながら政治談義や公開されたばかりの映画について語りあうには適している。

だが、命を救うのは脳の原始的な部分だ。その部分は期待を交えずに、外界の信号をありのままに受けつける。危険な男を察知すると、狼煙を上げて合図を送る。

そしてハリーは危険な男だった。

ハリーは傭兵の、つまり人を破壊すべく訓練された男の目で彼女を見た。すらりとして引き締まった体をしているが、華奢だった。身のこなしもダンサーのように優雅で、運動選手のそれとは違った。数十年にひとりの才能を持つ特別な存在で、気品に恵まれた美女――そして獲物だった。

連中の手にかかったら、彼女などものの五分で破壊されてしまう。

彼女の運のよさも永遠には続かない。

これからは運でなく、自分が彼女の命を守る。運命をねじ曲げてでも守らなければならない。動機はじゅうぶんなので、誰が相手でも負ける気がしない。

それにこちらにはサムとマイクという、頼りになる兄弟がついている。三人そろえば怖いものなどない。ハリー・ボルトと騒ぎを起こしたがるばかはおらず、サム・レストンとマイク・キーラーがついていればなおのことだった。

彼女はハリーの顔を見つめ、合図があるのを待っている。少し不安げで、怖がっているようでもある。ハリーはふだん――兄弟たちによると――きつい顔をしている。相手をびらせ、怖じ気づかせる方法なら、完璧に知っている。だが、いましたいのは元気づけること。そう、いま必要なのは笑顔。その気になれば笑顔ぐらいつくれるぞ。口角の筋肉をこわばらせて、歯を見せる……よし、できた！　エレンの顔つきが明るくなり、少し笑みを返してくれた。

さて、つぎは彼女に食べさせなければ。

彼女の手を取って、キッチンのほうに向けた。ここに住んではじめて、アパートメントが広いことに感謝した。サムからここへ住めと言われたときは、いやでたまらなかった。広すぎるせいで殺風景だし、必要もなければ欲しくもない空き部屋がたくさんあった。内装に凝る趣味はないし、そんな時間も惜しいので、だいたいは放置してある。

けれど、いまはバスルームからキッチンへ移動するのに時間がかかることが嬉しかった。

彼女の手を握っていられる。小さくて、やわらかくて……さわり心地、抜群だ。ああ、なんていい感じなんだろう。

マイクが言いそうなことが頭に浮かんで、鼻を鳴らしそうになった。マイクは、アンチロマンス派にして、やりにげ派でもある。手を握りあうというスタイルはそんなマイクには無縁なものだ。ハリーだって縁があるとは思っていなかったけれど、それよりなにより、ずいぶん長いあいだどんな形にしろ女に触れていなかった。

ひょっとしたら、こんなに胸がときめくのはそのせいかもしれない。なにせ彼女の手を握るという、子どもが遊び場でするようなことだけしかしていないのだから。ただ、子どものころは女の子の手など、握る機会がなかった。みんなの鼻つまみで、当時住んでいたスラム街でも、ハリーの家の評判は悪かった。

しかし、これで納得がいった。若いやつらが公園で手を握ったり、老人ホームの年寄りが手を握ったりする、ほんわかしたコマーシャルがテレビで流れているわけだ。

こんなに気持ちがいいのなら。いや、それ以上だ。人のぬくもりと、つながっている感覚と。エレンに見あげられながら、がらんとしたリビングを横切った。彼女が笑いかけてくれたので、笑みを返した。彼女の目に魅入られていたせいで、コーヒーテーブルに臑《すね》をぶつけそうになった。

おのずと歩幅をせばめ、彼女に合わせて速度を落とした。まだ体力が戻っていないので、動きがのろい。

ハリーのほうに異存はなかった。彼女の手を握っていられるなら、日没までかかってもいい。彼女の手のひらの感触を味わいながら、最後に女性と手を握ったときのことを思いだそうとしているうちに、キッチンに着いた。

テーブルの上を見て、彼女が目を丸くした。フレンチプレスされた熱々のコーヒー、ベーコンと卵とトーストを盛った大皿と、パンケーキがふた山、それにブルーベリーシロップの入った小さなピッチャーが添えてある。

そしてニコールの強い勧めで、皮をむいてサイコロ状にカットした果物が入った大鉢に、ローファットヨーグルトがふたつ。そんなもの、ハリーには味気ないとしか思えないけれど、誰もニコールには逆らえない。それが決まりなのだ。

ハリーが椅子を引くと、彼女はすなおに腰をおろした。膝から力が抜けたのかもしれない。ハリーは眉をひそめた。だいぶ体が弱っている。彼女には食べ物と休息とエクササイズが、その順番で必要だった。

彼女の斜め前の席についた。「この朝食の全部がおれのお手柄ってわけじゃないんだ」彼女のカップにコーヒーをついだ。ミルクのピッチャーを持ちあげ、尋ねる代わりに眉を吊りあげた。彼女がうなずいたので、コーヒーを淡い色に変えた。「何カ月か前から、ニコールとサムのハウスキーパーがおれを太らせようと決意して、食料を山盛り運んでくるようになった」

彼女が目をみはった。なにを考えているかわかる。いまのハリーは百キロを超す、全身これ筋肉の塊なので、一年前には骨と皮だけだったと想像できる人はまずいない。

彼女は小さめのパンケーキを二枚取って、ブルーベリーシロップを四滴かけると、お上品に食べはじめた。

なにもかもがすばらしい。イブが自宅のキッチンにいる。いや、エレンが。でも、イブでもある。しかも、予想外のおまけとして、そそられる美しさを備えていた。

温かなシャワーのおかげで象牙色の肌がほんのり赤らみ、髪と肌と目が絶妙の色合いだった。彼女は顔を上げると、キッチンの窓から差しこむ日差しのまぶしさに目をつぶった。

ハリーは日差しのなかで生き生きと輝きだす顔をむさぼるように眺めた。濃い赤褐色の眉はなだらかな弧を描き、長くて豊かなまつげは、先端のほうだけ色が薄くなっている。大きめの唇は口紅がいらないほど赤味が強く、いまのように口紅を塗っていなくても、一人前の男をひざまずかせるに足る魅力がある。ダークレッドの髪はもちろんのこと。焦げ茶から赤銅色から血のような赤い色まで、様々な色合いの髪が日差しを浴びて輝いていた。豊かで艶があり、乾くにつれてカールしてきている。きつく手を握りしめていないと、肩先で丸くなった髪を持ちあげて、指を通してしまいそうになる。

そう、キスまではした。だが、女性にはけっして男性に見せないルールブックがある。キスから髪をいじるまでのあいだにある程度の時間をおかなければならないかどうか、ハリーにはわからなかった。

だが、じきに彼女に触れる権利が手に入る。髪だけじゃなくて、全身くまなく。そうとも、その権利を手に入れないと。

「おいしいわ。彼女とニコールにお礼を言っておいて」

「きみが自分で言えばいい」ハリーはベーコンの半分とスクランブルエッグを彼女の皿に盛りながら、こともなげに言った。「今夜、サムからディナーに誘われてるんだ」

なぜか彼女が身構えた。頭が起き、口元に運んでいたコーヒーカップが震えている。ハリーは手を伸ばして彼女の手に重ねた。

「これ以上、迷惑をかけたくないの」その声はこわばって、張りつめていた。「元気になったらすぐにでも、ひとりで歩きだすから。あなたとサムの力を借りて。だから、わたしまでディナーに誘ってくれなくていいのよ」

ハリーは黙って聞いていたが、天井を仰ぎたくなった。くだらない発言に重みを与えてしまいそうで、答えるのもいまいましい。彼女はここにいて、今後もここを離れない。

答える代わりに身を乗りだして、彼女の目を見た。なんの苦痛もない。朝の日差しを浴びた緑の瞳は、そこだけ濃い血管の色が浮かび、高級な緑の大理石のようだ。書斎のベッドにいたときは、疲れで血走って、目の下にくまができていた。いまはまるで子どもの目のように白目が澄んで、目の下の皮膚も黒ずんでいない。

「どうして逃げたんだい？」ハリーが尋ねると、彼女が小さく息を吸った。静かな室内にその音がやけに大きく響いた。「きみは助けを求めておれたちのもとへ来た。おれたちのところにいれば安全なのに逃げだした。どうしてだ？」エレンはそっとカップをソーサーに戻して、手を見つめた。複雑でむずかしい仕事を与えられたような顔をしている。そしてようやく目を上げた。

「あの、わたし――」言いかけて、口を閉ざした。

「なんだい？」先をうながすと、顔の前にこぼれ落ちていた赤毛の束を手に取り、後ろに撫でつけた。ルールブックなんぞ、クソ食らえだ。「なにを考えてたんだ？」

こちらに向けられた彼女の目を見て、ハリーは顔をしかめそうになった。なんとやるせない目つきだろうか。美しい深緑の瞳には苦痛と悲しみと深い孤独感が表われていた。彼女はため息をついた。「わたしがあなたたちのことをケリーから教わったのは、言ったわよね？あなたたちに与えられたケリーという名を名乗る女性、と言うべきかもしれないけれど」

ハリーはうなずいた。ケリー――ハト、あるいはどんな本名だったにしろ――を新生活に送りだしたのは、自分ではない。サムが担当した。

しかし、立場が逆で、もしサムのほうが負傷していれば、自分かマイクがケリーに新しい人生を与える手助けをしていただろう。彼女の苦労も並大抵ではなかった。彼女の夫は富も権力もあり、アルコール依存症なうえに残忍だった。その夫の暴力によって、何度も病院送りにされ、そのままならやがて墓場送りになるのは火を見るより明らかだった。

「誰にも言わない約束だったんだが」ハリーは穏やかな口調で言った。もしケリーが黙っていたら、エレンはいまごろ生きていないだろうが、三人は手助けした女たちに——例外なく——いっさいの口外を禁じていた。それが防御の最前線。自分たちのことは絶対に誰にも知られてはならない。


シェルターに直通電話の番号を教えてあるので、それが女たちとRBKをつなぐ中継所となる。女同士が口頭でやりとりする私的なネットワークはあまりにリスクが高すぎる。彼女たちを追ってくる男たちは残虐であり、かならずしも愚かとはかぎらないからだ。

「ええ」エレンはトーストの角をかじりながら言った。トーストを皿に戻し、皿を押しやった。「彼女もそれはわかっていたわ。ほんとよ。わたしたちはお互いに引き寄せられるようにして友だちになったの。どちらももぐりのウェイトレスだった。でも、ケリーが読んでいた本や話し方から本来ならウェイトレスになる人じゃない、教養のある人だとわかって、いつの間にか、肩を寄せあうようになった。たぶん……ふたりとも寂しかったのね」

ハリーはこんどもうなずいた。理解できた。自分たちが助けた女たちは、一生、人目をしのんで暮らさなければならない。さもないと命が危ないからだ。だが、女たちは本来つながりあうようにできている。それをしないのは、尋常ならざる暴力にさらされたからにほかならない。

見苦しい男たちのせいで。

ハリーにしても、もしサムとマイクがいなければ、人生最悪の時期——クリッシーの死後とアフガニスタンからの帰還後——にひとりきりで、誰とも話さなかっただろう。事実、負傷しているあいだは、人が疎ましかった。けれどサムとマイクは、こちらの気持ちなど斟《しん》酌《しゃく》せずに無理やり介入してきて、当時のハリーは、とっさに壁のほうを向いたものだ。

「それで、きみたちは友人になったんだね？　お互いの境遇を話したのかい？」

彼女がため息をついた。「いいえ。腰を落ち着けて〝さあ、打ち明け話をしましょう〟ということはなかった。だいたいは、つい漏れてしまうというか、そうやってぽつりぽつりわかることが多かった。ある男がやってきて、わたしのことを尋ねた話はしたでしょう？　そのとき、彼女はわたしがパニックになるのを見て、わたしにあのカードを握らせ、助けが必要なときは、サム・レストンを頼ってと言ってくれた」エレンの口元が険しくなった。「それで、前にも言ったけれど、先週の話になるの。わたしは夜のシフトから帰ってくるところだった。暗い夜だったわ。アパートは治安の悪い場所にあったし、わたしは用心する癖がついていたから、周囲に気を配っていたの。でも、それは酔っぱらいやドラッグの依存症者が多いからで、それ以上のことはあまり考えていなかった。ジェラルドにはわたしが見つけられないと、たかをくっていたんだと思う。でも、いたのよ、そこに——ジェラルドの部下が、ホームレスの恰好をして」

「怖かったろうな」

エレンはかすれた笑い声をあげた。「ええ。それはもう。わたしはつねにささやかな逃亡キットを携帯していた。現金と、折りたためる帽子と、サングラスよ。そして逃げた。空港や駅は見張られているとわかっていたから、バスしかなかった。南に向かう最初のバスに飛び乗ってポートランドまで行き、そのあとサンフランシスコに出た。オールナイトで古典映画を上映している場末の映画館に入って、ひと晩つぶしたわ。ポルノでないだけ、ましだった。ポルノだったらひと晩いられなかったでしょうね」

「きみは『影なき男《ザ・シン・マン》』のシリーズを観ていた」ハリーにはその光景が目に浮かぶようだった。怯え切った逃亡中のエレンが、暗い映画館の片隅に縮こまり、ひとり震えている。「ノラ・チャールズだもんな」

エレンがふっと息をついた。「ええ。電話したときは疲れと恐怖が強すぎて、最初に思いついた名前を言ってしまったの」

「さあ。これを食べて」彼女の前に皿を戻し、少し命令口調で言った。ふだん女性に対してそんな言い方はしないのだが、エレンは別、食べさせる必要がある。そしてそれ以上に、ハリーのほうに、自分が与えたものを彼女に食べてもらう必要があった。「食事がすんだら、どうしておれたちのもとから逃げだしたか、話してもらうよ」

彼女がおもしろそうな顔をしてこちらを見あげ、明るい吊り目を細くしてふざけた。「イエッサー！」

イエッサー、まったくだ。

彼女は半分食べると、ふたたび皿を押しやった。「あなたからなにか言われる前に言っておくけれど、できることなら全部食べたいのよ。とてもおいしいもの。でも、食べられないの。胃がおかしくなりそう」

恥ずかしさが熱をもって身内を駆け抜けた。彼女が食べるところを見たい一心で、自分が負傷してサンディエゴに戻った直後の時期、サムとマイクに食べろとせっつかれつづけていたのを失念していた。ほとんどすべてのものを胃が拒否した。最後のひと口を食べおわるまで、サムやマイクが見張っていることもあった。

「いいだろう」ハリーはやさしく言った。「さあ、話してくれ。どうしておれたちから逃げたんだい？」

「あなたたちの顔よ」

ハリーは眉を吊りあげた。サムと自分が見目麗しい男でないことは確かだが、だとしても……。「おれたちの顔？」

「わたしがジェラルドとベアクロウのことを言ったときの顔を見て、あなたたちが彼とその会社を知っているのがわかったの。そしてあなたたちは顔を見合わせた。一瞬だけど、わたしは見逃さなかった。あなたたちの会社も、ベアクロウと同じセキュリティ会社よ。わたしは自分から罠に飛びこんでしまったんだと思った」

「そりゃ、たしかにモンテスのことは知ってるが」ハリーの口調は厳しかった。「だが、これは信じてくれ。RBKはベアクロウとはまるで違う。あのクソ、モンテス――すまない、口が悪くて――のせいで、サムは四人の部下を失った。ベアクロウ社とあそこの社員は有害だ。そこに仕返しできるんだから、おれたちとしては願ったり叶ったりさ。きみが感じ取ったのは、実際はそういうことだ」

エレンは青ざめ、手を持ちあげて、細く長い指で口をおおった。低い震え声で言った。

「そんな……ごめんなさい、逃げだしてしまって。理由もなくわたし自身とあなたを危険にさらしたのね」

彼女が動揺するところなど、見たくない。ハリーは口をおおっていた手をつかんで、自分のほうに引き寄せた。

「きみは知らなかったんだ」小声で話しかけた。「なにも悪くない。きみは今日まで、敏感に反応したからこそ、生き延びてこられた。おれたちがベアクロウと敵対関係にあることなど、きみが知るわけないんだ。にしても、ひとつ疑問が残る。連中はどうやってきみを追跡したんだろう？　なぜホテルで待ち伏せしてた？」

「ここから出る口実に携帯電話を使ったけど、そのあとホテルの部屋に忘れてきたことに気づいたの。まだ置きっぱなしのはずよ」

「実際は――」ハリーは背後のカウンターに手を伸ばし、テーブルに物を投げた。「きみの携帯はここにある」

テーブルにヘビが投げられたようにエレンが跳びあがった。「そんな！　居場所がばれて、追跡されてしまうわ！」彼女が携帯に触れようとしたので、ハリーはその手を上から押さえつけた。

「いや、追跡できない。電源は切ってあるし、マイクがホテルの部屋でバッテリーとＳＩＭカードを抜いてきた。おれがきみの肩から銃弾を取りだしているあいだに、マイクがホテルの客室に残っていたきみの痕跡を消したんだ。といっても、携帯と旅行用の歯ブラシだけだけどね。そのあと消毒剤でそこらじゅうを拭いて、部屋にいるあいだに――きみを捕まえるために部下を派遣したんだから、モンテスもホテルまでは突き止めている――手早く携帯もチェックした。きみはある番号にしか電話していなかった」

「エージェントの番号よ。彼との連絡用に安い携帯を買ったの。エージェントは、わたしが表に出たがらないほんとうの理由を知らないわ。ただ、マーケティング戦略として、こちらの希望を聞いてくれただけなの。携帯はプリペイドで、追跡できないはずなんだけど……」

エレンの声が途切れ、白い顔がさらに青白くなった。

「連中がエージェントを突き止めれば別だ」ハリーが代わりに告げ、自分の携帯を取りだした。「電話してみよう」

「やめて！」恐怖に声を引きつらせ、彼の携帯を押しやった。「そんなことしないで！　ここまで追跡されて、あなたまで危険に巻きこんでしまう」

ハリーはあらためて携帯を開いた。なんと、彼女はハリーの心配をしている。自分が命からがら逃げている最中だというのに、ハリーを危険な目に遭わせたくないと言う。いつもなら自分の気持ちを説明しないハリーだが、このときは伝えたくなった。

「心配しなくていい」やさしく話しかけ、携帯を掲げた。「これは特別仕様なんだ。電話というより、特殊なプログラムが入っている。通話はふたつのサーバーを介して行なわれるようになっていて、追跡者にはカルガリーの八十キロ先で発信したとしか思えない。この電話の使用料の請求は、すでにこの世にいない男ふたりを所有者とする会社にまわる。こいつのほうが、連中を攪乱《かくらん》させられる分、使用者不明のプリペイドより優れてる。追跡しようとしているやつらに無駄骨を折らせてやれるだろ？」

エレンは黙ってこちらを見ていた。青ざめて震えているけれど、これまで見たどんな女よりもきれいだった。

ハリーは暗記していた番号を押し、発信音を聞いた。もう一度。「自宅の番号は？」小声で尋ねた。

エレンが番号を告げた。それから一分、着信音が向こうで鳴る音を聞いた。

「ほかに心あたりの場所はあるかい？」

彼女が興奮を隠そうとしている。「いままで、彼が携帯に出ないことなんて、なかったわ。近くに携帯がないと生きていけない人だから。コンピュータはどこ？」

ハリーは彼女をリビングに連れていき、ノートパソコンの前に坐らせた。電源を入れると同時にプライバシー保護のためのプログラムを走らせた。これで誰にもこのノートパソコンのIPアドレスを割りだせない。

彼女はキーを打つことに熱中していた。「どういうこと？　もう一週間もフェイスブックを更新してないし、ツイートも一週間途絶えてる」苦痛に満ちたまなざしをハリーに向けた。

「彼らしくないわ。つねにつながっているのを自慢にしてたから。これからどうするの？」

できることはそれほどない。シアトルにハリーの――いや、マイクの――友だちがいる。SWAT隊員となった元海兵隊員だ。「できることはひとつしかない」ハリーは言った。「シアトル市警察に電話してみよう」

8

サンディエゴ

「シルクのシャツが二枚に、コットンのセーターが三枚、コットンのスカートが一枚に、ジーンズが二本。それにスエットの上下がふた組。片方がパウダーブルーで、もう片方がホットピンク。あなたにはとても似合うと思うわ」ニコールは得意げに言いながら、箱から衣類を引っぱりだした。「そして……」言葉を切って、ソファの背後に手をやると、ベージュとピンクのバッグを取りだした。「ほーら、見て！ ラペルラよ」そのはずんだ口調は、お客さんにダヴィンチのモナリザを披露するかのようだった。

エレンは袋をのぞいて、目をぱちくりさせた。シャーベットカラーのシルクとレースとサテンが入っている。すてき。そうよ、モナリザよりもこっちのほうがいいかも。

淡いライラック色のシルクでできたブラジャーとパンティのセットを取りだして、恭しく掲げた。レースがはめこまれていて、まさに芸術品のようだ。胸にブラジャーをあてがってみようとしたとき、首を絞められたような声が聞こえた。

RBK社の三人が、幸せいっぱいの顔でソファに腰かけていた。三人は不届きなほど大量の、しかもどれもほっぺたが落ちそうなほどおいしい料理を詰めこんだばかりだった。サム・レストンとマイク・キーラーが愉快そうに顔を輝かせている。

そしてハリーはというと、目の裏で爆発でも起きたような顔つきをしている。

エレンは自分を見おろした。ついはしゃいで、よく知らない三人の殿方の前で下着を試してみようとしていたことに気づいた。

よく知らないのは……そうね、ふたりかも。

ハリーのことはもう知らない人と思えない。感じとしては……いやだ、なにを考えているんだろう。ハリーがどんな感じなのかは知らないし、なにかを感じさせられるほど、彼とのあいだに個人的なやりとりがあったわけではないけれど、少なくとも〝知らない人〟とは思わなくなっている。

彼が何日も手を握っていてくれたからかもしれない。そのときのことはあまり覚えていないけれど、眠っているあいだ、力のある存在が自分を見守ってくれているという強い感覚があった。自分を守ってくれるドラゴン。あるいは騎士。

守られるっていい気持ち。

けれど、いまエレンがふだん身につけている白いコットンの下着に比べると信じられないくらいセクシーで女っぽい下着を手から取り落としながら、ハリーによって呼び起こされている感覚は、心地よさではなく熱っぽさだった。

セックスに伴う熱。セックスそのもの。

サムとニコールの家の、とても広くて優雅なリビングに置かれた、長くてたっぷりとしたしゃれたソファに坐る三人は、いずれも体格のいいすてきな男性だけれど、なかでもハリーは別格だった。

神像のようなのだ。金色に輝く神像。よく日焼けしているサムは、もともと浅黒い。マイクはアイルランド系らしく、淡いブルーの瞳に、白い肌、黒っぽい髪をしている。ハリーは偉大なる神が描いた作品のようだった。

上背があって筋肉質なのはサム・レストンと同じだけれど、サムの筋肉に厚みがあるのに対して、ハリーの筋肉は細く引き締まっている。肩は並外れて大きいのに、そこから腰に向かってミツバチのように引き絞られ、お尻も小ぶりだった。そして髪も肌も目も金色だった。まるでインカの神像が生身になったみたい。

いま彼の瞳には、燃えあがるほどの熱がこもっている。

「あの、わたし……」エレンは空っぽの手の置きどころに困った。びりびりして、うまく動かせない。鮮やかな色のついた水のように手をすべり落ちていったシルクの感触が名残惜しかった。そして、そのシルクよりもいい手触りなのはハリーの肌だけかもしれないという思いがふと頭をよぎって、そんな自分に面食らった。

彼の薄茶色の濃い眉のラインを目でなぞる。ずっと疑心暗鬼でいるように、眉の中央が盛りあがっている。そこから頬ひげのラインを首までたどると、やはり薄茶色の胸毛が開いたシャツの襟からのぞいていた。

気をそらすために、なにかしなくては。

まずはマナーを重んじること。

エレンはニコールに笑いかけた。「こんなにたくさん服を買ってきてくれて、ほんとうにありがとう。それにこれも」手で自分の体を示した。ニコールが貸してくれた深緑のリネンのシフトドレスを着ている。エレンだとくるぶし丈になるけれど、長身でしなやかな体型のニコールなら、ちょうど膝丈ぐらいだろう。ハリーがこのドレスを手に現われたときは、思わず泣きそうになった。これを着るとまた女性に戻れた実感がある。これを着てバスルームを出たら、ハリーが目をみはった。そんな反応をされると、よけいに。

化粧品のたぐいはほとんどなかったけれど、財布に入れて持ち歩いていたヘアピンで髪をアップにして留め、口紅を塗ってみた。外で待っていたハリーはエレンのことをオスカー会場のレッドカーペットに向かう女優のように出迎え、なんと十九世紀の騎士のように腕を差し伸べた。そしてふたりは手に手を取って、サムとニコールの住む広大なアパートメントを訪れた。

ディナーは楽しく、家庭的な雰囲気でくつろげた。サムとニコールは傍目にも愛しあっているのが伝わってくる、すてきなカップルだった。ニコールはすれ違った人がふり返るほどの、圧倒的な美貌の持ち主だけれど、とても気さくで、エレンは五分もすると外見のことなど忘れていた。

だが、彼女のご主人のほうは忘れていなかった。つねに妻を目で追って、機会あるごとに触れ、肩に大きな手を置いたり、頬をさっと撫でたりした。ニコールのほうも負けず劣らず夫を愛しているようで、たびたび笑みを向けていた。

相思相愛の夫婦の姿が、エレンには新鮮だった。母親の彼氏は哀れな酔っぱらいか、調子のいい女たらしのどちらかで、その両方を兼ね備えた男もいた。エレンが育つあいだに、そうした男が十人はいたが、愛情のこもった目で母を見る男などひとりもいなかった。

上背ではふたりに劣るマイクだったが、横幅は倍ぐらいあった。楽しい人で、彼にうまく誘導されて、知らずしらずのうちに思ったより食べていた。長男ぶっていて、快活にほかのふたりをからかった。

食事中、ひたすらエレンを見つめて黙然としていたのはハリーだけだった。

この人たち全員がわたしのために精いっぱいのことをしてくれている。

エレンはニコールを見た。繊細で美しいランジェリーをたたみ、薄い包装紙で包みなおして、しゃれたバッグに戻している。

「ほんとうにありがとう、ニコール。お金を出せたらすぐに、払ってもらった分をお返しするわ」

ニコールはすんなりとした手を振った。「そんなこと気にしないで。今日の午後、あなたのための買い物で、どれだけ楽しませてもらったと思ってて？ 残念なことに、わたしはきれいなランジェリーが着られなくなってきてるから」にっこりして、下腹部を撫でた。「いまにクジラみたいになっちゃうわ。そうしたら、シーツをまとうしかないわね。出産したら、すてきなランジェリーどころじゃないでしょうし」

サムが天を仰いだ。「きみがクジラになるわけないだろう」低い声で言った。「いまは妊娠中なんだ。太るのとは違う」彼が手を置くと、ニコールのお腹がほとんど隠れた。「それに、きみの美しさにはさらに磨きがかかってる」彼が笑顔でニコールの目をのぞきこむと、ふと室内が静かになった。エレンには、サムとニコールの目から自分が消えたのがわかった。ふたりきりの世界に行ってしまった。

沈黙を破ったのはマイクだった。「おっと」時間切れの印に、大きくてごつい両手を掲げた。「いちゃつき禁止。そこのふたり、離れろ。地球に帰還する時間だぞ」続いてエレンに言った。「わかったろ、ニコールはお金を返してもらおうとは思ってない。でも、どうやったら礼ができるか、おれにはわかる」

ハリーがにらむ。「マイク……」

「黙ってろ」マイクはエレンに笑いかけた。「おれたちのために歌ってくれないか」

「え？」

「歌ってくれよ、おれたちのために。楽器も弾けるんだろ？　図書室にピアノがある。すごい歌手だって聞いてるぞ。おれは音楽にはうとい。だが、ハリーは雨が降ろうが槍が降ろうが、一日四十八時間、きみの曲ばかり聴いてた。だからきっといい曲なんだろうと思ってさ」

エレンはあたりを見まわしつつ、ハリーだけは見なかった。もし見たら、黄金色の瞳に溺れたまま、浮きあがれなくなりそうだったからだ。「ニコール、サム、ほんとうにそうなの？」

「それはもう」ニコールがほほ笑んだ。「わたしにはお願いする図々しさがなかっただけよ。マイクが困惑するということを知らない人でよかったわ。で、こうしてお願いしてくれたわけだから……ええ、聴きたいわ。図書室に母から引き継いだピアノがあって、二カ月ほど前に調律してもらったところなの。わたしは苦痛に耐えながら十年もレッスンを受けてきたんだけど、悲しいぐらいお粗末な『エリーゼのために』しか弾けなくて。それもメトロノームがないと無理」そう言うと、あたりがぱっと明るくなるほど満面の笑みになった。「だから、お願い」小声で言い足し、夫とマイクとハリーをちらっと見た。「みんなそう思っているのよ。舌を抜かれたハリーもね」視線をエレンに戻し、笑い声をあげた。

ハリーの顔の険しさときたら、岩でも砕けそうだ。

「ケガしてるんだぞ」不機嫌をあらわに言った。「ベッドから出たばかりなんだ。そんな彼女に頼む──」

「喜んで歌わせてもらうわ」エレンはさえぎり、肩をまわした。縫合のひきつれも感じない。「腕が少し痺《しび》れているけれど、手はなんともないの。それに、わたしが音を外しても、島から追いだしたりしないわよね？」

この人たちは無条件に自分を受け入れ、ニコールはわざわざ買い物までしてきてくれた。そんな彼らにお返しとして歌うぐらい、お安いご用だ。

「だったらこちらよ」ニコールの先導で、やはり大きな部屋に移動した。ここには書架がならんでいる。ひとつ確かなことがあるとしたら、生まれてくる赤ん坊が遊び場には困らないことだ。サムは妻の傍らに立ち、マイクがその後ろに続いた。ハリーはエレンの隣にいる。

ハリーがかがんだ。「無理してないか？」切羽つまった声。みんなから頼まれたのは、演奏しながら歌うという、エレンにとっては楽しいことなのに、ロバの助けもなしに荒野を耕せと言われたかのような心配ぶりだ。

笑顔で彼を見あげた。「ええ。心配しないで」

ハリーはエレンをピアノまで連れていき、椅子に腰かけさせた。カーネギーホールで演奏者を案内しているような、恭しさだった。

驚いたことに、そこにあったのは一般家庭向きの古いアップライトではなく、正真正銘のグランドピアノだった。しかもスタインウェイで、試しに右手でC音から音階を弾いてみると、調律もすばらしかった。

ニコールと違って、エレンは正式にピアノを習ったことがなかった。レッスンらしいレッスンといったら、十二歳のころ八カ月間ほど同居していた年配のバズ・ロングリーから教わったのが唯一だ。ジャズピアニストだったバズは、アルコール依存症で女たらしの怠け者だったが、音楽だけはまともだった。ただ、時間どおりに舞台に立ち、しらふで演奏できたら、有名になれただろうに、人の信頼を勝ち取ったりしらふでいたりする技術だけは、ついぞ身につかなかった。

どういうわけか、そのバズがみずから買って出て、彼の言うところの「鍵盤のくすぐり方」をエレンに教えてくれた。当時は遊びぐらいに思っていたけれど、いまにしてみると、あれはれっきとしたレッスンだった。彼はなにげなくエレンの指使いを直し、ナッシュビル・サーキットの下品な話を披露してエレンを笑わせながら、知らずしらずのうちに音階練習をさせた。そうやってバズは教え、エレンはそれを吸収した。

バズは身軽に旅する男で、道連れはダッフルバッグとヘビ革のブーツとキーボードだった。そしてある夜、家を出ていった。エレンにキーボードを残して。

だから正式な訓練は受けていないけれど、自分の歌に合わせて演奏するぐらいはできた。悩むまでもなく、頭のなかで自然とRBK向けの演奏リストを組み立てていた。あまり音響のよく広い部屋でもよく聞こえて、なおかつニコールと男三人に聞きなじみがあって、楽しめる歌がいい。

けれど一曲めだけは、あまり知られていない自分の好きな曲にした。

和音、別の和音、リフ。そして、古くからケルトに伝わる『心の故郷《ホーム・オブ・ザ・ハート》』の演奏に入った。ケルトの歌らしく、この歌は聴く者の心を揺さぶり、その心をまっぷたつにする。エレンはこの歌が大好きだった。この作曲家にも、自分と同じように、心の故郷がなかったのではないか。この歌は失われたなにかを追想するのでなく、手に入れられなかったなにかを哀惜している。永遠に手の届かないなにかを。

静まりかえった室内で最後の一音が消えると、エレンはいっきにギアをチェンジし、生気あふれる『スイート・キャロライン』に突入した。女性向けの歌ではないので、ソプラノ音域で演奏しはじめると、それだけで聴く人ははっとする。この歌の希望と力強さにあふれたところが、お気に入りだった。

間髪を入れずに『ホンキー・トンク・ウィメン』、『煙が目にしみる《スモーク・ゲッツ・イン・ユア・アイ》』と歌い、そのつぎに数年前、大学生だったときにつくった歌を続けた。当時は週末になっても、外出して楽しむルームメイトをよそに、ひとり寮の部屋で勉強していた。貧乏で単位を落とす余裕がなかったからだ。『窓辺で耳を傾けて《リスニング・アット・ザ・ウィンドウ》』というほろ苦く軽妙な曲で、どことなくもの悲しさがあった。そのあとに『明日に架ける橋《ブリッジ・オーバー・トラブルド・ウォーター》』、『ニューヨークの想い《ニューヨーク・ステート・オブ・マインド》』、『夢の川《リバー・オブ・ドリームス》』と続け、大好きなビリー・ジョエルがまだ歌い足りない気がして、『ピアノ・マン』で締めくくった。

歌っていたら、あれが来た。いつも来るわけではないので、来たときはぞくぞくする。音楽に心をもっていかれたのだ。没我の境地。世界そのものが消えた。自分の置かれている苦境も、直面している危険も、逃亡中であることも、ここにつかの間の安息の場を見いだしたことも、むかしの人生を失ったことも、ひとりぼっちで絶望的な状況であることも……すべて。

頭のなかではただ美しい音楽だけが鳴り響き、手は勝手に曲を奏でていた。どう演奏しようかと考える必要はもはやなかった。バズに天賦の才能だと言われたのは、ほんとうだったのかもしれない。泉から水が湧くように、指先から音楽が湧いてくるようだった。もちろんその源はエレンの心だけれど、太陽でも地球でも空気でもあった。

自分がどこにいて誰が聴いているか忘れていた。観客がひとりだろうと、千人だろうと、あるいは誰もいなかろうと、関係なかった。いまもこれからも音楽はエレンのものであり、魂は歌を宿したがった。

最後は世界でいちばん好きな曲、『スタンド・バイ・ミー』にした。この歌にはすべてを言いつくしているようなフレーズが出てくる。わたしの隣にいて《スタンド・バイ・ミー》。誰かが隣にいてくれたら、人生はやっていける。

ゆっくりとバラード調で歌った。愛する人を失った人のため、隣にいてくれる人がいたことのない人のために、バラードとして、そしてレクイエムとして歌った。自分たちが生きているこの場所は、隣に誰かにいてもらえる人や愛されている人の少ない世界だからだ。最後の一音が部屋にこだました。エレンは目をつぶって歌うことが多かった。歌の世界に入りこめる。けれど、いいことにはすべて終わりがある。音楽が終わり、ゆっくりと現実に戻った。

それには一抹の寂しさと、後ろ髪を引かれるような名残惜しさがある。音楽の世界は、悪いことには無縁の日差しの躍る庭のようなものだからだ。もういつもの世界、現実の世界、危険と残忍さに満ちた世界に戻らなければならない。

エレンは鍵盤から手を離して、目を開き、数少ない聴衆を見た。儀礼的な笑顔と、ひょっとしたらささやかな拍手ぐらいはもらえるかもしれない。

だが、サムとマイクは茫然自失し、ハリーは険しい顔、ニコールは涙をぬぐっていた。

エレンは男たちの表情に尋常ならざるものを感じて、あわてふためいた。「あの」ニコールに話しかけた。「そんなにひどかった?」

「まさか。そんなこと、あるわけないでしょ」ニコールが涙に濡れた顔でほほ笑んだ。エレンは彼女のそんなところが大好きだった。そうでなければ、泣いていても美しさが損なわれないこの女性をねたんでいたかもしれない。「そうじゃないの――あんまり感動したから、美しくて。あなたのその声――なんて言ったらいいの?　それに最後の歌。いままでそんなふうに考えたことはなかったわ。その歌で父のことを思いだしてしまって。たいへんな才能よ、エレン。ハリーがなぜ何時間も聴きつづけるか、よくわかった」

ハリーを見あげたエレンは、彼が突然立ちあがったので、びっくりした。彼は近づいてくると「帰ろう」と言って、エレンの肘の下に手をあてて、持ちあげた。そのままでは肘が持っていかれてしまうので、エレンは立ちあがった。

あれよあれよという間に、玄関まで来ていた。ハリーはふつうに歩いているようにしか見えないのに、エレンは早足にならないとついていけない。

「ごちそうさま！」あ然とする三つの顔に向かってどうにか叫ぶと、ハリーに連れられて敷居をまたいだ。背後のドアがシュッと音をたてて閉まり、通路でふたりきりになった。

9

サンディエゴ

ハリーはエレンを連れてエレベーターに乗り、自分のアパートのある階へと下りながら、パンツを突き破りそうになっているペニスにも下るようにと命じていた。前方をにらみつけ、エレンも同じように前を向いていることを願った。いま下を向かれたら、サムの家を大わらわで飛びだしてきた真相がばれてしまう。

こんなことになって残念だった。いや、残念に思うのは明日かもしれない。頭に血が戻ったとき、あるいは彼女とセックスしたときかもしれない。

どちらが先になるかわからないけれど、そのときに。

自分で自分がわからなかった。その気になれば、自分もサムやマイクと同じように不作法になれることはわかっていた。あのふたりの広い背中には、行儀の悪さが滲みでている。それにしたって、ニコールには失礼なことをした。ニコールはまさかこんな形でディナーが台無しにされるとも知らずに、くつろげるすてきな夜を演出してくれた。そんなニコールに対して、ひどい仕打ちじゃないか。

それを言ったら、エレンに対してもあんまりだ。

彼女の、いやイブの歌を生で聴いて、心臓が爆発しそうになった。自分のためにその場で歌ってもらうなどということは、あまりに現実離れしていて、天上の誰かに頼むことすら思いつかなかった。

それなのに、彼女がそこ、ニコールとサムの美しい図書室で魔法の世界を織りあげていた。暗い部屋で彼女の音楽を聴く——そのことでハリーは命を救われた。彼女が生で演奏するのを、二メートルと離れていない場所で聴く——それはもう、魔法としか言いようがなかった。しかも、その魔術的な声の主は、惚れぼれするような美人で、長らく潜伏していたハリーの性的衝動を呼び起こす魅力的な肉体を持っていた。

きれいと言えばニコールもだが、その美貌は暴力的なほどだった。きれいすぎてすれ違う人が振り向き、交通渋滞が起きかねない。その点、エレンの美しさはもっと繊細で、さりげない。少なくとも、一見してふり返られるタイプではない。それなのに、エレンが部屋にいると、ニコールを見ている暇がなかった。

エレンのすべてに魅了された。身のこなしは楚々《そそ》として、やさしいのに人を引きつける声は笑いを含んでいる。それに透明感のある陶器のような肌と、吊りぎみの緑の瞳。少し痩せすぎているので、はかなげに見えるけれど、たぶんこの一年、残忍な悪党たちから身を隠してきたからだろう。

と、拳を握ったハリーは、エレンが自分を見あげたことに気づいた。びっくりしている。外見や歌に加えて、これも彼女の才能だった。どうやら鋭敏な感知能力があるらしく、それが彼女のもうひとつの武器になっている。

この能力のおかげで命拾いをしたのだろう。ただ、サムと自分のもとから逃げだしたのもそのせいだった。そしていまは、ハリーが彼女を追うジェラルド・モンテスのことを考えて暴力的な感情に駆られているのを察知している。

ハリーが攻撃性を発散しているのを感じ取っている。それは断じて、エレンに向けられたものではない。どんな形にしろ、彼女を傷つけるぐらいなら、自分の胸を撃ったほうがましだ。だが、それが彼女に伝わると思うか？

ハリーは体の筋肉をひとつずつゆるめた。根の深いやっかいな雑草を引き抜くように、ジェラルド・モンテスに対する憎悪を頭から抜き取っていった。いずれあの悪党は殺すにしても、それはいまではない。

いまはセックスの時間であり、全身のシステムから暴力を追いださないかぎり、イブに触れることはできない。イブ——エレンに。

殺しとセックスには関連がある。とりたてて考えたいことではないけれど、事実だった。

戦闘を終えた兵士はセックスをしたがる。激しく、性急で、荒々しいセックスを。できることなら相手は妻や恋人でないほうがいい。兵士たちの体から放出されるのは心地よいものでも、穏やかなものでもないからだ。

その点、ハリーは激しい暴力のあとは用心して基本的に女性を抱かないようにしていた。少しでも女を傷つける可能性があると――たとえ相手が荒々しいセックスを求めてそう頼まれたとしても――女を抱けなかった。理屈抜きに無理なのだ。だから暴力によるアドレナリンが体内を循環しているあいだは女性を避け、酒でまぎらわすか、走るか、拳に頼った。

サムとマイクはライオンと同じで、たとえ柵があっても、ガゼルの水飲み場のように女たちが群れている場所に突進していく。いや、サムはもうそういう行為から足を洗った。ニコールという伴侶を得たいま、サムにはほかの女など目に入らないようだ。

だがマイク……マイクは節操がない。女と名がつけば、しばらくじっとしているというだけの理由で、手を出してしまう。

そしていまハリーがしなければならないのは、暴力的な要素を一滴残らず排除することだった。自分でもひるむほどの激しさで、エレンをベッドに連れこみたくなっている。ひたすら彼女が欲しかった。それも、いますぐ。

セックスを使って彼女を自分に縛りつけなければならない。自分のものにするのだ。

背中を汗が伝った。性的な興奮によってもたらされた汗ではなく、この驚くべき女性の爪が一枚ずつはがされ、指が一本ずつ切り取られる場面を想像したせいで、脂汗が出てきた。水責めにされて、まわされる……その恐怖が波となり、ハリーの体から放出された。

そうはさせない。必要とあらば、彼女を手錠で自分とつないででも、阻止してみせる。二度と彼女には手出しをさせない。そう、彼女に触れていいのは自分だけだ。

そして今後いっさい彼女の身に悪いことが起きないようにするためには、彼女を自分にしがみつかせなければならない。そして自分が指示したときは、すぐに従ってもらわなければならない。サムにちらっと目配せしたくらいで、飛びだされては、話にならない。

自分の指示どおり、そこにいろと言った場所に留まり、勝手な判断で動かないようにさせなければならない。いまから一年前、彼女は地表から消えて、全住人が猛獣という物騒な惑星に降り立った。その惑星では、通常のルールは通らず、そんなルールに従っていたら、悲惨な死に目に遭う。ハリーはその惑星を熟知していた。そこはハリーの母国、生まれた場所だからだ。

彼女の身の安全を守るには、彼女を自分に縛りつけて、指示に従うようにさせなければならない。それを叶える最適な手段がセックスだった。激しく、燃え立つようなセックス。それもいやというほど。離れられなくなるほど、危険に際したとき、とっさにハリーの言うことを聞くくらい、徹底してやらなければならない。

だいたい、あのホテルでは間一髪だった。彼女の動きが少し違って、少し早く着くなり、ハリーの到着が少し遅れるなりしていたら、いまごろ彼女は生きておらず、こうして悩みの種になることもなかった。

軽い音をたててエレベーターのドアが開き、自宅のある階に到着するや、まるでスイッチを切り替えるように、恐怖の汗が欲望の汗へと取って代わった。

シアトル・タコマ国際空港、着陸直前

「高度が下がってきたな」モンテスが言うと、ピートがうめいた。

飛行中、モンテスは睡眠を取り、甘口の高級ワイン、シラーズのハーフボトルをお供にして贅沢なサンドイッチをふたつ食べ、映画を観てすごした。

ピートはいっさい飲み食いせず、用すら足さなかった。三時間半ずっとコンピュータを操作しつづけ、モニターをにらみつけていた。ちょっとした好奇心から、トイレに立ったときにのぞいてみたが、グリッドと点滅するいくつかの数字が表示されているだけだった。

沈黙にも、自分を無視するピートにも、うんざりする。だが、文句をつけようとは思わない。ピートが仕事の勘を失っていなければ、それでいい。モンテスはピートがこの八年なにをしていたのか知らなかった。編み物に精を出していたとしても、わからない。ひょっとす

ると、ピートにはもう追跡する能力がないかも――。

「やったぞ」ピートがつぶやいた。

モンテスはすかさず尋ねた。「なんだ？　なにをやったんだ？」

ピートがモニターをこちらに向けたので、モンテスは腑に落ちないまま画面を見つめた。子ども向けのゲームのようだ。点が線でつながれている。十個ぐらいの点が密集し、そこから外れて四つの点があった。点はそれぞれ大きさが違った。

わけがわからなかったので、モンテスは眉を吊りあげた。

「彼女は逃亡生活を送っていた」ピートは言った。「緊急時の基本的な備えとして、両手が自由になることを大切にしていたはずだ。とすると、携帯電話を持っていたんなら、ブルートゥース対応のハンドフリーのヘッドセットとマイクもあったはずだ」

モンテスは肩をすくめた。だからなんだ？

「ブルートゥースは無線信号を出し、それは長期にわたって追跡できる。それをハッカー用語でスナーフィングという。いまその画面に表示されてるのは、ブルートゥース信号の追跡結果、つまり、これらはこの三カ月に彼女がいた場所ってわけだ。おそらくプリペイド携帯を手に入れたのは三カ月前なんだろう。点の大きさは彼女がその場にいた回数と滞在時間を示している。点が大きいほど、密接なつながりのある場所だといえる」

なんと。モンテスはかがんで点を見た。これであと――。

無言の求めに応じるように、ピートがキーを押すと、点に地図が重なった。市街地の地図
——シアトルか！

ふいにすべてが見えた。いま見ているのは、この数カ月にエレンが立ち寄ったすべての場所の地図だ。シンプルな暮らしだったらしく、ラーセン・スクエアを中心に小さな螺旋《らせん》を描いていた。

ピートは点を指さした。いちばん大きい点から順番に。「ここが部屋を借りていた場所、そしてここが週に二度、ジャズをやっていた〈ブルームーン〉という店。つい最近まではほぼ毎晩通ってたから、ここで働いてたんだろう。ここが食料品店、ここは書店、ここがインターネットカフェ」続いて、大きな点を指さした。「そしてここが三部屋の貸部屋がある下宿屋だ。店子は男ふたりに女ひとり。男のうちひとりは旅暮らしのセールスマンで、家賃が安いから部屋を借りているが、ここには月六日か七日程度しか泊まっていない。もうひとりの男は六十の図書館司書。そして女は……」ピートは車両管理局《DMV》から取りだした写真を見せた。若くてきれいなブロンド女。「ケリー・ロビンソンと名乗ってるが、たいした身分証明書がないところをみると、偽造だと思っていい。この女も〈ブルームーン〉で働いている。エレンの友人だろう」

モンテスはピートに対する見識を新たにした。やはりこの男はできる。

「じゃあ、この女のところへ直行するんだな」

「いや」ピートが首を振った。「その前にエージェントを生き返らせて、そいつを見せつけてやろう。ケリー・ロビンソンを訪問するのはそのあとだ。まずはエージェント、続いて友人を使って、エレン・パーマーに揺さぶりをかけ、彼女をかごから燻《いぶ》りだす」

サンディエゴ

エレンは用心しつつハリーのアパートに入った。雰囲気が一変していた。サムとニコールの部屋にいたあいだに、なにかが変わった。まるで空気が帯電しているようだ。ハリーがエレンの背中のくぼみに大きな手を置き、そっと前に押した。部屋に入るのが怖くなっているのかもしれない。

体じゅうが緊張にこわばり、筋肉が張りつめた音をたてないのが不思議なほどだ。なぜ心臓がどきどきするの？ それに手足が重く、空気がむっとして密に感じる。

ハリーが離れて部屋の奥に進むと、エレンは前に倒れそうになった。彼の周囲に重力場がつくられてでもいるようだった。ハリーはサイドボードまで行った。「ウイスキーでもどう？」

ウイスキー？ そうね……なにか飲みたいのは確か。

「そうね、いただくわ」喉がせばまって、声がかすれる。エレンは咳払いをした。「ありがとう」

静かなのでウイスキーをつぐ音が耳につく。ハリーはグラスをふたつ持ってやってくると、片方をエレンの手に押しつけた。

エレンは彼を見あげた。時間がたつほどにハンサムになっていくのは、どういうことだろう？　そんなことってあるだろうか？　薄明かりのなかで見る彼は神々しく、熱っぽい金色の瞳で女を見つめる金色の神像のようだった。

エレンはグラスを口に運び、そこで手を止めた。彼もグラスに口をつけつつ、ためらっている。ついに、ハリーはウイスキーを味わわないまま、グラスをおろした。

「おれの欲しいものはこれじゃない」ささやくような声で言った。

エレンもやみくもにグラスをおろした。「わたしも」

両方が前に出て、つぎの瞬間には彼の腕のなかにいた。ハリーが腕をまわすほうが簡単だ。エレンも抱きしめたいのは山々だったけれど、天を突くような長身で肩幅の広いハリーが相手では、思うようにはいかない。だが、彼に腕をまわせないことなど、どうでもよくなった。彼にキスされて、いっきに炎が燃えあがってしまった。

対する彼のほうは、片腕をエレンにまわしつつ、もう片方の大きな手を後頭部にあてがっていた。首の筋肉から力が抜けているので、手があると助かる。

彼はしきりに唇を動かし、舌を差し入れてきた。舌が触れあうたび、エレンの肉体に熱が走り、下腹部の筋肉が激しく収縮した。

ハリーが顔を上げ、口を傾けた。趣が一変して、まったく別のキスになり、それが長く熱く続いた。

ハリーは、夕食の席のワインと、デザートのチョコレートムースと、セックスの味がした。

ふたたび彼が顔の角度を変えて、下唇を軽く噛んできた。エレンはあえいだ。

その声がスイッチになった。ハリーが硬直して、抱きしめる腕に力を入れた。胸板の硬い筋肉から、引き締まった腹部、そして大きく勃起したペニスまで、彼のすべてを感じる。エレンの全身いたるところが熱を帯びた。内側から火を入れられて、爆発が起き、内側からとろけた。脚ががくがくする。いま立っていられるのは、腰にまわされた腕のおかげかもしれない。

彼の力強さと熱を求めておのずと体を寄せ、彼の足のあいだに立った。下半身が触れあった箇所が炉となった。やんわりと舌で舌に触れると、ペニスが伸びるのがわかった。

こんどはハリーが声を漏らす番だった。「ベッド」彼がそう言ったので、エレンは夢中でうなずき、彼の顔をふたたび引き寄せた。彼の胸からきしるような音がして、その正体がわかるのに少しかかった。笑い声。厳めしいハリー・ボルトが笑っている。

唇を重ねあわせたまま、エレンはほほ笑んだ。

そしてハリーはずっとキスしたまま腰をかがめて、エレンを抱きあげた。映画にはこんなシーンがよく出てくるけれど、それをハリーのようにやってのけられる男性はあまりいない。楽々と抱きあげて、苦もなく運んでいく。呼吸ひとつ乱れていなかった。

いいえ、ちょっと待って。暗がりのなかで部屋から部屋へと運ばれながら、エレンは首にまわした腕に少し力を入れて体を起こし、彼の唇をそっと噛んでから舌で嘗《な》めた。ああ、やっぱり。彼の息づかいが変わった。

成人女性を抱きあげても平気なのに、性的に高まると呼吸が乱れる。

家具の少ない家でよかった。ハリーはろくに前方も見ず、エレンの唇の隅々まで味わおうとするように目をつぶったままキスしている。

やがて寝室に着くと、ハリーはそっとエレンを立たせ、大きなふたつの手で肩を抱えた。エレンはゆっくりと目を開き、彼の両脇をつかんだ。彼が息するたびに、引き締まった硬い筋肉の収縮が伝わってくる。

ふたりは顔を見あわせた。開いたフランス窓から、地球の呼吸のような、やさしい波音が入ってくる。

ハリーの顔は苦しげに引きつり、口の両脇に深い皺ができている。ふっと息を吐きだした。淡い色の瞳が薄暗がりできらりと輝き、エレンをつかんだ手に力が入った。

「正直に言うよ。これからどうしたらいいか、おれにはわからない。五分以内にきみのなかに入れられなかったら、おれは死ぬ。心臓が破裂して、悲惨なことになる。ただ、こういうことなんだ——おれはこの二年、セックスに縁がなかった。そのせいでふたつ問題がある。ひとつは、コンドームを持ってないことだ。どこかの引き出しにしまい忘れたコンドームがあったとしても、もはや用をなさない。ふたつめは、きっときみに入れた瞬間にいってしまうから、外で出すと約束できないことだ。いや、その先はいいんだ。いまのこの感じからすると、これから十年はやわらかくならないから。ただ、いまこの瞬間は何事につけまったく制御がきかない」もうひとつ息をついた。「それで、どうしたらいいと思う？」

エレンはすぐには答えなかった。ハリーはサムとニコールの家を訪問するにあたって、白いシャツに着替えた。たぶん彼にとっては、白いシャツが最大限にフォーマルな装いなのだろう。タイを締めている姿など、想像できない。おかげでひとつ心配しなければならないことが減った。

両手を前にまわして、ゆっくりと上に這わせ、彼の胸の感触を味わった。申し分なく硬くて、引き締まっている。アンダーシャツをはぎ、手を動かしていくと豆粒のような乳首を手のひらに感じたので、片方を親指で愛撫《あいぶ》してみた。

ハリーが跳びあがった。大げさでなく。呼吸数が増えていく。

「エレン？」首筋の血管が浮きあがり、顎がこわばった。「さっきの話、聞いてたかい？」

「え？」上へ上へ動かし、シャツのいちばん上のボタンまで来た。そのボタンを外し、ふたつめ、三つめ、四つめと進んだ。ベルトの上はシャツの前が開いた。すごい。うっとりしてしまう。どんなロマンス小説のヒーローでも、シャツの前を開いたハリーにはかなわない。胸板を厚くおおった濃いブロンドの胸毛は、おへそに向かってせばまっている。歴史上、こんな胸がかつて存在しただろうか？　傷跡までがきれいだなんて。

「エレン？」首を絞められたような声になっている。

胸毛の一部を押しやると、赤銅色の光輪の中央に硬くなった乳首が見えた。夢見心地のまま ゆっくりと身を寄せ、鼻をすりつけた。どんな味がするか知りたくて舌を這わせると、また彼がびくりとした。

「かんべんしてくれ」苦しげなうめき声。

おいしい。彼は美味としか言いようがなかった。しょっぱいのに甘い。

笑顔で彼を見あげた。「病気の心配なら、わたしのほうは二年どころじゃないわ。だからふたりとも、病気の心配はいらないと思う。能力の心配なら、だいじょうぶ、あなたがどんなふうでもわたしよりはましよ。妊娠の心配なら、二カ月前に病院に行ってきたの。ストレスのせいで生理が止まったから。正しい周期に戻すために、ひと月に一度、注射を打つように言われて、その副作用で妊娠しないそうよ。最後に注射を打ったのが十日前――」

話を聞くハリーの目が、大きく見ひらかれた。

「そうか」エレンの顔を見つめながら、小声で言った。「そのままでいいのか」

ややあって、エレンはその意味に気づいた。「ええ、まあ、そうね」

彼が一気呵成《かせい》に動きだした。エレンの後頭部に手を伸ばしてピンを外すや、手を下に移動してドレスのファスナーをおろした。パンティを下げると、それが足元にたまるまもなく靴を脱がせて、ドレスから足を抜かせた。すかさずエレンをベッドに移しておいて、自分も服を脱いだ。シャツのいちばん下のボタンがはじけ飛んで、がらんとした硬材の床に転がった。

そしてエレンの上にのしかかった。

なにが起きているのかわからないうちに両膝を割られ、臑毛《すねげ》におおわれたたくましい脚があいだに入り、下半身に手を伸ばされて、体を開かされた。大きくて熱くて硬いペニスの先端を感じるや、彼のお尻が引き締まり、力強く入ってきた。彼がぶるっと震え、汗が噴きだす。奥まで達するか達しないかのうちにペニスがふくらんで、なかで爆発した。彼の全身がこわばり、つぎの瞬間には、温かな精子が吐きだされるのを内側に感じた。

彼はエレンの頭を抱えてキスを続けたまま、口のなかにうめき、延々と精子を放ちながら腰を激しく前後した。ようやくエレンの上に倒れこんだときには、大きくて重い肉体は汗ばんで熱くなり、息は雄牛のようだった。

「ごめん」小声で言うなり、彼が動揺しだした。「きみの肩!」

肘で体を起こしたその顔が、ショックに引きつっている。エレンは彼の首に顔を押しつけた。「だいじょうぶよ。痛くないから」

深いため息とともに、ハリーの体が戻ってきた。マラソンの直後のように、広い胸板がぜえぜえいっていた。

それもしだいに静まり、エレンの隣の枕に顔をうずめている。

「いまきみが歌うとしたら『ロケット・マン』だよな」枕に顔をつけたままなので、声がくぐもっていた。

エレンは天井を見たまま、ほほ笑んだ。「でも、あなたはまだ終わっていないって、わたしに教えてくれているものがあるんだけど」

まだ大きいままだった。射精したのに、少しもやわらかくなっていない。とはいえ、射精の効果は絶大で、大量の液体が放たれたために、彼のものを受け入れやすくなった。入ってきたときは痛かった。彼のものが大きく、エレンはセックスから遠ざかっていたからだ。

ハリーが枕の上でこちらを向き、にっこりした。「そりゃそうさ」ささやき声。言葉が少し不明瞭になっている。「当分、終わるつもりはないよ。日の出から日没まで、ふだんはずっとここにいるつもりだ」

エレンは深く息を吸いこんだ。いや、吸いこもうとした。ハリーはべらぼうに重い。けれど、呼吸ができないくらい、なんだろう？　全身が最高の感覚に浸されている。

背中ひとつとっても、彼の肉体には魅了されてしまう。人並み外れて広い肩、筋肉のひとつずつが硬く引き締まっていて、指先でひとつずつたどることができる。彼の肩の丸みをつかんで、ぎゅっと握ってみたけれど、少しもくぼまなかった。これでもしぬくもりがなかったら、人間の肉体とは思えない。

皮膚の下には、いままで人間から感じたことのない力強さが脈打っていた。彼に触れただけで、指先からこの世のものならぬエネルギーというか生命の躍動というかが伝わってくる。

そして、彼は鑑賞して楽しい素材でもあった。筋肉隆々だからだ。最初は指先で、やがては手のひらで、彼の肩から背中で筋肉の盛りあがりをたどった。こんなにたくましい男性がいるだろうか。鋼《はがね》のような筋肉が骨をおおう肩胛骨《けんこうこつ》や、深いくぼみのある背骨。肋骨を包みこむしっかりとした筋肉。彼の背中に手を伸ばしたエレンは、深い満足感をため息にして、爪を立ててみたけれど、やはりここもびくともしない。手をお尻へと移動した。

その動きに反応があった。内側でペニスがひくついて、大きさを増した。

「気に入ったみたいね」彼の肩につぶやいた。

「ああ」ハリーはけだるげにほほ笑み、顔の向きを少し変えて、エレンの肩にキスした。大きな手で肋骨を撫でて乳房に手を添え、親指で乳首を愛撫する。「どれも好きだよ」親指でゆっくりと乳首をいじられると、膣《ちつ》が激しく反応した。「きみもこれが気に入ったみたいだね」

押し寄せた熱で肺が熱くなり、まともに返事ができなかった。彼はまだろくに動いてもいないのに、これまでで最高のセックスになっている。

「ええ」

「ほかには？」ハリーが耳たぶに軽く歯を立て、歯で首筋をなぞった。エレンの全身が粟立ち、こんども膣がペニスを締めつける。

そう、首筋も性感帯だった！　彼の背中の下のほうにあるくぼみを撫でていると、こんどは耳の後ろを嘗められた。また膣が収縮した。耳の後ろも……ここも感じるの？　彼が耳に息を吹きかけると、ふたたび粟立ちが起こった。と、彼が肘を立てて、体を少し起こした。急に深刻な顔になり、金色の筋にしか見えないほど目を細めて、エレンの耳を嘗めた。また膣が締まる。もう一度。

耳にかかる彼の呼吸が速くなった。ふたたびなかで動きはじめたために、背中のくぼみの筋肉が手の下ではずみだした。彼が小さく動くたび、衝撃が野火のように広がる。ああ……。やがて彼が一度、二度と大きく腰を突きだすと、エレンは息を詰め、動きを止めた。

貫かれたまま、全身が痙攣《けいれん》しだした。手足を使ってしがみつき、膣はくり返しペニスを締めつけた。快感は電気のようで、耐えきれないほど強い。いまや彼の動きは鋭さを増し、ペニスの動きがそのまま神経の末端に触れる。ひと突きされるたびに、体のなかで小さな爆発が起きた……。

ベッドがきしみ、壁に打ちつけられている。どちらも汗まみれになり、体の細胞のひとつずつが離れまいと共謀しているようだった。あまりの強烈さに悲鳴をあげたいのに、激しいキスを浴びせられ、口の奥深くに舌を差し入れられているために、それもままならない。ひと息ひと息、ハリーの口から息を吸い、動くたびに体の密着が強まった。彼が内側を突きあげるたびに胸がすりつけられ、硬い腹が打ちつけられて、まるで口からつま先まで、全身で愛撫されているようだった。

もっと。もっと。彼の力強さとたくましさと熱気に近づきたい。必死にしがみつき、脚を巻きつけて、興奮のままに彼の顎を噛んだ。

エレンのその行為によって、ギアが切り替わったのか、彼の全身に活力がみなぎり、内側の動きが速さと激しさを増して、摩擦に体が燃えあがりそうになった。ペニスの太い根元が恐ろしく敏感になった皮膚にこすりつけられ、痛み寸前の快感の崖っぷちに追いやられた。その時が近づいてくる。暴走列車のように速度を上げて。体がこわばり、背中が弓なりになって、息が肺に詰まる。震えながら一種の停滞状態に入ったのち、あっさりと爆発した。速く鋭い収縮がペニスをつかんだ。

彼もその時を迎えた。激しく強く動いて、内側で爆発した。内にも外にも、エレンの全身に彼が刻印された。

感じすぎて、壊れそう。肺がぜいぜいと音をたて、体じゅうの全細胞に熱が送りこまれ、閉じたまぶたの裏に星が散る。小説に出てくる陳腐な表現どおりのことが現実に起きていた。筋肉がゆっくりとほどけてゆるみ、呼吸はふだんの速度に戻った。体はふたりの汗で張りつき、下半身全体が彼の精液とエレンの愛液とで濡れていた。

知らなかった……セックスがこれほどまでに生々しいものだなんて。そして、信じられないほど親密なものだなんて。これまでのセックスはよそよそしいほどお行儀がよかった。いまはハリーの肌や呼吸を、自分のもののように感じる。

ふたりの距離はギリギリまで縮まっていた。内側には彼のものがあり、全身が彼におおわれていた。口と胸と性器が彼とよりあわされていた。

この一年感じてきた冷たさと寂しさは雲散霧消した。もともとなかったかのように！　肌と肌をすりあわせ、あらゆる意味でこの人と合体した。いまの自分は彼と同じにおい、同じ味がするだろう。

「ああ」ため息をついた。頭が空っぽで、言葉がなかった。いまのこの感覚、衝撃を表わす言葉など、あるだろうか？　金色の光にくるまれているようだった。

「ほんと、ため息ものだな」ハリーがかすれたささやき声で相づちを打った。

言葉が途切れた。会話に窮した者同士の気まずい沈黙ではなく、言葉にできないほど大きなものを胸に抱えた沈黙だった。

ハリーはいまだに熱くて大きいままだった。こんなことがありうるの？　男の人はふつう……セックスしたら縮むのよね？　二度もいったのだから、小さくなるはずなのに。

それなのに、この状態。

目を閉じたエレンは、温かな海を漂っているような感覚にくるまれた。漂って、漂って……。

「寝るつもりじゃないといいけど」ハリーの声がした。「おれのほうは、まだはじまってもいないんだ」

10

シアトル

「おい、急いでくれ」モンテスは小さく足踏みをしていた。凍った空気に息が白く浮かぶ。荒仕事に適した恰好はしておらず、シアトルから十五キロのクーガー山脈は冷えこみが厳しかった。

車でここへ来る途中、金物と釣り具を扱う田舎の食料品店に立ち寄って、ショベルと手袋をふたつずつに、大きな防水シートを一枚買った。

死体を埋めるときは部下に任せて立ちあわなかったが、部下に送らせたGPSの座標値のおかげで位置は正確にわかっていた。

現地に到着すると、いったんはピートとならんで地面を掘りだしたものの、彼から身振りで脇によけているよう指示された。

だったらいいさ。

正直に言って、死体を掘り返すために粘土質の地面を掘る許可がもらえなくても、モンテスとしては痛くも痒《かゆ》くもなかった。ピートがひとりで働くというのなら、やってもらおうじゃないか。

ずいぶん墓荒らしの経験があるらしく、ピートは一定のペースで機械のように働いた。三十分もすると、側面がでこぼことした棺型の穴の隣に粘土質の土の大きな山ができた。モンテスは音楽でも聴くように、ピートのたてる音を聞き流していた。その背後では松の木立を吹き渡る風の音がしている。シュッ、ザクッ、ドサッ。シュッ、ザクッ、ドサッ。シャベルの金属が突き刺さり、土を起こして、脇に土を放る。

そのとき音が変わったので、モンテスは穴に近づいた。

ピートはなにかの周囲を掘っていた。そのなにかが、現像液に浸かった印画紙にイメージが浮かびあがるように、掘るにつれて現われてきた。まもなく周囲をすべて掘り終わると、死体があらわになった。モンテスは穴を見おろし、持っていた懐中電灯の光を向けた。金色だった髪は土まみれで黒くなり、しゃれたブランドのジャケットは皺だらけで汚れている。新品だったブーツは、まだ輝きを残している。モンテスにわかるのはそこまでで、あとは判然としなかった。

骨から皮膚がはがれていた。黒ずんだ皮膚。目鼻立ちは見分けがつかない。モンテスは眉をひそめた。

ピートは手を動かしながら、ちらりとこちらを見た。「えらい変わりようだろう？　一週間も土のなかにいると」大きな防水シートを穴の右側に広げて、その一部を穴に垂らした。「手を貸してくれ」ピートの太い声にうながされ、モンテスは彼に続いて穴に飛び降りた。死んで重くなったロディ・フィッシャーを防水シートに載せ、転がしながら上に持ちあげていった。力仕事が終わると、ビニールの長いソーセージ状のものができあがった。ピートはショベルでも担ぐように、それを楽々と肩に担いだ。

「行こう」

「どこへ？」なぜ死体が必要なのか、モンテスには皆目わからなかった。

ピートは死体を担ぎなおした。「串刺しにして、おびき寄せる餌にする」

サンディエゴ

ハリーは不意を衝かれたように目を覚ますのが常だった。深海に潜っていたダイバーがぎりぎりに浮かびあがって、がぶりと息を呑みこむような起き方だ。しょっちゅう悪夢を見るので、そんなときにいっきに目覚めるのは、自己防衛メカニズムのたまものなのだろう。このいまわしい地獄の底からさっさと連れだせ、というわけだ。

ところがいま、急速に目覚めつつも、各段階ごとに少しずつ入ってくる情報があって、しかも前の段階より着実によくなっていく。

最初はまだ目を閉じていた。ぬくもりの感覚があった。ふだんは季節に関係なく、氷のように冷え切って悪夢から目覚める。ところが今日は、全身がぬくもっていた。左側にやわらかくて温かい物体があって、そこから放たれるぬくもりが体に広がっている。ハリーは手を動かし、やわらかくて温かいなにかを探った。

この感覚……悪くない。いや、すばらしい。途中目を覚まさずに眠れることはめったにないし、目を覚ましたときはおおむね疲れている。コーヒーの二、三杯も飲むとようやく、一日をはじめる気分になった。だがいまはすっかり疲れが抜けて、ライオンのように活力に満ちている。

なにかふわりとして、やわらかく丸まった物体が磁石のように手のひらを引き寄せた。手を上下して温かいものに触れる……女だ。

ハリーははっとして目を開いた。アフガニスタンに送られて以来、セックスをしていなかった。アフガニスタンは非セックス地帯だった。

その前はしていたし、機能的には問題なかったものの、ひどく味けないセックスではあった。女といっしょに眠りたいと思ったことはないし、自宅に女を呼んだこともなかった。女の家でも、ホテルでも、自宅以外ならそれでよかった。そしてセックスが終わると、眠ってしまう前に帰った。女とひと晩をともにするのは危険だった。いつ悪夢で悲鳴をあげて起きるかわからない。頭のなかの混乱ぶりを人に悟らせることはできず、眠っていては防御できない。夜間は開けっぴろげで、無防備になっている。だから、女性の肉体の感触に驚いた。いや、身がすくみそうだった。それくらいさわり心地がよかったのだ。

ハリーは下を見て、笑顔になった。艶やかな赤茶色の髪が自分の胸に広がっていた。端正な白い横顔が見える。まつげが長いので小さな影が落ち、クリームのような肌はほんのりバラ色に染まって、寝ずの看病していたときの氷のような顔色とは大違いだった。

エレンの眠りは静かだった。頭をハリーの胸に載せているのに、呼吸の音は聞こえず、ただ、華奢な肋骨がわずかに上下するのを感じる。彼女の呼気で胸毛が何本かそよいでいた。

彼女は細い腕をハリーの胸にかけ、指のきれいな細長い手を肋骨に添えて、眠っているあいだもつかまっていた。体の側面の、彼女に触れている部分がむずむずする。彼女は曲げた片脚をハリーの体にかけ、ちょうど股間のすぐ下に膝がきている。もし盛大に勃起していなければ、ペニスの上に膝がきていただろう。

彼女とキスした瞬間から、ほんの一瞬もおとなしくならず、その兆候さえなかった。エレンという名のコンセントにプラグを差しこんだが最後、ハリーのすべてが起きあがってしまうようだ。

昨夜のことが赤く脈打つ熱烈な記憶として脳裏をよぎるや、ペニスが長さと太さを増した。夜のうちにシーツをかけていたので下半身は見えないけれど、感覚でわかる。死肉も同然だった時期を経て、ペニスは小便用の管としてただぶら下がるだけの肉片でしかなく、ときには何日もその存在を忘れるぐらいだったのに、いまは生き生きと脈打っている。好みの味のものを見つけて、もっと欲しがっている。まだまだ全然、食べ足りない。はたして満足することがあるのかどうか、自分でもわからなかった。

なにかしらの気配を放っていたのだろう。エレンが身じろぎした。閉じたまぶたの奥で眼球が動いている。と、大きく目を開いて、見つめあう恰好になった。

彼女がまばたきをくり返しながら、ふだんとは違う状況を理解しようとしている。ハリーの顔。どちらも裸で、ハリーの脇に張りついていること。少し動いて、ペニスの向こうに自分の脚をちらりと見た。ひどく硬くなっているペニスの向こうに。

彼女が信号機のように赤くなった。びっくりした。瞬時に顔色が変わって、胸まで赤く染まったのだ。胸といっても、見える部分だけだけれど。乳首まで赤くなっているかどうか調べようとしたら、彼女が突然、命綱にでもつかまるように、シーツをかき寄せた。

ハリーはため息を呑みこんだ。自分の好きにしていいと言われたら、ちょっとだけ彼女を転がして、脚を持ちあげるなり挿入するのに。そう、そうするのに。はじめて彼女に入ったときの、あの焼けつくような感覚……すごかった。いままでのセックスは、セックスのうちに入らない。

ひりひりしないだろうか？　きっと痛みがある。最初に挿入したとき、すごくきつかったから。すぐに射精してよかった。あれで少し動かしやすくなった。いったいどれくらいのあいだ彼女のなかで過ごしたのだろう？　時間の概念すら飛んでいたけれど、長い時間であることは間違いない。彼女に痛い思いをさせてしまった。

こうして思い返してみると、昨夜はほとんど自分のことばかりで、彼女のことを考えていなかった。いきり立ちすぎて、脳がフライになっていた。

性交中は自制心を失わないというのが、ハリーのなかのルールだった。大きいし、力が強いので……そう……どこもかしこも大きい。だからセックスの最中に女を傷つける危険はつねにある——両手で彼女を強くつかみすぎた。思いきり押さえつけて、夢中で腰を振ってしまった。

そんなことを考えたら、胸がむかむかしてきた。寝室の入り口に立ったときから、自分を抑えつけて、彼女を傷つけないようにするつもりだった。それがルールその一。

なんと、ルールにはその二もあって、それは、女を近づけすぎないことだった。

セックスは最高のストレス発散方法だ。おおむね楽しいし、そのたびに興奮できる。

だが、女との関係はそうはいかない。実際、女とちゃんとつきあったことはなかった。誰かのパートナーになったら……会話をしなければならない。心を開いて、自分の頭のなかに相手を招き入れる。

そうしたら頭のなかの悪魔を見せてしまう。

だめだ。断じてだめだ。頭のなかの怪物は、そこに留めておかなければならない。自分の弱さを見せられるのは兄弟ふたりだけ。あのふたりは知っているし、他言もしない。

だからセックスは魅力だけれど、女性がそれ以上を求めた場合は、ドアに案内する。世の中に男はほかにもごまんといる。

昨夜は、はっとすることの連続だった。まず、自分でそうしたいと思うほどには自制できなかったことだ。はっきり言って、自制心がぶっ飛んでいた。一度も自分がどう動いているか考えず、彼女とのあいだの距離を測らなかった。頭から制御のメカニズムが消え、ペニスだけではなく、全身で彼女を愛していた。

そして、手放してしまえという、強烈な感覚があった。気持ちのうえでも、残念ながら肉体のうえでも、なにも押しとどめていなかった。だから、エレンが気絶しかけてようやく行為を終えた。

それなのに、彼女は文句ひとつ言わなかった。ほほ笑みながら、やさしく撫でてくれた。あの触れ方……言葉では言い表わせない。ハリーのなかで渦巻いていたのは気持ちのいい感覚だったけれど、いままで体験したことのない感覚だっただけに、落ち着かなかった。

独りでうじうじ考えるのはこれぐらいにしよう。ハリーのほうは第二ラウンドに——いや、第五か？——突入する準備ができているが、彼女のほうはまだだろう。

だとしても、ほかにできることがいろいろある。

首筋にキスしたり、鎖骨に鼻をすりつけて、小ぶりだけれど濃いピンク色の乳首がついた形のいい白い乳房まで移動したり……さっきは乳首をよけて通ってしまった。おいしすぎるからだ。バニラアイスクリームと海の味を足して二で割ったような味がする。

そうとも。

エレンの手はいまハリーの後頭部にあって、髪に指が埋まっている。これもやっぱりいい気持ちだった。

すべて気持ちがいい。とてつもなく。青白い肌のさわり心地も、味わいも、撫でてもらうことも……。

ハリーは乳房はやめにして、脇を撫でおろして、信じられないくらい細いウエストのくびれをなぞり、平らな下腹部を通った先には……至福。小さな入り口の両脇にある唇はやわらかくぷっくりとして湿っていた。膣口に触れ、静かな朝の室内になまめかしい音を響かせながら、内側を探った。

温かくて、やわらかで、湿り気を帯びている。けれどほんの少しためらっている証拠に、わずかにたじろぎ、彼女はすぐにそれを抑えこんだ。そうか、だったらプランBに変更だ。

ハリーはきれいな下腹部に口づけをした。下に動くと、ひげの伸びはじめた顎が股間をおおう赤褐色のふわりとした雲に少しだけ引っかかった。さらに下がった。

脚のあいだにおさまり、両脚を持ちあげて、開いた。まずは見られただけで、満足した。彼女はそんな場所まできれいだった。開いた小さな花びらはやわらかく、ピンク色で、みずみずしく輝いていた。ハリーは顔を上げて、美しい緑の瞳を見つめた。磁石のように引きあうのを感じて、急いで顔を伏せた。指で彼女を開いて口を寄せ、唇にキスするのと同じようにその場所にキスをした。

彼女の性器は、乳房よりもっと美味だった。甘くて、しょっぱくて、癖になる。そのうえ、彼女の興奮を舌に感じる。ハリーが首を傾けて接触を深めると、彼女がぎゅっと締まり、温かな脈動を口に感じ、そのあとには小さなため息がいくつか続いた。

両手でさらに脚を開かせると、すべてがあらわになって、ハリーの目の前にあった。舌を動かすたびに彼女の脈が打ち、ため息がして、やがてあえぎに変わった。深く、もっと深く……太腿がわななきだし、彼女がふいに硬直した。大きな叫び声を部屋に響かせて、絶頂を迎えた。ハリーの手と口の下で全身をこわばらせ、クリトリスを嘗めあげると、やわらかなあえぎ声が大きくなった。

こんなにいいものがあるだろうか。ハリーは自分のことを忘れて、自分の手の内で絶頂を迎えて震えている彼女に没頭した。

震えが弱まって、やがて消えると、彼女の口から大きなため息が漏れた。ぐったりとして、脇に両腕を投げだしている。ハリーまでが疲れていた。目を開いて彼女を見やり、笑いを噛み殺しながらのしかかった。

彼女は仰向けで天井を見つめていた。片方の腕をマットレスから持ちあげ、肩で息をしている。

「だいじょうぶか？」

「うん？」彼女が手足の指を動かした。「ええ、たぶん。体はちゃんと動きそう。でも、ブラックアウトか神秘体験でもしたみたい」

ぱっと笑顔になった。ハリー自身、いい気分だった。筋肉が動かせれば、山にのぼってライオンと虎を組み伏せてやりたいところだ。

「知ってる？」彼女が天井を向いたまま問いかけた。

「いや、なに？」

「わたし、お腹がすいてるの。とっても」頭を動かさず、目だけちらっとハリーに向けた。

「いまなら丸ごと馬を食べて、骨だけ吐きだせそうなくらい」

「なるほど、そうか」ハリーはつま先を動かした。いや、そう努力しただけで、ほとんど動かなかった。「おれのモーターがまた動くようになったら、すぐにでもなんとかするよ。おれもなにか腹に入れたい」

驚いた、ほんとうに腹が減っている。

最後に空腹を感じたのがいつだったか、思いだせなかった。ラムシュタインから帰還した当初は、食べるという行為が不可能に思えた。胃に砂が詰まっているようで、食べ物のことを考えただけで吐き気がした。それでも食べたのはサムとマイクがうるさかったからだ。ふたりはテイクアウトを買ってきて、ハリーが吐かずに食べられるだけ食べるように見張っていた。空腹というのがどういう感覚なのか、ほとんど忘れていた。

まったく。性欲のつぎは食欲か。忘れていたものが急速によみがえってきた。長らく遠ざかっていた分、以前よりも強くなっているようだ。

そう、いまハリーは空腹だった。そしてエレンが応じてくれるようになったらすぐにでも、またセックスがしたかった。

彼女が顔をこちらに向けて、下半身を見た。「あら、でもいまは考えるのも禁止よ。まずはなにか食べさせてくれないと。物事には順序ってものがあるんだから」

「ああ、わかってるよ」もちろん、物事には順序がある。恋人にひもじい思いをさせたまま放置してはならない。ハリーは彼女に笑いかけて、頭を枕に戻した。視野の隅が灰色から黒へと変わっていく。

「すぐに食べ物を用意する」ぼそぼそと言った。「その前におれの目を休めないと」

エレンはさも憤慨したように、小さく舌打ちをした。「起きていられないなんて、図体だけ大きくて困った兵士ね。しかたないから、自分であなたのキッチンを探らせてもらうわ」

「頼むよ」ハリーは眠そうに応じた。キッチンにまともな食べ物があったかどうか思いだそうとしたが、頭が働かなかった。手足の存在は感じられる。脳に知覚できるのはそこまでだった。

キッチンから物音がして、コーヒーの香りが寝室まで漂ってきた。電子レンジの音がしたところをみると、口にできるものが見つかったのだろう。

彼女にうまいことを言ったら、ベッドまで朝食を運んでくれるかもしれない。そうだ、彼女がどこからか探しだしたものをお互いに食べさせあいながら、コーヒーを飲んだらいい。そういえば、小さな蜂蜜の瓶がどこかにあった。彼女の乳房に垂らして、舌で嘗め取ってみよう。

そんな楽しいことを考えているうちに、意識が遠のいて、眠ってしまった。

それも、大きな音がするまでだった。ガラスが割れる音にエレンの悲鳴が続いた。

ベッドを飛びだしたハリーは、急いでグロックをつかんだ。心臓を大きく高鳴らせながら、あらゆる事態に対処すべくリビングに駆けこんだ。

エレンは膝にノートパソコンを開いて、椅子に腰かけていた。割れたグラスのかけらが床に散らばり、朝日を反射して煌《きら》めいている。まだ床に水が残っていた。

手で口を押さえたエレンの顔は、またもや氷のように青ざめている。

エレンはくっきりと絶望の刻まれた顔でこちらを見あげると、わっと泣きだした。

シアトル

「あちこちのニュースに載ってるぞ。これならあの女の目に入るな」モンテスはヤフーのニュースサイトを閉じて、回れ右をした。「これで揺さぶってやれる」

「ああ、そうだ」〝そうだ〟が、〝そーや〟に聞こえる。

ピートはレンタルしたSUV車のバックミラーをのぞきこんだ。雨に濡れた通りに軒を連ねる古着屋と、質屋と、手相見と、古びた洗濯屋と、それに〈ブルームーン〉が映りこんでいる。ケリー・ロビンソンはシフトに合わせて正午に出勤してくる。モンテスとしては彼女のシフトが終わるのを待ちたかった。そのころには日が落ちているから、目撃される危険性が低くなる。

だが、ピートは追跡で重要なのは時間だと言って、反対した。いまはエレンの居場所の見当がついている。そう、サンディエゴだ。そして彼女には味方がいる。日を重ねるごとに、その分、彼女と正体不明の保護者が移動を決意するかもしれない時間が増え、移動されたらふたたび彼女を見失う。それに、大きなショックがふたつ立てつづけに起きるのと、間隔をあけて起きるのとでは、当然、前者のほうがバランスを崩しやすくなる。

モンテスはそれを聞いて都合のいいことを言いやがってと思った。たぶんピートはさっさと仕事を片付けて、帰りたいだけなのだろう。だが、自分になにができる？　はっきり言って、終わりにしたいのは自分も同じだ。さっさとけりをつけたい。あの女のせいでずいぶん時間と意識をとられてしまった。ほんとうなら会社の存続に全精力を傾けなければならない、危機的な状況だった。

モンテスはピートの意見を聞き入れた。だからこうしていま、正午まであと五分という時間に、ここ、シアトルの雨に濡れた通りにいる。

雨粒の散る窓から外を見ながら、なんて天気だろう、とモンテスは思った。こんなところによく住むものだ。陰鬱でがらんとしている。どいつもこいつも怠け者に見える。子どもたちも、〈ブルームーン〉に足繁く通う負け犬たちも。決まった仕事もなく、飲んだくれていて、無精ひげを生やしてシャワーを浴びずにいる男たち。そうした連中が吹き寄せられて、ここ、敗者集中センターに送られてくるようだ。

通りにはほとんど人影がなかった。忘れたころにやってくる車は、側溝に雨水が溜まっているので速度を落としている。そして、通りを渡る人間は、信号が赤になると律儀に立ち止まった。車などいないし、カナダが見えそうなくらい見通しがいいというのに、雨のなか信号が青になるまで立ちつくし、なおかつ、左右を確認してから歩きだす。

どうかしている。

モンテスはジョージア州が恋しくなった。温暖で明るい日差しに満ちたジョージア。そして部下たちが恋しくなった。モンテスの存在をなかば無視しているピートと違って、部下たちはしかるべき敬意を表わしてくれる。ジョージアなら誰もがモンテスを丁重に扱う。部下たちも、ただで射撃練習場を使わせてやっている地元の警官も、モンテスが金持ちであることを知っている女たちも。

その瞬間、激しい怒りが脳裏を走った。これまで特別扱いした女などいなかった。女たちは次々とベッドに転がりこみ、金のネックレスやイヤリングなど、なにかしらを手に入れた。だが、誰かをとくにひいきしたことはなかった。

そんななか、エレンだけは特別扱いしたかった。そうだ、あのクソ女と結婚したいとまで思っていたのに、そのお返しがこれか！　こんなことなら――。

「来たぞ」ピートの静かな声を聞いて、モンテスは怒りを脇に置き、特殊工作モードに切り替えた。このモードに入ると、感情の立ち入る余地がなくなる。求められるのはスピードと、効率。任務を片付けて、立ち去るのみ。

「行くぞ」ピートは言うと、肩でドアを押し開けた。

11

サンディエゴ

「なにかわかったか？」ハリーが小声で尋ねた。

マイクは携帯を閉じて、首を振った。RBKセキュリティ社の経営者のひとりとはいえ、その前は数年にわたってサンディエゴ市警察のSWATにいたので、ともにSWATの訓練を受けた友人がいまも警察署内におおぜいいた。ロディ・フィッシャーの行方を問いあわせていたシアトル市警察の友人にも、さっきまた電話をしたところだ。警官たちがフィッシャーの家に駆けつけるよりも先に、死体のほうが現われてしまった。

「いや。報道されている内容がすべてだ。ただし、いったん埋められた被害者が、掘り返されたらしい」

「なぜ――そんな？」エレンが顔を上げて、マイクを見た。彼女の顔からは血の気が失せ、唇まで青ざめていた。そして暖かい日なのに、がたがたと震えつづけていた。さっきハリーがブランケットをかけてやったが、用をなさないようだ。

「それに――フィッシャーの体に残っていた――」マイクはエレンをちらりと見て、言葉を呑んだ。拷問、と言いかけたのだ。「それに、体には土の塊がついていた。たいした量じゃないが。鑑識の連中によると、土の化学組成がシアトル近郊の山脈のひとつ、クーガー山の土の組成と一致したそうだ」

「それじゃどうしようもない」ハリーが苦々しげに言った。「せいぜい二百五十平方キロメートルまでせばまっただけだ」

「そうだな」マイクはメモを取った手帳を見た。「この件はまだ公表されてないが、これまでの捜査で、死体はいったん埋められてから掘り返されてる。警察にわかってるのは、そこまでだ。手がかりなし。疑いをかけることはできても、その相手と死体を結びつける証拠がないってことだ。ジェラルド・モンテスにしろ、誰にしろ」手帳を閉じた。「とはいえ、友人にメールを送って、ジェラルド・モンテスの居場所を調べるように、理由を添えて伝えとくよ」

エレンが悲しそうな顔になった。「プラインビルの地元警察は、ジェラルドの言いなりよ。ジェラルドが飼い慣らしているの。ただで射撃訓練場を使わせて、警察主催のチャリティには気前よく寄付しているから。彼の会社には警察からの天下りが多くて、給料もたっぷり払っているわ。だから、彼らに協力を仰ぐのはむずかしいでしょうね。彼らなら、ジェラルドが死体の隣でまだ煙の上がる銃を手にしていても、そっぽを向くんじゃないかしら」

「いや、シアトル市警察はモンテスのいいなりにはならない」マイクはきっぱり言った。「それに、向こうにいるおれの友人はまともだからね、買収なんか絶対されない。元海兵隊員なんだ」それが最終結論のような口ぶりだった。マイクは海兵隊員であったことをとても誇りにしており、国じゅうの元海兵隊員といまも連絡を取りあっている。海兵隊員に悪人はいない。海兵隊のモットーの後半部分——つねに兄弟《センパー・フラタニース》——だからだ。

ハリーはデルタにいた。デルタの特殊工作員はこそこそと裏で立ちまわり、計算高い。仕事柄、潜入活動が多いので、どうしてもそうなる。だから、元工作員が世間の裏側にまわるのを想像しやすい。海兵隊員だと、そうはいかない。

エレンはそのへんの事情を呑みこめずにいるようだ。

ハリーは彼女の隣に坐り、肩に腕をまわした。ぶるっと身震いしたのがわかった。彼女がありがたそうにもたれかかってきて、ぬくもりを求めるように身をすり寄せた。

ほんとうならそのへんを歩きまわって、怒りを発散させたいが、いまはエレンがぬくもりと力を必要としている。ハリーは怒りを抑えこんで、彼女に集中した。

もちろん、エレンを追ってくる悪党のことも忘れてはいない。そいつが彼女のエージェントを惨殺した。

いまやありとあらゆるメディアがそのニュースでもちきりだった。ロディ・フィッシャーがシアトルの音楽シーンにおけるビッグネームだったことに加え、死に方が衝撃的だったからだ。ケリー公園の手すりに手錠でつながれていた裸の死体は、拷問を加えられ、頭部を撃たれていた。

公園の監視カメラが切れた午前四時十五分前が死体遺棄時刻だったのだろう。同時刻に切れたカメラが、四時二十分にふたたびついたときには、フィッシャーの死体が映しだされていた。

怯えて錯乱状態になっているエレンの隣にいると、考えることすらむずかしい。フィッシャーが死んだのは彼女のせいでないと納得させて落ち着かせるのに、男三人とニコールで三十分かかった。

犯人はモンテス以外に考えられない。

「さあ、これを飲んで」ニコールはエレンにお茶のカップを持たせた。ブランケットから出てきた手が震えていたので、ハリーは熱いお茶をまき散らしてしまわないように自分の手を重ねた。なんと冷たい手だろう。ショック状態に陥っている。

お茶にはたっぷりの蜂蜜とウイスキーがワンフィンガー分入っている。さっきニコールにそう頼んでおいたのだ。

「さあ、飲むんだ、エレン」ハリーはそっと声をかけ、手を彼女の口に近づけた。エレンはもう一度身震いしてから、カップに口をつけた。

「ありがとう、ニコール」エレンが顔を上げ、サムの妻に笑いかけようとするのを見て、ハリーは胸が張り裂けそうになった。エレンの世界はまたもや粉々にされてしまった。サムとマイクは立ったまま怒りに体をこわばらせ、血気にはやっていた。

こんなとき、ふたりが味方でよかったと心の底から思う。いまのハリーがこのふたりにかかったら、ひとたまりもない。思考力もなにも失って、隣で身も世もなく震えている美しい女のことしか考えられないからだ。

「ごめんなさい、ニコール」何度めだろう、エレンが小声で謝った。ハリーとサムとマイクにも目を向けた。「こんなことにあなたたちを巻きこんでしまって、ほんとにごめんなさい。わたしが早く――」

「よしてくれ！」ハリーがどなった。頭が爆発しそうだった。

「おい、よせ」マイクの低い声は落ち着いていた。「どなったって、しかたないぞ」マイクはエレンの前にしゃがみ、空いているほうの手を大きなふたつの手でくるみこんだ。「謝ることなんかないんだぞ。きみのせいじゃないんだ、エレン。モンテスは悪いやつだ。阻止しなきゃならない。おれたちはそのためにいるんだから、きみはおれたちの心配なんかしなくていいんだ」

エレンは震えながら唾を呑みこみ、白くて長い首が動いた。唇はわなわなと震え、目の縁には涙が溜まっている。「もしあなたたちになにかあったら？　ハリーやサムやあなたや……ニコールにもよ。それがわたしのせいだったら、どうしたらいいの？　わたしには耐えられない。死んだほうがまし。これはわたしの問題よ。あなたたちまで引きずりこめない」

「おれたちはもう引きずりこまれてる」サムの口調は厳しかった。「いまさら引き返せない。だからきみには、もう一度、すべてをふり返ってもらわなきゃならない。知ってることを全部、おれたちに話してくれ。詳しい情報が多いほど、このク——悪党を見つけだして始末しやすくなる」

エレンは切れぎれに深呼吸をくり返した。ハリーがぐっと抱き寄せると、また彼女の体に身震いが走った。

彼女は一年にわたって逃亡生活を続けてきた。ぼろぼろになっている。彼女自身が標的にされた。これ以上負担をかけたくない。「無理しなくていいんだ、ハニー」ハリーはやさしい口調でなだめた。「こんどまた——」

「いいえ！」エレンはいきおいよく頭を起こすと、目をつぶった。気力を奮い立たせようとしている。つぎに目を開いたときには、体から震えが消えていた。手は動かず、まなざしも安定していた。その状態のまま、一分、二分と待った。彼女が腹を据えるのが、手に取るようにわかった。「話します。あの男を倒すには、火薬がいる。わたしに渡せるものはすべて渡しておかないと。あなたたちの期待にそむくわけにはいかない」

マイクとサムが目と目を見交わすのがハリーにはわかった。ようし、いいぞ。誰も口には出さないが、その言葉が部屋にこだましていた。ハリーはエレンが誇らしかった。

この世を跋扈《ばっこ》する怪物どもと戦えるように、ハリーとサムとマイクは武器を準備していた。三人とも、ありとあらゆる形状と大きさの武器の扱いに長けているし、なかでもマイクは射撃の名手で、おそらく世界的に見てもかなりのレベルだろう。いずれも屈強な巨漢で、武術の訓練も積んでいる。三人そろって銃撃戦の経験があり、得意でもある。モンテスのような男を探しだして、片付けるだけの道具立てはそろっている。

だが、エレンは……エレンにはモンテスと戦う武器などひとつもない。生き延びてこられたのは、頭の回転が速く、走りながらつぎを考えられ、しかも運が味方してくれたからだ。勇敢な女性ではあるものの、それを裏付ける技術のない勇敢さはかえって死期を早める。

美しいエレン。才能豊かで、やさしい心の持ち主でもある。別の、ここよりもいい世界なら、そんな資質も尊敬と称賛の的になるだろう。だがジェラルド・モンテスのようなやからが幅をきかせているこの世界では、犬死にする材料になるだけだ。

ハリーにはクリッシーを失うという苦い経験があった。無我夢中でがんばったのに、まだ幼かった妹を守れなかった。誰よりもかわいかったのに、鬼のような男がろうそくの灯を消すように、妹の命を吹き消してしまった。

阻止しなければならない。こんどこそ、この手で。

エレンをモンテスに渡すわけにはいかない。なにがあろうと、絶対に。

そしてハリーは、いますぐ正気に戻らなければならない。いますぐ、大急ぎで。エレンのことでやみくもに恐怖を感じていても、クソの役にも立たない。彼女のためを思ったら、妹のときの二の舞いになるかもしれないとがたがた震えているのではなく、カミソリのごとく鋭利で冷徹でなければならない。

「最初から話してくれ」ハリーが言うと、全員の目が集まった。つまり、ついさっきまでおかしかったということだ。ハリーは、もうだいじょうぶだから、心配いらないとばかりにうなずいた。サムとマイクが、安心した、と言うように小さくうなずき返した。「きみが逃げだしたときのことから、その理由を含めて。ベアクロウには二年勤めてたんだね？」

「ええ。二年以上よ」エレンの背筋は伸びていた。声は明瞭で、両手は膝で握りしめている。

「つじつまの合わないことがたくさんあって、不正な経理操作ぎりぎりだった。彼はわたしなら、気づかないと思っていたの。法律で定められているから公認会計士をひとり雇い入れただけのことで、彼自身が帳簿を不正にいじっていた。仕事について一週間たったころには、それがわかった」

モンテスは雇った相手を間違えたようだ、とハリーは思った。

「それで、前に話したとおり、五月十八日、ハイアットリージェンシーホテルで会社主催の大きなパーティが開かれたの。ジェラルドが顎で使っていた男のひとり、アーレン・ミラーがわたしに近づいてきて、肩に腕をかけ、わたしの運のよさをならべ立てはじめた。ジェラルドみたいに利口な男をつかまえて、運がいいって。かなり飲んでて、息に火がつきそうだったわ。そんなふうだったから、わたしも最初は聞き流していたんだけど、いまになってみると、よく聞いておけばよかった。でも、そのときは彼の重い腕を払いのけて、家に帰ることしか考えられなかったの。アーレンは二〇〇四年の四月、バグダッドで起きたことを話しだした。ジェラルドが例の男で、その男が二千万ドル盗んだんだって。そのとき、ジェラルドがこちらを見たの。アーレンはまっ青になり、ジェラルドはひどく腹を立てているようだった」

ジェラルド・モンテスのような男が激怒するとどうなるか、ハリーはよく知っていた。と、ハリーに視線が集まった。

「ハリー」ニコールがまばたきしながら尋ねた。「いま、あなたがうなったの?」

ハリーは鋭く頭を振って、悪い考えを頭から追い払った。エレンの手を取り、自分の口に運んだ。「いまのきみが安全な場所にいることを忘れるなよ」

サムとマイクが目を見あわせた。知ったことか。これはおれの女だ。ひとつ確かなことがあった。サムはわかってくれるということだ。ニコールを脅かす人間がいたら、サムはそいつの喉を食いちぎるだろう。

「アーレンって男がどう言ったか、もっと詳しく思いだせないか?」

エレンがため息をついた。「何度も思いだそうとしたんだけど、ひどい酔い方だったから、言っていることの半分も理解できなくて。アーレンが男の名前を出したんだけど、どういう関係で探っても、見つけられないの。マロウスキーとか、マコルスキーとか。そんな名前だった。あのときのアーレンはぐでんぐでんだったから」エレンは鼻に皺を寄せた。「それに彼は発音に少し問題があって、話すと唾が飛んだの――彼の息や唾をよけようと、そっちに気を取られてしまって」

「ニコール」サムが妻に声をかけた。

「任せて」ニコールは言うと、ハリーのノートパソコンに近づいた。

スイッチを入れるなり、ニコールの気配が消えた。ひとつことに集中しているせいで、部屋から消えたも同然になったのだ。

ハリーもコンピュータには自信がある。だが、悔しいかな、調べ物にかけてはニコールのほうが上だった。翻訳会社を経営するニコールは、仕事柄、大がかりな調査をすることに慣れていた。世界じゅうに協力してくれる専門家がいて、日々やりとりしているそうした人たちが、仕事としてオンラインで専門用語を調べてくれる。そのうえニコールは政府のデータベースに対して下位のアクセス権を持っているので、結果としてほとんどのことを見つけることができた。

「その男が死んだのがわかったとき、きみは逃げた」サムはエレンを見た。

「ええ」彼女は小声で答えた。「三カ月の旅暮らしの果てに、シアトルに落ち着いたの」

三カ月の旅暮らし。それがどんなものだったか、ハリーには訊くまでもなかった。その三カ月、彼女は名もないモーテルからシラミだらけの下宿屋を渡り歩いた。身分証明書を提示しなくていいのは、そういう場所だけだ。眠りは浅く、つねに背後を気にする生活。

サムが身を乗りだした。「それで、モンテスはきみのエージェントにたどり着いた。どうやって見つけたんだろう？　きみはイブの正体を明かしてなかった」

エレンは首を振った。「わたしにも正直、どうしてだかわからないの。とても用心してきたから。CDも、わたしが手をまわしてこっそりつくったペーパーカンパニーの制作だし。この会社はケイマン諸島で登記して、わたしにはいっさいつながらないわ。言わせてもらえば、すごくクリエイティブな会計処理をして税金を払っているの」

「働いてた酒場では、店の看板になってたのか？」サムは尋ねた。

「いいえ。あの店の常連は……なんて言うか、ぶっ壊れていたから。まわりのことなんて、ほとんど気にしていなかったわ。週に何度か歌うウェイトレスをイブと結びつける人がいるなんて、とても思えない。ケリーだけは別だけれど」

「ケリー？」マイクがくるっと背後を向き、眉をひそめた。

「ハトだ」ハリーとサムが同時に答えた。

マイクの眉間の皺が深くなった。「彼女と会って話をしたのか？　なんてめぐりあわせだ。いいこととは言えない」

そう、たしかに。ケリーは永遠に正体を明かすべきではなかった。一生、秘密として胸にしまっておかなければならない。

エレンがマイクに話しかけた。「わたしにはよくわからないの、マイク。だって〈ブルームーン〉は言ってみれば……わたしたちみたいな女のための店よ。オーナーはウェイトレスを非正規に雇いたがっていて、過去などまったく気にしていなかった。仕事さえちゃんとできればよかったの。それも宇宙工学とかではないし、給料はきちんと払ってくれて、なにも尋ねないでいてくれる。お客さんはほとんどが人生に悲観した人たちで、わたしたちのことなど、見もしない。どこにも痕跡を残さずにできる仕事は、それほど多くないわ。それにケリーは……ケリーは寂しかった」

「もし彼女がおれたちの手を借りた女のひとりなら、そんな話をするのは命取りだ」マイクの野太い声が不満げに響いた。

女と見れば手あたりしだいのわりには、マイクは女心にうとい。女たちは生まれたときから話をするようにできている。

「彼女はわたしを同類だと見抜いたのよ」エレンは悲しそうにほほ笑んだ。「それで、もしわたしの身に危険が降りかかったらと言って、あなたたちのカードをくれたの」

「いいかしら？」ニコールが声をあげた。キーボードから手を上げ、得意そうに一同を見た。

「見せたいものがあるんだけど」

シアトル

シアトルは今日も雨だった。ケリー・ロビンソンはふと、サンディエゴが恋しくなった。暖かな春と、暑い夏と、美しい秋と、穏やかな冬が懐かしい。雨はめったに降らず、かりに降っても、お天気のほうがよく心得ていて夜のうちだけ降ることが多かった。そう、サンディエゴはまるで、神話のなかの幸福な国のようだった。

とはいえ、サンディエゴにいたら、いまごろ命はなかっただろう。つまり、そういうこと。

ケリーは水溜まりのない場所を選んで跳び、なるべく靴を濡らさないようにしていた。濡れた靴のまま八時間のシフトをこなしたら、げんなりするほど気持ちが悪い。苦い経験でそれはよくわかっていた。靴は二足しかなく、どちらも雨に濡らすわけにはいかない。

かつては三百足の靴を持ち、自分の靴専用のクロゼットまであった。そんな日々は過ぎ去ってしまった。

なるべく雨に濡れないように、店の軒先から軒先へ走っていると、酔っぱらいがぶつかってきた。おかげで、歩道のくぼみにできていた大きな水溜まりに落ちそうになった。

酔っぱらいはぶつくさ言いながら、ふらふらと遠ざかっていった。脂じみてぺしゃんこになった長い髪からしたたり落ちる雨で、ぼろぼろの緑色のセーターが濡れていることにも無頓着だった。レインコートも、長靴もなく、じめじめとした悪臭を放っている。外見からしてホームレスだろう。そのうちどこかの街角で立ち止まり、ビール代を求めて、物乞いをはじめる。あるいはウイスキー代か。いや、ドラッグ代ということもありうる。

絶望にも種類があることはケリーも知っていたが、いまだそのシステムを完全に把握するにはいたっていなかった。通りを遠ざかっていく、くさい男が酔っぱらいなのか、ジャンキーなのか、ただの失意の男なのか、警官なら区別がつくのだろうが、ケリーにはわからないということだ。それもいまのうちで、やがては社会階層の最下層に位置するこの場所で、恐怖のさまざまな色合いを見分けられるようになるのだろう。それを思うと、ケリーの胸は失意にふさがれた。

サンディエゴのラホヤとは、あまりにかけ離れている。ケリーのかつての世界には、ホームレスなどいなかった。みな苦労を知らず、指先まで完璧に手入れしている人たちばかりだった。手のつけられない酔っぱらいや、ジャンキーや、落伍者などいなかった。貧乏人といったら、使用人ぐらいのものだった。庭の手入れや、家の掃除や、通りの清掃を任されている人たちだ。

すてきな世界で、すてきな日々を送っていた――ただし、定期的に殴られることを勘定に入れなければ。あれは最低だった。

夫はケリーのことを愛してくれていた。愛しすぎるほどに。そのせいで完璧さに欠けることが許せなかった。ケリーに少しでも問題があれば、罰を与えなければならない。もちろん、彼女のためという口実で。

ケリーは三年のあいだ、毎回、別の病院に行き、別の話をしつづけた。だが、界隈にある病院の数にもかぎりがあった。一年のうちに三度同じ病院に行ってしまい、気がつくと話を混同していた。お金持ちの既婚女性がこうも頻繁に病院にやってくることは多くない。

ソーシャルワーカーが病室を訪れて質問をはじめたとき、トムが入ってきた。トムは当然ながら、魅力の栓を全開にした。彼には二十四金製の特殊な蛇口があった。長身でハンサムで身なりがよかった。めかしこんでいるという印象を与えずに、優雅さを演出できる男だった。まぶしいほどのハンサムで、話し方まで上品なのだから、みな魅了された。金持ちというのは都合の悪いことをうやむやにする方法を知っている。病室に入ってきたトムは、その場をひと目見ただけで、会話の主導権を奪った。五分もすると、ソーシャルワーカーがロック音楽が好きなのを探りだし、まもなくペトコパークで行なわれるブルース・スプリングスティーンのコンサートの最前列を約束しつつ、彼女を車まで送っていった。

ケリーは病院のドアが閉まる直前に、彼の表情を見て、身の毛がよだった。失敗がたび重なるごとに、彼の怒り方も激しくなっていた。いまでは口のきき方や、身なりや、食べ方や、息のしかたまでが、槍玉《やりだま》にあがっている。実質的になにをしても叱られ、罰を加えられてしまう。つぎになにかあったときは命があぶないことは、ケリーにもわかっていた。痛む体を病院のベッドに横たえたアリス――ケリーになる前の彼女――は、かさこそいう音を聞いて驚いた。マットレスの上にカードが置いてあった。ソーシャルワーカーがいとまの挨拶をしながら、そっと忍ばせていってくれたのだ。カードには飛翔する美しい鳥のイラストとともに、大きな活字体で電話番号が書いてあった。市外局番はサンディエゴ近辺のものではない。アリスはそれがどこの番号かも、ソーシャルワーカーがアリスの助けになると見込んだ人物の正体も知らなかった。なにも知らないけれど、ひとつわかっていることがあった。このままでは一週間もしないうちに殺されるということだ。

だから、片方の手首が折れ、肝臓が痛めつけられ、軽い脳震盪《のうしんとう》があり、グルコースと強い抗生剤を手の甲から点滴していたけれど、逃げだしたのだ。点滴の針を引き抜き、自分用の小さなクロゼットから衣類を取りだすと、走りだした。もしトムがアリスに逃げだすだけの度胸があると思っていたら、問答無用で衣類を取りあげられていただろう。けれど、アリスは一度も逃げたことがなかった。それが殴られて死ぬいちばんの近道になるとわかっていたからだ。

病院の地下から抜けだし、四ブロック先でタクシーを拾った。命懸けの逃避行であることは自覚していた。トムに見つかったら、もはやそれまでだった。

震える手でカードにあった番号を押した。そこから一連の出来事があり、シアトルに導かれて、すぐにウェイトレスの生活に飛びこんだ。生活はかつかつで、ほかになにもなかったいした暮らしではないが、地面に埋められて昆虫の餌になるよりは、はるかにましだった。

自分の命を救ってくれたのは、サム・レストンだった。イレーネの命も誰かが救ってくれるだろうか？ イレーネが本名でないことぐらい、百も承知している。誰だろうと、いい人だし、自分と同じように、なにかの拍子に危険な男たちの住むおぞましい惑星に足を踏み入れてしまったのだろう。

ケリー自身、トムと結婚するまで、そんな惑星があるとは、思ってもみなかった。そしてイレーネはまだショックを引きずっているようだった。

イレーネを訪ねて男が来たことを伝えたとき、ケリーは彼女が窮地に立たされているのを知った。まるで氷のように青ざめたイレーネを見て、そう察したのだ。結局、そのときはイレーネをデートに誘いたいだけの、人畜無害な男だったのだけれど。イレーネはきれいだから、そんなこともあるだろう。だが、彼女が逃げまわっている相手は、彼女とつきあいたいのではない、殺したいのだ。イレーネはケリーのいる惑星にやってきた。だからケリーはサム・レストンの番号を渡した。もしものときの備えとして。

イレーネはいまどこだろう？ ふたりは週に何度か、ケリーのアパートでお茶をするのが習慣になっていた。ケリーは室内装飾が得意だった。トムの家もまるで展示場のように整えていた。そして、とくに予算がなくとも、壁の穴をすてきななにかに変えてしまうすべを知っていた。

イレーネもケリーも人目のある場所は避けていた。狭いけれど居心地のいいケリーの部屋は、どちらにとっても安全に過ごせる天国だった。どちらも身の上話をしたことはない。話すまでもなかったからだ。

イレーネが番号を書いたカードを受け取ったとき、いつか彼女が行き場を失った女たちの最後の逃げ場に連絡することになるのを、ふたりとも感じ取った。

それまでのひとときとして、ふたりはケリーが張りこんだ高級なお茶を楽しみながら、心に波風の立たない、穏やかなことを話題にした。踏みこんだ話はいっさいしなかった。さしさわりのある情報はやりとりできない。だから話題は本と映画と音楽にかぎられた。イレーネが卓越した才能を持つシンガーであることすら、あの夜、彼女がホノリウスの代理として歌うまで知らなかった。あれにはまいった。それくらいイレーネはすばらしかった。歌ったり楽器を演奏したりするという話は、彼女から聞いたことがなかった。

それはそれでよかった。イレーネの秘密を知る必要などない。ケリーのほうだって隠しごとだらけだ。秘密は隠しておかないと、意味がない。命の危険すらある。イレーネの秘密もそのたぐいではないかと察していた。

イレーネはどこかしら？　あらゆる形の連絡が途絶えて、もう一週間になる。ふたりには秘密のオンライン掲示板があった。秘密の通信手段を持つのが当然のことのように、どちらも気安さを装って設定した。そのことを話題にしたことはないけれど、よく利用していた。約束の日時を決めたり、ちょっとした言葉を交わしたりした。

イレーネにとっても、自分とのやりとりが唯一の他人とのつながりではないかと、ケリーは思っていた。居心地のいい狭いアパートの部屋でふたり、つれづれに紅茶を楽しむ関係が。職場では話さなかった。そもそもシフトが違った。それに、友人であることを内緒にすること。それを暗黙の了解として、ふたりとも大切にしていた。

ケリーはここへきてイレーネのことが心配になってきていた。誰に追われていたか知らないけれど、追いつかれてしまったのだろうか？

彼女を追っているのはどんな男だろう？　トムのように、コミュニティの支柱となるような人物？　あるいは、おのずと尊敬を集めるような。やはり、傍目にはおよそ暴力をふるうように見えない男なのだろうか？

そういえば、トムはどうしただろう？　つぎの女を見つけて、餌食にしているの？　そうだといいのだけれど。彼の厳しい規則にがんじがらめにされる女性は哀れだけれど、新しい女がいれば、自分に対する執着心は弱まっているかもしれない。ひょっとすると、こうして冷たくて雨がちなシアトルで、雀《すずめ》の涙のような給料をもらってウェイトレスを続けている理由など、もうないのかもしれない。そうなったら、いちばんしたいこと——インテリアデザインの仕事に戻れる。

ああ。そんな将来を思い描くのは久しぶりだ。少なくとも、選択肢のひとつにはできる。ただ、生き延びるだけではない将来を。

雨脚が早くなった。降り方が激しいので、水が足首ぐらいまで跳ねあがっている。ケリーはちらっと空を仰ぎ見た。灰色の雲が垂れこめて、空の切れ間がない。つまり、これから数時間は雨が続くから、軒先で待っていてもらちがあかないということだ。

店まで走るしかない。

全速力で走りだしたケリーは、ふと目に入った男にはっとした。なにを考えているのか、大降りなのに傘もささずにこちらに走ってくる。傘があっても濡れるのに……。

男は長身で痩せていてブロンドだった。恐怖に駆られてトムに似ていると思ったけれど、スパ帰りのトムのような満足げな顔はしていないし、恰好もカジュアルだった。

トムじゃない。そのことが嬉しくて、ケリーは上機嫌で男にうなずきかけながら、脇を通りすぎた。豪雨のなかすれ違う赤の他人同士が交わすささやかな挨拶としてのうなずきだ。

いやな天気だと思わない？

ほんとだね！

ケリーはふいに背後からがっちりつかまれるのを感じた。両脚が地面から持ちあがりそうになり、二頭筋がちくりとした。雨模様だった世界が銀色の縞《しま》模様になり、そのあと急速に光を失っていった。

闇に落ちる間際、ひとつだけ考えが浮かぶ時間があった。

トムに見つかってしまった。

12

サンディエゴ

一同がニコールを取り囲んだ。サムが妻の肩に手を置いていることに、エレンは気づいた。励ますような、支えるような手つき。あんなふうにされたら……どれほど心強いか。味方してくれる人がつねにそばにいるとわかるのだから。

そのとき、重くて温かい手を肩に感じて、びっくりした。顔を上げると、ハリーの鋭い金色の瞳がこちらを見ていた。彼はパソコンのモニターではなく、きまじめな表情でエレンの顔をのぞきこんでいた。

と、彼がにっこりした。エレンだけを見て笑いかけてくる。ハリーがふだん笑わないであろうことは、顔の皺や筋肉でわかる。

けれど、この笑みは彼の顔を輝かせ、いつもよりうんと若々しく、親しみやすい印象にしていた。それではじめて、彼とのあいだにあまり年齢差がないことに気づいた。せいぜい六、七歳だろう。ずっと年上だと思っていた。彼が暴力の内的な側面に詳しいことや、そこはかとなく感じ取れる悲劇的な過去も、その一因になっているのだろう。

そんな彼の笑顔には特別な力があり、エレンの内側まで明るく照らしだした。

ここまで、いろいろなことがあり、危険な男にあとを追われている。エージェントを拷問にかけて殺したのも、アーレンを殺したのも、おそらくその男だろう。それなのに、ハリーからほほ笑みかけられたとたん、そうしたもろもろがすべて消えてしまった。

ひとたび外に出れば、鋭い歯とツメを持った怪物たちがいる。頭ではそうわかっているのに、そのときその瞬間だけは、なにもかもがよその国の出来事のように感じた。そう、自分ではなく、別のエレン・パーマーの身に起きていることのように。このエレンは大柄な金色の男とひと晩じゅう愛しあい、いまもその熱を感じるくらい男と寄り添っている。男の大きな手は形がよくて、長い指でエレンの体のいたるところに触れ、最後には本人であるエレン以上にその体を知っているようだった。彼のまわりには現実をゆがめる空間があり、その空間の内側に入ると危険も恐怖も消えて、彼とセックスすること以外のすべてがどうでもよくなった。

セックス。

どうして誰もセックスがこんなに強力なものだと教えてくれなかったのだろう？　まるで根源的な力につながるような感覚がある。全然知らなかった。

エレンにとって、セックスはときに楽しくて、ときに退屈で、少し痛いこともあった。だいたいは自分のほうに問題があった。じゅうぶんに興奮していなかったからだ。そしてセックスはつねに不均衡だった。どちらかがより気を使って、終わったときには、いつも誰かが置き去りにされている。ひどいときには、目に見えない甲羅かなにかを相手にセックスしているようで、そうなると、もうなにも感じられなかった。

ハリーだと、そんな感覚が吹き飛んでしまう。全身が巨大なタッチスクリーンになったようで、彼のすることなすことにいちいち打ち震えた。恐ろしく敏感になった肌に、傷だらけの彼の体を隅々まで感じた。長くて細い筋肉は、人体模型に使えるほどくっきりと筋張っていて、体毛の質感の違いまでわかった。髪はシルクのようにやわらかで温かく、黄金色の胸毛はちくちくとして、脚をおおう毛は金色の毛皮のようだった。

キスのひとつずつが記憶に刻まれている。鋭く嚙むようなキスに、深くやさしいキス。それぞれに独特の味わいがあった。

内側に入った彼のものの感触……ああ。熱と長さと、彼が入れたまま動かさないときでも、われを忘れるほどの快感があった。

それが動きだすと……。

ハリーはエレンの思いを見透かしているようだった。たぶんまっ赤になっているのだろう。赤毛に多い青白い顔色をしているので、心の内が顔に出やすい。ハリーの笑みが大きくなった。

昨日の夜も、こんな笑顔をしていた。エレンの上で鼻をつきあわせるようにして、にっこりと笑ったのだ。その間も、彼のものは奥深くにあって、エレンが笑い返すと、なかで大きくなって、あろうことか、さらに長さと太さを増した。そのときのことを思いだすと、膣が反応し、腹部と股間の筋肉がぎゅっと締まった。

「さあ、いいわ」ニコールが言い、エレンも、いいわ、と心のなかで思った。こうなったらふたりで寝室に戻らなければならない――。

エレンははっとして、ハリーから目を引きはがした。それがやけにむずかしい。いいかげんにして、と自分を叱りつけた。

ふたりきりではなく、彼の親友ふたりとニコールがいっしょなのだ。みんながエレンを守ろうと手を尽くしてくれ、妊娠四カ月のニコールまで巻きこんでいる。みんなして必死になってくれているというのに、エレンのほうは早くハリーとベッドに入ることしか考えていない。

相変わらず顔が赤らんでいるはずだ。こんどは恥ずかしさでいっぱいだった。

ニコールがこちらを見あげた。コバルトブルーの瞳を細くして、小首をかしげたので、艶のある緑の黒髪が肩先で揺れた。唇は引き絞られている。目をみはる美人とは彼女のこと。サムが夢中になるわけだ。それに、ただきれいなだけではなく、賢いし親切な人でもある。

いまはエレンを見ていて……エレンの思いを理解してくれているような顔をしている。そんなことあるわけないのに、いいのよそれで、と認めてくれているみたい。

「なに?」エレンは首を振った。できるだけ多くを吸収しておかなければならない。味方をしてくれる人たち、優秀で善良で勇敢な人たちのそばにいるあいだに。もう少ししたら、またひとりに戻らなければいけないのだから。

かといって、シアトルに戻って、ケリーとのささやかな友情を温めるわけにはいかない。内緒にしていることが多すぎる。そう、シアトルにもケリーにも音楽にも近づけない。ないないづくし。

「調べ物によく使っている政府のサイトをいくつかチェックしてみたわ。あまり機密度が高くなくて、アクセス権が認められているから、以前から使ってきたサイトよ。だから、すごい秘密が隠されたデータベースではないんだけど、情報の宝庫で、グーグルでは引っかかってこないの。それとはべつに合衆国軍のニュースサイトがあって、そちらは一般には提供されていないわ。見てちょうだい、二〇〇四年の五月の記事なんだけど」

みんなにモニターが見えるよう、ニコールが頭の位置を動かした。

印刷媒体からコピーされたらしいPDFファイルだ。新聞と同じ四段組になっている。当該の記事は折り目の下にあって、印刷物の四ページめに続いていた。ニコールは画面をふたつに分割し、記事のすべてが見られるようにした。

バグダッド、グリーンゾーン、二〇〇四年五月二十八日
カティナ・ペトレスク軍曹

昨日、グリーンゾーンから二千万ドルが紛失した事件を調べるため、ワシントンの捜査官が到着した。捜査官は、先週、複数の経理担当者によって確認された紛失が、先月にさかのぼる可能性があるとの見解を示した。

「現地の公認会計士はほとんどなにも把握していなかった」ハリーが言った。「ブレマーによると必要な額を伝えたら、送られてきたそうだ。C130輸送機はパレットを山積みし、パレットには箱が四十ずつ、箱ひとつにつき十万ドルの札束が二十個入っていた。パレットは倉庫に入れられて、そのまま保管された。CIAの捜査官はふつうにそこに入っていって、腕に札束を抱え、ふつうに出てきていたらしい。手押し車が使われることもあったと聞く。開拓時代の西部みたいな状態だったのさ。しばらくは、ふんだんに金が与えられた。無造作に倉庫に入れたまま、何人かが倉庫の鍵を持っていた。そして十億ドル以上が使途不明金として、消えた」

「二〇〇四年、ジェラルドはバグダッドにいたわ」エレンは言った。どういう手を使ったか

はわからないが、偉そうにして、詳しいことは言えないとでももったいぶっていれば、なかに入れたのだろう。国家の安全保障にかかわるだとかなんだとか。だが、実際は二千万ドルを着服したのだ。「彼の軍務は六月に終わって、再入隊はしなかった。国に戻って、二〇〇四年の七月にはベアクロウを設立していたわ」

「そして、その直後に合衆国政府からとびきりわりのいい仕事を請け負っている。恵まれた仕事よ。これを見て」ニコールはピンク色に塗った指先でスクリーンをつついた。「ほら、主任捜査官の名前」

「フランク・ミコフスキー。アーレンが言っていたのは、この人だったのね。ジェラルドに買収されたのかしら?」

「いいえ」ニコールはかぶりを振り、艶やかな髪が肩先で躍った。「それはないわね。わたしに言わせれば、彼が買収されなかったことのほうが問題になったのよ」クリックしてつぎのページに移り、画面を下にスクロールした。

「見て。ミコフスキーは見当違いな人を捜査していたみたい」

表示されていたのは国務省の電信で、二〇一〇年の六月十七日に機密解除されていた。六年前の事件を伝えていた。

二〇〇四年の六月三日、チグリス川でフランク・ミコフスキーがうつぶせで漂っているところを発見された。鑑識によると死因は頭部の銃創で、死後少なくとも二日が経過しており、スンニ派の反政府ゲリラのしわざとされた。

サムはかがんで、妻の頬にキスした。「たいしたもんだよ、ハニー」

「ええ」ニコールがほほ笑んだ。あまりのまばゆさに、サムがまばたきしている。「そうでしょう?」

「スンニ派の反政府ゲリラだって?」ハリーがうなった。「テロリストにやられたんじゃない。捜査を妨害するために処刑されたんだ。そして、犯人の思いどおりになった」ハリーは険悪な目つきで画面をにらんだ。二千万ドルの横領も、捜査官の殺害も、エレンの身の危険も、すべてその画面のせいであるかのように。「つまり、モンテスの知りあいならやつが不正行為に走ってることを知ってるが、この件については誰も知らないってことだ」

「そしておれたちは、やつに結びつけられる可能性のある殺人事件を二件つかんだ。ミコフスキーとアーレンだ」サムが言った。ハリーやマイク同様、厳しい顔で冷酷な目をしている。それを見て、エレンは彼らが自分の敵ではなくて味方であることを心から感謝した。

「それにわたしのエージェントのロディもよ」エレンは言い足した。「忘れないで」

心臓が大きく打った。ロディ。やさしくて、いい人だったロディ。親切な人だった。音楽に身を捧げており、才能を発掘する耳と、善良な心を持っていた。その人がこうるさい虫のように消されてしまった。なんの意味もない存在のように。それがエレンには許せなかった。ジェラルドにとってはただ邪魔だっただけで、エレンをつかまえるために片付けるべきことのひとつとして命を奪ったのだろう。

「殺しが三件か。殺してでもおおっぴらにしたくないことがある証拠だな」マイクが顎をこわばらせた。「もちろん、大金を現金で盗んだのは言うにおよばずだ」

エレンは身震いし、部屋は静かになった。

ニコールが腕時計を見て、あわてだした。「いけない！　お客さんと十一時にテレビ会議の予約が入っているの。相手は時間にうるさいニューヨーカーなのよ。走らなきゃ」

「ありがとう、ニコール」エレンはお礼を述べた。席を立ったニコールは、仕立てのいいターコイズ色のシルクのドレスに真珠のアクセサリーを合わせていた。お腹のふくらみが少しわかるけれど、きれいだし、いかにも冷静で仕事ができそうだった。しかも、貴重な情報をもたらしてくれた。エレンはニコールへの愛情でいっぱいになった。ニコールはエレンにウインクすると、コンピュータを閉じた。

なんていい人だろう。ニコールがいなくなったら、寂しい。「じゃあ、今夜また」

男三人がびくりとして、エレンをふり向いた。エレンが口からヒキガエルでも吐きだしたような顔でこちらを見ている。エレンは厳めしい顔を順繰りに見た。「どうしたの？　わたしがなにか言った？」

「きみにひとりで留守番させると思うか？」ハリーはぎりぎりと奥歯を嚙みしめていて、話ができるのが不思議なようだった。反論はいっさい受けつけない、と顔に書いてあった。ハリーには話が通じそうにないので、エレンはサムのほうを見た。けれど、こちらもハリーと同様だったので、マイクに目を向けた。釘を嚙み砕いた直後のような顔だった。「どうして？　ここなら安全だと思ったんだけど」

「安全だ」ハリーはマイクが嚙み砕いた釘を呑みこんだ直後のような顔だった。「ただ――」

ニコールがエレンの腕に触れた。「ここも厳重なセキュリティに守られているんだけれど、ハリーにとっては、あなたがいっしょにオフィスに来てくれたほうが安心できるのよ。彼の目が届くから。そうじゃないと、一日じゅう、仕事が手につかないんじゃないかしら」夫のほうに視線を投げた。「わたしに危険が迫っていたら、サムもわたしをそばに置いておきたがるでしょうね」

「当然だ」サムは筋肉隆々の太い腕を妻の肩にまわした。

サムが妻を気遣うほどにハリーが自分を気遣ってくれるわけがないと思ったけれど、ニコールの言うとおりだった。ハリーはいったん引き受けた仕事を投げだすような人ではなく、いまの仕事はエレンを守ることだった。その彼が自分を目の届くところに置いておきたいと言うのなら、従うほかない。ほかの人たちが仕事をしているあいだ、なにもせずに坐っているのは気が進まないけれど、それはエレンの問題であって、みんなの問題ではない。

でも、もし……。

「だったら、いっしょに行くわ。でも、できたら――みんなの役に立ちたいの。ニコールのような調査の能力はないけれど、会計士としては優秀なのよ。税金の時期が近づいてるけど、還付額を確認してもらいたい人はいない？　準備がまだなら、そのお手伝いもできるけど」

あ然とした顔が四つ。それが、チョコレートアイスクリームを買ってやると言われた子どものように、いっぺんに興奮で目を輝かせだした。

「ああ」ニコールがうめいた。「わたし、わたしよ！　帳簿つけって、大嫌い！」

「おれも！」男三人が声をそろえた。

いいわよ。やることができて、エレンの気分も上々だった。

シアトル

最初はアパートのベッドのなかで、ひどく不快な悪夢を見たのだと思った。悪い夢はしょっちゅう見る。いちばん多いのは、絶体絶命のピンチに立たされ、逃げようにも脚が動かず、叫ぼうにも声の出ない夢だ。そんなときは心臓をばくばくさせながら目を覚ます。荒い息をし、汗まみれになって、がたがたと震えていた。

ケリーはいぶかしげに眉をひそめた。どういうこと？　目を覚ましているのは確かなのに、まだ悪夢のなかにいるみたい。目が見えず、動けないうえに、喉の奥から太い声を出そうとしても、小さくくぐもった音しか出せなかった。

頭を倒して天井を見ようとしたら、目が開かなかった。視界が闇におおわれている。

「――きたぞ」男の声。

「そうだな」〝そーやな〟と聞こえる。「意識が戻った」別の男の声。アメリカ人ではない。オーストラリア人かしら？

痛みを伴うほどのいきおいで、いっきに感覚が戻ってきた。目隠しをされ、猿ぐつわをかまされ、縛りあげられていた。そう、椅子に。脚を蹴ろうとして、わかった。足首の部分で縛りつけられ、足首を左右に動かすと、縦に細長い木の棒にあたった。椅子の脚だ。

心臓が止まりそうになった。トムだ、と思った。冷たく、凍りつくような恐怖が込みあげた。見つかってしまった。

彼に殺される。殴り殺される。そして、両手も縛りつけられている。逃げる方法はあるけれど、それには手を使わなければならず、その手が縛られている。

手を縛られるとは計算外だった。どうしてだろう？

縛られたことがなかったからだ。

ケリーは以前、トムを殴り返そうとして、彼に笑われたのを、思いだした。トムは愉快そうだった。見下したように声をたてて笑い、ケリーが身を守ろうとすると冷笑した。トムは少年時代から武術を習っていたので、ケリーが素手で対抗しても、相手にならない。だから、ケリーの手を縛ったことがなかった。そんな自分に酔うために。

そのとき、静かな足音が聞こえてきた。なぜか、自分の心臓の鼓動より小さく聞こえる。足音が近づいてきたので体をこわばらせたが、足音は脇を通りすぎて、背後にまわった。ケリーの後頭部に手が触れ、目隠しが外れた。

最初はなにも見えなかった。まばゆい明かりに目を直撃された。目は痛みを訴えながら、光に慣れようとした。

床になにかがこすれる音がして、人影がゆっくりと浮かびあがってきた。黒い靴。黒いパンツ。黒いセーター。その人物が椅子を引きずってくる。全体に優雅で、金のかかった印象。もう一度こすれる音がして、男の顔が見えた。

険しくて、四角張った顔。頬骨は高く、ひげがうっすらと頬をおおいだしている。黒い瞳に、黒い髪。見たことのない顔。そして、一度見たら忘れられない顔だった。

けれど、トムではない。

「誰？　誰なの？」尋ねたけれど、猿ぐつわのせいで声がくぐもった。

男が指を鳴らすと、背後の男が猿ぐつわを外した。ケリーは下を向いて、咳をした。口がからからに渇いていた。

質問は男に届いていた。「わたしが誰かだって？」顔を近づけてきて、まっすぐケリーの目を見た。「わたしの正体など関係ないぞ。重要なのは、わたしが手に入れたいと思っているものだ。イブという名で歌っている女を捜している。本名はエレン・パーマーだが、その名前は使っていない」

ケリーは黒い瞳を見つめながら思った。そうか、こいつがイレーネのトムなのね。わたしのトムより、さらにたちが悪い。そして、彼女はイレーネでもイブでもなかった。エレンというのだ。

男の目を見るうちに、尻込みしたくなった。イレーネが、いやエレンが、逃げだしたわけだ。そこにある黒い瞳は死んでいて、まるでワニとか死体の目だ。光すら反射しない。淀《よど》んだ黒い水溜まり。

そんなことがありうるのか疑問だけれど、この男にはトムを凌駕《りょうが》する不気味さがある。たしかにトムはおかしい。だが、支離滅裂ではあるけれど、トムには感情があって、それを痛いほど感じていた。ケリーがトムから離れずに、完璧であること。トム本人に言わせれば、それだけが彼の望みだった。ケリーを殴っているときでも、感情が伴っていた。激しい怒りと、屈折した異常な愛情、それに支配欲があった。そして、そうした感情は輝きとなって目に表われ、全身から放たれているようだった。

この男には感情がない。なにも感じていない。それに気づいて、怒りよりもそのほうが恐ろしいとケリーは思った。

トムの場合は、話せばなだめられることもたびたびあった。話をすることで、やみくもな絶望感やよこしまな愛情から、引き戻すことができた。多少は話が通じる余地があったのだ。なぜなら、トム自身が自分の感情を扱いかねて苦しんでいたからだ。おそらくトムのもとに長く留まりすぎたのだろうが、その原因の一端はそんな彼に、かけてはいけない哀れみをかけてしまったからだった。

この男には哀れみなどいらない。そしてこの男自身、他人を哀れむことはない。なにも感じないのだから。

そのことが男の目や顔に表われていた。

そしてケリーは、瞬時に自分の死を悟った。この男にはなにをどう訴えたところで無駄だ。人間らしさも慈悲もない、空っぽの男。

手を使えるようにしなければならない。ダクトテープを巻かれている。急がなければ。

「エレンはどこだ?」事実を尋ねるだけの、単純な質問だった。だが、これからはじまる一斉射撃の前触れであることがわかった。

自分に可能な唯一の答えを返した。「知らないわ」

死人の目がケリーの顔をうかがっていた。この人には、わたしが事実を話しているのがわかるだろうか? だって、そうでしょう? エレンが行った先は知っているけれど、そこにまだいるかどうかは知らないもの。

そのあいまいさが滲みでてしまったらしい。

「おまえ、知ってるな」男はきっぱり言った。「言わないだけで」

男が小さくうなずくと、背後にいた男がケリーの肩に大きな手を置いた。その手が動いて、ある箇所をつまむと、鋭い痛みが走った。かつて経験したことのない、焼けつくような、あるいは体が粉々に砕け散るような痛みだった。あまりの痛さに息が止まって、悲鳴をあげることもできなかった。心臓が止まるかと思った。

ごぼごぼという音が喉を通り、苦しげなうめき声が出た。前方の男がふたたびうなずき、手を掲げた。ケリーはダクトテープに固定されたまま身を引き、息を詰めて体を震わせた。

男がうなずいた。「わかるな、これを一昼夜続けることもできるぞ。たったこれだけのことで、おまえは最後には泣きわめく肉の塊となりはてる。ここにいるわたしの友人は、人間に激痛をもたらす特殊な神経叢《しんけいそう》に触れている。力はほとんどいらない。そして友人は疲れを知らない屈強な男だ。いつまでも続けられる」

椅子の脚が床にこすれ、さらに近づいてきた。ケリーは自分の恐怖と汗のにおいの向こうに、男のにおいを嗅いだ。いいにおいがした。清潔なリネンと、高価な革と、値の張る男性用のコロンのにおい。今後どこかでこのにおいを嗅いだら、きっと吐いてしまう。

背後の男からはにおいがしない。まだ姿を見ていないが、実際よりも大きいなにか、昆虫や宇宙人のように人間離れした存在のように感じていた。

「では、ここにいるわたしの友人がそんな痛点をなぜ簡単に見つけたかというと、彼が情報抽出の専門家だからだ」正面の男はケリーをじっくりと観察し、自分の言葉に対する反応をはかっていた。けれど、観察するまでもなかった。ケリーは彼の言葉に震えあがっていたし、その恐怖を隠すすべも知らなかった。「友人はこの手のことの専門家で、何百という男を壊してきた。しかも、きわめて屈強で、拷問に耐えられるように高度な訓練を受けてきた男たちを。やめてくれと泣きわめかせ、命乞いをさせた。だが、彼は求めるものが手に入るまでやめない。おまえが女だから、なおさらだ」

手さえ自由になれば！

また床がこすれる音がして、小さなテーブルが光の輪のなかに運びこまれた。携帯用の宝石箱のような革製のケースがひとつ。男はゆっくりとその蓋《ふた》を開けた。見ている人を喜ばせようと、花びらを一枚ずつ開くように、左右の蓋を片方ずつ開いていった。上から下へと。たじろいだケリーは、輝きを放つ鋼鉄製の器具を見て、目をつぶった。

「いいかな、これは大工道具じゃないぞ」男は気さくな口調で言った。「生きた肉体から真実を取りだす道具だ」

熱した岩のように、息が胸に詰まった。息を吸うことも吐くこともできなかった。顔に汗が噴きだし、胸の谷間や肩胛骨のあいだを伝った。汗は目のなかにも入り、大きな汗粒が目を刺した。

視界が曇っている。

手を使えるようにしなければ。

道具はまばゆいばかりに輝いている。新品か、磨きあげられたばかりなのだろう。痛めつけるための道具であることは、ごまかしようがなかった。あちこちがとがっていてエッジが立ち、手の力を最大限に生かせるように持ち手がついている。ここにいる男ふたりの手は力強い。この道具があることによって、もっとケリーを痛めつけることができる。

ケリーの正面にいるミスター・エレガントは、黙って待っていた。足を組み、高価な靴をはいた足を上下させている。気持ちが昂《たか》ぶっていることを示す唯一の動きだった。

わたしの神経のほうが先に参ってしまう、とケリーは思った。神経はぶち切れ、骨は折れる。この男は汗ひとつかかずに、自分を人の形をしたまがい物に変えてしまうだろう。

静かだった。完全な静けさに浸されていた。

そのときはじめて、ここはどこなのだろう、という疑問が浮かんだ。誰かが救出に駆けつけてくれるような場所でないことだけは、確かだ。騎兵隊が現われるのは小説や映画のなかだけで、自分を救ってくれる人などどこにもいない。

ここへは誰も来ない。閑散とした場所でなければ、こんなには静かにならない。どこだろう？　どこにも手がかりがなかった。床はむきだしのコンクリート。フォーマイカの小さなテーブル。安い木製のダイニングチェア。それだけだ。スポットライトが描きだす光の輪から外れてしまうと、壁すら見えなかった。

地下室や、格納庫や、倉庫の可能性はある。どこであってもおかしくない。

「それで」ミスター・エレガントがついに口を開いた。まったくいらだちのない声だった。いらだちも、不安も、好奇心すら感じさせない。「話をする気になったか？　それとも、これを使わなきゃならないのかな？」道具を置いてあるテーブルに視線を投げた。「わたしはどちらでもかまわない。結果は同じことだ」

手を使えるようにしなければ。最悪の悪夢のなかでも、いつも手だけは使えた。

ケリーの心の内を読んだように、ミスター・エレガントはラジオペンチに似た道具を手に取った。ラジオペンチよりも上等の鋼鉄が使われており、先端までとがっている。手で重さを確かめ、明るい光のなかでためつすがめつした。できばえに見惚れているようだ。「爪を引っこ抜くのに最適だ」彼はつぶやいた。「実際、それ専用の道具なんだが」顔を上げてケリーを見た。脅威はない。彼は意味のない脅しはかけず、ありのままの事実を述べた。

ケリーは身震いした。

「さあ」ミスター・エレガントは道具類の上に手のひらを置いて、ケリーを見た。「話をする気になったかな？」

突然、氷の海に飛びこんだように、震えが全身に取りついた。話そうと口を開いたけれど、言葉が出てこなかった。

男が待っている。

「え——ええ」声を押しだした。「は——話すわ」

「それはよかった。いまエレンはどこにいる?」

「知らない」

男が道具を握った。

ケリーは音をたてて、空気を胸に取りこんだ。「ほんとなの、ほんとに知らないの! もう何日も彼女には会ってない。最後に会ったのは、わたしが昼間のシフトを終えて帰るときだった。夜のシフトでお店に出てきた彼女とすれ違ったの。あれからもう一週間以上よ。彼女のほうが仕事を休んでて、ボスも心配してた。彼女らしくないから。とても信頼できる人だもの」

男はテーブルの端を指で叩いて、この発言を吟味した。

「おまえはいま彼女がどこにいると思う?」

あなたから逃げてるところよ。「わからない」

正面の男がふと目を横にそらすと、背後の男が肩のある部分をつねった。あまりの激痛にショックを受けて、椅子ごと跳ねあがった。今回は男の指が同じ箇所に留まりつづけた。

手が離れたときには、どん底まで突き落とされていた。がっくりと頭を垂らし、巻き毛がカーテンとなって顔を隠した。目からは涙が噴きだし、鼻からは粘液が垂れて、その両方が膝にしたたっていた。

第一段階ですら耐えられそうにない。ここ、この場所で、第二、第三、第四と、まだまだ先があるというのに。

もう震えを抑えることはできなかった。見おろすと、膝がぶつかりあっているが、足首に巻かれたダクトテープのせいで動きは小さかった。静かな室内にケリーが鋭く息を吸いこむ音と、すすり泣く声が大きく響いていた。

逃げられない。

方法はひとつきり。

「トイレに行かせて」ケリーはつぶやいた。どうにか言葉を吐いた。

「トイレ？」ミスター・エレガントが尋ねた。知らないなにかについて話しているように、黒い眉を吊りあげた。

「お願い」

つぎに痛みを与えられたら、もう耐えられない。しかもまだはじまったばかりなのだ。ケリーはイレーネについてたいして情報を持っていなかった。イレーネは自分の身の上についてきわめて寡黙だった。それがどうしてだったのか、いまとなればよくわかる。けれど、ほとんど知らないという事実が向かいに坐る男の怒りをかう。ケリーにはそれが感覚としてわかった。トムと何年も暮らしてきたせいで、男の怒りには詳しい。このタイプの男は、トムのように爆発しない。怒ると陰にこもって、とことん残酷になる。知っていることをすべて話して聞かせたとしても、あまりに知らないという理由で懲らしめられる。もう耐えられない。

ケリーにはふたつ与えられるものがあった。そのうちのひとつを与えて、そのあとトイレに行かせてくれと頼むしかない。

手さえ、手さえ使えれば。

「トイレに」もう一度つぶやき、肩で目を拭こうとした。「お願い」

「おまえたちはどうやってやりとりしていた?」男が唐突に尋ねた。

予期していた質問だった。けれど……すぐに答えてはならない。しばらく顔を伏せたままにしてから、おもむろに目を上げた。脅かされて、しどろもどろになっているふりをした。むずかしい演技ではない。筋肉は焼けつくような痛みを記憶していて、頭がずきずきしだした。

口を開いた。

男が声を落とし、凍りつきそうな調子で言った。「携帯などと言うなよ。違うのはわかっている」

実際は携帯も使っていた。イレーネの用心のしかたから、どんなタイプの男が彼女を追っているか、予想がついてもよさそうなものだった。イレーネはプリペイドの、追跡不能な携帯を三台持っていたのだ。一台はケリー用、もう一台はエージェント用、残る一台がボスのマリオとのやりとり用だった。

この男たちはそれを知らない。ああ、神さま。情報をひとつでも多く隠せれば、それだけイレーネが生き延びるのに手を貸せる——トイレまでたどり着けさえすれば！

自分の人生はもう終わった。それはわかっている。もし選ばせてもらえるのであれば、イレーネの命ではなく、自分の命を救うことを優先しただろう。けれど、そんな選択肢はない。命だか、運命だか、さだめだか——どう呼ぶにしろ、いまここで作用しているのはそれだった。自分はもはや命を失った幽霊なのだ。デンバーからバサー、サンディエゴでの結婚生活を経て、逃亡へといたった三十二年の人生の旅は終わった。親子愛、夫婦愛は知らずじまいになった。もう二度と顔に雨を受けることも、エアロスミスに感動することもない。アイスクリームも食べられず、『戦争と平和』を読了することもできない。

ここで人生が終わる。選べることがあるとしたら、口もきけないほどの痛みを何時間も味わったうえで、この男の手の内に落ちるかもしれない友人を裏切るか、ただひとつ知っている道を選ぶかの、ふたつにひとつだった。

「どうやってやりとりしていた？」また尋ねられた。この男は、三度めはもう尋ねない。

「コンピュータ」ケリーは咳をするように、言葉を出した。裏切ったかのような苦さがあった。だが、携帯の番号を教えるよりは、こちらのほうがましだ。あるいは自分の命を餌にイレーネが引っぱり出されるよりは。「掲示板を使って」ケリーはアクセス方法とパスワードを教えた。

ミスター・エレガントが背後の男にうなずきかけた。痛みを引き起こすことのできる手を持った男に。電源の入る音がして、淡い青色の光がコンクリートの壁に反射した。ウィンドウズが起動する音。キーを叩く音。

「あった。そうだな」〝そーやな〟。発音がおかしい。音が飛び、母音がいちいち違う。「最初までスクロールしてみた。だいたいは会う約束で、とくになにもないぞ」

そうよ、そこにはなにも書かないもの。イレーネもケリーも危険を招きそうなことを書くようなまねはしなかった。だから、物騒な男ふたりが必要としている情報は、掲示板を見ても見つからない。つまり、つぎのなにかを求めて、激しい追及がふたたびはじまる。

つぎに来る痛みは、もっとずっとひどいだろう。その先に待ち受けているのは死だ。

ケリーは突然、体を動かし、椅子の後ろ脚を持ちあげた。口を開いて、胃の筋肉をこわばらせて、吐き気のあるふりをした。

「お願いよ」ささやくような小声で言った。「吐きそうなの。トイレに行かせて」

男ふたりが視線を交わした。ケリーは殺されると決まっている。だが、トイレで吐かせて死体を片付けるよりも、吐瀉物《としゃぶつ》にまみれた死体を捨てるほうが、不快感は高まる。

鼻を鳴らしながら、ミスター・エレガントが手を振った。「トイレにつれていけ」ワニのような黒い瞳で、ケリーを見据えた。「おかしなまねをしたら、生まれてきたことを後悔させてやるぞ」

わざと吐き気を起こそうとしたせいで、苦いものが込みあげ、彼の言葉とそこから連想されるもののせいで、よけいにむかむかしてきた。ケリーはうなずいた。後ろの男が前にまわってきた。かがんで、切っ先の鋭いナイフを取りだした。卓上にならんでいる道具と同じように、煌めいている。彼は慣れた手つきでケリーの足首を縛りつけていたダクトテープと、胸と椅子を固定していたダクトテープを切り裂いた。

そしてがっちりした手でケリーを椅子から立たせた。彼につかまれていなかったら、床に転がっていたかもしれない。

このときはじめて、背後にいた男の顔を直視した。雨の通りにいた男、一瞬トムかと思った男だった。

結局、トムよりもたちが悪かったけれど。

「さっさとしろ」ミスター・エレガントが気むずかしげに言った。

目が涙でちくりとした。ええ、さっさと死ななければね。

「わかったわ」

金髪の男からがっちりと抱えこまれて、ケリーはそれまで見えなかった通路のドアまで足を引きずるようにして移動した。縛られているのと、恐怖のせいで、脚に力が入らない。発音のおかしな男に運ばれる荷物のようだった。膝ががくりとしたときも、腰にまわした

汚い空間だった。片方の腕で持ちあげられて、トイレのドアへ押しやられた。悪臭が鼻をつく、シミだらけの

ケリーはドアの前に佇《たたず》んだ。体の奥でぶるっと身震いし、震えを感じながら長く息を吐いた。いよいよ、そのときが来た。自分の人生が終わろうとしている。トムの手を逃れて過ごしたこの一年は、おぞましいことばかりだったけれど、いつかそんな日に終わりが来るかもしれないという思いが、一、二度、頭をよぎったことがある。

自分の人生をはじめられるかもしれない。トムが忘れてくれたら、ここから日差しのもとへ這いだして、物陰に縮こまるのではなく、ふつうに暮らせるようになるかもしれない。また、インテリアデザイナーとして働けるかもしれない。すてきな男性と結婚し、ひょっとして、ひょっとしたら——子どもだって持てるかも。

それにこの一年、恐怖と不安に塗りこめられたような日々にも、楽しい時間はあった。不思議なお客さん、イレーネとのお茶会。図書館から借りてきた本や、ラジオから流れてくる音楽。ひそかな楽しみだったけれど、それでも楽しみには変わりなかった。

それがすべて、いま終わる。

背中を強く叩かれた。前にあるトイレのドアがバタンと大きく開いた。「行けよ。一日じゅう、ここにいるわけにはいかんぞ」〝いかーんぞ〟。

ケリーはふり返り、かさついた唇を嘗めた。「でも——手を使えないと」男の、薄青色の

瞳を見た。ミスター・エレガント同様、人間性の欠けたその瞳は色つきのビー玉のようだ。
「できないわ……トイレが」無用に気持ちが乱れる。「手を使えるようにして」小声で頼んだ。

ダクトテープを切ってくれるかどうか、男の心ひとつにかかっていた。

男は切っ先の鋭いナイフをふたたび取りだした。鋼鉄が鞘《さや》にすれる音がする。そして、目にも鮮やかな手つきでダクトテープを切り裂いた。手首はしっかりと留めつけられていたのに、いっさい皮膚には触れなかった。

刃物の扱いに長けている。ナイフの名手なのだ。ケリーは芯から身震いした。

男は口をきくのも面倒なのか、顎をしゃくってトイレを指し示した。
「あの――」震えがひどくて、ろれつがまわらない。血行をよくしようと、手を握ったり開いたりした。ここでしくじったら、すべてが台無しになる。「ドアを閉めてもいい？」

男が首を振った。

どうしよう？
「だったら――向こうを向いててもらえる？」

男は黙って回れ右をし、広い背中をケリーに向けた。たぶんプライバシーを慮《おもんぱか》ってというより、吐くところを見たくないからだろう。

これこそ待ち望んでいたチャンスだった。シミだらけの汚い空間に入った。なかは暗く、小さな窓が上のほうにあるだけだった。そこからはとても逃げだせない。男ふたりはとうに承知なのだろう。その窓から脱出するには、トイレの便座に跳び乗って、汚れたガラス窓を割り、体を引きあげなければならない。かりにそれができるほど運動神経がいいとしても、ほんの数秒で追いつかれてしまう。

やはり、出口はなかった。

周囲を見まわした。恐怖で動悸がして、心が血の涙を流しているようだった。ここで人生を終えるのだ。強烈にくさくて、うち捨てられたトイレでひとり。死にゆく自分を見ているのは、人の心を持たないふたりの男だけだ。

なんと悲しくて惨めな死に場所だろう。

「急げ」おかしな発音の男が言った。なんでもいいから、さっさと片付けろ。そのあとおまえが知らないことを聞きだすために、死ぬまで拷問にかけなきゃならないんだぞ。

ふいに、怒りが赤い閃光となって体を駆け抜けた。おかげで、冷えびえとした恐怖が追いやられ、ついでに寂しさまで消えた。ケリーはこれから、ふたりには予想もつかないことをしようとしている。

こいつらの鼻を明かしてやるのだ。

「わかったわ」男の期待に沿うべく、いじましさを滲ませた。向こうが自分を貶《おとし》め、侮蔑したがっていることは、重々承知している。傷つけるだけでは足りないのだ。

地獄に堕ちろ。

男にその声が聞こえるように、便座の蓋を開けた。そのあと不潔な便器におおいかぶさる代わりに、右手を顔に近づけて指輪を眺めた。流線型のモダンなデザインで、無垢《むく》のチタンでできていた。大災害にもびくともしない、とオンラインのパンフレットには書いてあった。つまり、体を焼かれてもなにかしらが残るという意味だ。

その会社以上に謎めいているのがその会社のオーナーで、引退して世間から姿を消した伝説の美女だった。それはさておき、彼女にはまた別の才能があった。女性専用に兵器を兼ねるアクセサリーをデザインしたのだ。ネックレスなら、開くと鋭い鎌になったり、絞殺具がしのばせてあったり。少量のプラスチック爆弾と起爆装置が入ったブレスレットは、人を吹き飛ばすだけの威力があるとかで、詳細な取扱説明書とともに販売された。そんな魅力的な商品が、数かぎりなくあった。

ケリーはそのなかから指輪を選んだ。シンプルで控えめで、けれど美しい指輪だ。クラフトフェアやコスチュームジュエリー店で売っているのがひと目でわかる安物の指輪など、頼まれたって、つけたくない。

ごくふつうの指輪の、たったひとつの秘密。側面にある小さな隠しボタンを押すと、バネ仕掛けの小型皮下注射器が飛びだし、そこには雄牛を倒せるほどの神経毒があらかじめしこまれている。強力な精神安定剤を入れておくこともできるが、これを使うのは追いつめられたとき、死ななければならないときとわかっていた。だからここに入っているのは、神経毒のほうだった。

この指輪にはもうひとつ、以前はあまり関心のなかった使い方がある。小さなボタンを押すのではなくまわすと、指輪の下側から飛びだした注射針が自分の手の皮膚を突き破り、その場で死にいたるのだ。

いま自分に背を向けて立っている男だけなら、とっくに襲いかかり、さっと手を伸ばして、首筋に思いきり注射針を突き立てている。なにも予期していない男は足下に転がって、ケリーを喜ばせただろう。

だが、注射器には一回分の毒薬しか入っていない。いままで考えたことがなかったけれど、デザイナーの賢さがよくわかった。二回分の毒薬が必要なときは、もはや勝てる見込みのないときなので、自殺したほうがいいということだ。

「たいがいにしろ」男はぼそっと言うと、こちらを向き、関心のなさそうな目つきでケリーの全身に目を走らせた。トイレに入ったきり、まだ吐いていない。「いったいなに――」

死人のような目を見つめて、ケリーはボタンをひねった。ちくりと針が突き刺さり、その痛みが嬉しかった。その場で倒れ、床に転がる前に事切れていた。

13

サンディエゴ

彼らの車は一列になってコンドミニアムのガレージを出た。一台、二台、三台。マイクを先頭に、つぎがサムとニコール、最後がハリーとエレンだった。右手に折れて海沿いに五キロほど進み、美しい橋を渡って内陸部に入った。

三台とも時速六十キロちょうどで走り、一定の車間距離をきっちり保った。

エレンはしばらくしてこれが車列であることに気づいた。

顔を横に向けて、飛びすさる景色をぼんやりと眺めた。サンディエゴでもとりわけ景観に恵まれた一帯だが、なにを見ても印象に残らなかった。

つまり、これがハリーとサムとニコールとマイクの生活なのだ。非友好的な、たとえばバグダッドといった地域を通過するように、車列を組んで移動しなければならない。

わたしのせいで。

やさしかったロディ。いい人だったのに死んでしまった。

わたしのせいで。

「おい」ハリーの野太い声が沈黙を破った。エレンの手を取って、口に運んだ。手の甲にキスしてエレンの膝に戻し、その間も顔は前方に向けたままだった。「きみが悪いんじゃない」

「いつから読心術者になったの？」声がしわがれていたので、咳払いをした。

「読心術者じゃなくても、きみの考えていることぐらいわかるよ。顔に全部書いてある」

エレンは小さく息をつくように、笑い声を漏らした。ガレージを出てから彼は一度もエレンを見ていないから、視界がとても広いのだろう。さもありなん。ハリーはスーパーマンのような人だから。ジェラルドの部下が三人がかりでも、彼にはかなわなかった。

ハリーは依然として前方を凝視していた。「きみがなにをしてもエージェントを助けることはできなかった。それに、彼の死はきみには無関係だ。モンテスは悪人だ。そして彼の策略のど真ん中にきみのエージェントがはまりこんだ。トラックに轢かれたようなもんで、運が悪かったとしか言いようがない。そのことで、きみが自分を責めるのはお門違いだ。きみにとっていいことはひとつもないし、なにより、彼のためにもならない。そんなことをすれば、きみの警戒心は弱まる。それで得をするのは、あのク——ジェラルドだけだ」

そうね、ほんとうに、彼の言うとおりだ。

「そんなことより、きみには重要な任務がある。おれの税金の還付だ。おれたちからどさっと書類を渡されたら、きみも安請けあいをしたことを後悔するだろうな」

ありえない。楽しみなくらい。「まずニコールの帳簿よ」

ハリーは短くうなずき、ふと笑みをよぎらせた。「もちろん。レディファーストさ」

「いいえ、レディファーストだからじゃなくて、バグダッドでなにがあったか、彼女が突き止めてくれたからよ。そのお礼がしたいの」

「たしかに」ハリーが眉をひそめた。「調べ物の種類によっては、彼女のほうがおれより優秀なんだよな。いまだに信じられないよ」

エレンは笑った。声をあげて。最後に笑い声をあげたのはいつだろう？　一年以上前であったことは間違いない。少しかすれていて、妙な気分だけれど、本物の笑いだった。

彼が横目でこちらを見た。「いいね、きみの笑い声」

「ええ」われながら驚きつつ、エレンはつぶやいた。いい気分でもある。問題山積みの困った状況なのに、気分が軽くなった。

ありていに言って、いまは万事が行きづまっていて、将来のあてもないけれど、いまこの瞬間は幸せだった。まず第一に厳重に守られている。乗っている車は完璧に装甲されているし、ハンドルを握っているのはハリーだ。穏やかで、セクシーなハリーは、暴力にも長けている。彼は外科医がメスを扱うように暴力を扱い、害ではなく益をおよぼしてくれる。

先行する二台の車にはまたたく間に友人となった三人が乗っていて、そのうちふたりは戦士だった。

驚いたことに、その人たち全員がその保護と友情の小さな輪のなかにエレンを引き入れてくれた。そして特大の災難に巻きこまれているにもかかわらず、かつてないほど安全だと感じさせてくれている。安全で、温かで、守られている、と。

だが、この環境に慣れてはいけない。温かな湯に浸かるのと同じで、慣れたが最後、出られなくなる。だが、終わりはかならず来る。そのうちハリーとサムとマイクが計画を練り、落ち着き先を決めて、新しい人生に適した書類をどこからともなく用意してきてくれる。

きっと彼らのほうがエレンよりもそういう工作は得意だろう。どんな人生がいいか、希望を述べることはできるのだろうか？ 音楽は選択肢から外すしかない。それを思うと、鉛のおもりを載せられたように胸が苦しくなった。もう音楽や歌から離れなければならない。アマチュアの合唱団といえど、例外ではない。歌声を広く知られすぎてしまった。ジェラルドのことだから、音楽を手がかりにするだろうから、音楽には近づけない。

それを言ったら、経理の仕事も問題外だろう。逃亡中の人間がかつての仕事に手を出してはならないことぐらい、エレンにもわかっている。

ウェイトレスはもうやりたくない。しばらくは楽しかったけれど、退屈な重労働だし、よかれ悪しかれ、手つかずの大金があるので、ウェイトレスに戻る必要はなかった。

書店員はどうだろう？ 本を読むのは好きだ。そうでなければ……ふたたびハリーに手を取られて口元に運ばれると、頭がまっ白になった。こんどのは励ましのキスではなくて、純粋に官能的なものだった。温かな唇と、ひげの剃り跡に皮膚をこすられるのを感じた。唇を漂わせて、舌で触れ、その瞬間、昨夜の記憶がよみがえった。キスしているあいだ、ひげの剃り跡で肩がこすれていた。そのあと彼は甘嚙みしながら乳房へと下っていった。

乳房へとキスを移動させていくあいだ、体のなかに入っていた熱く硬く重いものの動きは止まっていた。と、ハリーが顔を上げ、金色のまなざしで射貫くようにエレンを見て、腰を前に押しだしてつながりを深めた。

ああ、いま思いだしても、体じゅうに熱の花が咲くようだ。

ハリーが喉の奥で笑った。「なにを考えてるか、わかるよ」

「わたし、赤くなってるでしょう?」あきらめまじりに言った。

「信号みたいにね、ハニー」短い車列が角を曲がったので、エレンは頭を冷やしたくて、なにげなく窓から外を見た。彼のざらついた声がした。

「おれは赤くはならないが――」エレンの手を自分の股間に導いた。パンツのなかで熱い鋼鉄の柱となっているものの真上に。エレンの全身に衝撃が走った。いやがるべきなのだろうけれど、反応しようにも、頭からは血の気が引き、肺からは空気が抜けてしまっている。

「きみとまったく同じことを考えてる」

彼に上から手を押さえられ、エレンはびくりとした。ペニスが跳ねて、少し伸びる。昨夜、彼の耳の下を軽く嚙んだときと同じ。あれはとっさの行動だった。どんな味がするのかふと気になったのと、自分と同じように軽く嚙まれるのが好きかどうか知りたくなったのだ。

答えはイエス。大あたりだった。

奥深くに突き入れられていたペニスに新たな血が流れこむ脈動を感じて、膣がぐっと締まった。

そのときのことを思いだしたいま、ペニスを握る手には力が入り、息が苦しくなった。

「ああ」荒々しいうめき声がして、彼の顎がこわばり、こめかみの筋肉にさざ波が走る。上から押さえつける手に力が入っていなければ、痛がっているのだと誤解するところだった。

彼の目が通りを点検した。「あと四分でモリソン・ビルに到着する。こんなになっちゃって、どうしたらいいんだ？」彼がエレンの手を上から握ると、またペニスが頭をもたげた。

エレンの顔に血がのぼり、手が震えた。ささやかな車列は速度を落としつつあった。まもなく車を停め、ＳＵＶから降りなければならない。エレンはまっ赤、彼は股間にテントを張ったまま。

「血の気を引くことを考えなきゃ」エレンは苦しそうに言った。南極大陸みたいに大きくて冷たいなにかを感じればいい。

ハリーの手が持ちあがり、エレンも彼のものを手放した。

地下駐車場へと車を進めると、明るい日差しがスイッチを切ったようにふっつり消えた。

「簡単だったな」ハリーはサムとニコールの車の横に車を入れた。「ジェラルド・モンテスのことを考えるだけでよかった」

なんとニコールの会社は、通路をはさんで彼女の夫の会社の向かいにあった。これならなにかと便利だ。

セキュリティは厳重で、手のひら認証と暗証番号入力の両方が求められた。ないのは網膜スキャンぐらいだ。銀行の金庫の入り口のようなドアがカチャッと音をたてて開くと、ニコールはエレンの背中に手をあてて、なかへ誘った。ニコールはふり返って男たち三人に宣言した。

「エレンは今日一日、わたしが預からせてもらいます」ハリーが口を開けると、ニコールは指を振ってこう続けた。「わたしなの。その件で話しあいに応じるつもりはないから、あしからず」

ハリーはサムに助けを求めたが、サムは苦しげにうめくだけだった。誰が家庭内で実権を握っているか、わかろうというもの。マイクはそんな様子を黙って愉快そうに眺めていた。

ニコールが前のめりになった。「ハリー、あなたにだってよくわかっているはずよ。わたしのオフィスはあなたたちのオフィス同様に安全だし、ここに出入りする人はサムが監視しているわ。そうよね、サム？」

床に視線を落としていたサムにも、赤面するぐらいのたしなみはあった。ただ、あまりにごつい顔つきなので、目を疑ってしまう。感情表現の乏しさに関しては、サムはハリー以上だった。

「エレンはわたしと過ごしたほうがずっとくつろげるの。ね、そうよね？」ニコールがエレンに尋ねた。

もし知りあってまもない男たちの会社に行ったら、そのなかのひとりを徹底的に避けなければならない。ひどく興奮してしまうからだ。その点、ニコールのオフィスなら、そこには穏やかで感じのいいニコールしかいない。考えるまでもなく答えは決まっていた。「ええ」

「おれたちより先に、彼女に帳簿を見てもらうつもりだろう？」ハリーが苦々しげに言った。

「ご明察。あなたたちみたいな軍人さんがよく言うとおり、がたがた言っても無駄ですから」ニコールは笑顔とともに三人の鼻先でドアを閉めた。ドアにもたれかかり、小さく息をついた。「さあいいわ。あの人たちから自由になれたから、これでのんびりできるわ」

手をぐるっとまわして、狭いオフィスを示した。「わたしの隠れ家にようこそ。あなたはあそこのノートパソコンを使って。わたしはデスクトップで仕事するから。十一時ごろ、サムのところの社員がスキムミルク入りのデカフェラテを買ってきてくれるんだけど、あなたは……なににする？」

「シナモンチャイ」エレンはにこっとした。

「了解」ニコールは立派な内線システムのボタンを押して、シナモンチャイとつぶやくと、真鍮製のコートハンガーにジャケットをかけた。

窓際に置いたアンティークの美しいコンソールまで行き、厚紙でできた大きな箱をふたつ取りだしてきて、ノートパソコンのあるテーブルに置いた。箱の蓋を開き、なかをのぞいて顔をしかめた。

「ああ、いやになっちゃう。拒絶の結果がこれ。長いこと手つかずにしすぎてしまって。父がひどく悪いなかでこの会社をはじめたから、仕事と父の看病でエネルギーを使いすぎて、帳簿の整理はうーんと離れた三番手になってしまったの」箱を傾けてエレンに見せた。請求書や小切手帳の控えや送り状がごちゃごちゃと入っていた。まるでイタチの巣のようだ。ニコールはもう一度、箱のなかをのぞいてから、エレンを見た。「ほんとにひどいわよね。ごめんなさい」

エレンはこじんまりとしたオフィスを見まわした。狭いながらも内装は豪華で、家具はアンティーク、壁には美しい水彩画が飾られ、こまごまとした小物に、ポプリのいいにおいがする。小さな宝石箱のなかにいるようで、それだけで気分がいい。

「自分の好きなことであなたにお返しができるなんて、夢みたいだわ。だから、お礼はよして」

きれいなコバルトブルーの瞳が丸くなった。「帳簿つけが好きなの？」性器ヘルペスが好きなのかと訊くような、驚きに満ちた口ぶりだった。

「ええ、そう、好きよ。おかしいかもしれないけれど。だからね、ニコール、あなたのおかげで楽しませてもらえるの。どういうシステムになってるか、教えて」

「システム」ニコールはピンク色に塗った爪の先端で片方の箱の蓋をつつきながら考えていた。「そうねえ、システムと呼べるほどのやり方はないのよ。紙切れ投げ入れ方式とでもいうのかしら。ノートパソコンを起動してもらったら、仕事のファイルとそれに対してわたしが出した見積もりが日付順に出てくるわ。あなたにはまずそれを請求書と照合してもらわなければならないの。わたしが自分で翻訳をして、直接請求することもあるんだけれど、クライアントの依頼内容に合わせて翻訳者を選んで、十パーセントの手数料を取るのが業務の中心よ。だから、帳簿はふたつある」不安そうな顔。「すごくややこしいから、わたしが自分で――」

エレンはニコールの肩に手をまわし、そっと握った。「いいから。心配いらないわ、わたしの専門なんだから、任せてみて」

「あなたは歌手だと思っていたけど」

「ええ。そして会計士でもあるのよ」エレンがそう言うと、ニコールは肩をすくめて、デスクについた。携帯用のハードディスクをセットして、コンピュータを起動した。それから一分もすると脇目もふらずにキーボードを叩いていた。なにを訳しているか知らないが、その世界に没入している。

エレンにはその心境がよくわかった。自分にとっての数字が、ニコールにとっては言語なのだろう。エレンは数字を愛し、信頼していた。数字はこちらが愛した分だけ愛を返してくれ、けっして裏切らない。数字はつねに理にかなっている。まわりにいる人が意味不明のときも、数字だけはまともだった。

数学の宿題をやっているあいだは、母がつきあっているダメ男のことも、母が払っていない今月の家賃のことも、タバコを吸っているせいで止まらない母の咳のことも、すべて忘れていられた。母はどんどん痩せていった……。

数学の美しさの前では、そんなものがみんな消えた。

数字への愛情から、おのずと会計学に導かれた。数学者として才能があったわけではない。数字を扱うのが得意で、それを生かせるのが会計学だったということだ。入金と出金。入金額のほうが出金額よりも大きければ、うまくいっている証拠。出金額のほうが大きければ、苦境に立たされている。

単純そのもの。

混沌《こんとん》としたニコールのファイルのなかに飛びこんだエレンは、やはり一分もしないうちに、その世界にのめりこんだ。

ニコールの整理術は……独創的だった。つまり、整理されていないということだ。そこでエレンがまず最初にしたのは、それぞれの山をつくることだった。見積書、賃貸料、公共料金、控除可能な請求書。そのあとニコールのビジネスの内容に分け入った。業績はいいから、ニコールは優秀なのだろう。いっときうまくまわっていない時期があるが、ハリーから聞いていた彼女のお父さんが亡くなった時期に重なっている。それがいまや大繁盛。ただ、赤ん坊が生まれたら、仕事が少し後回しになるだろうけれど。

そういうものだ。

いくら仕事が大切でも、家族はもっと大切だから。自分の体験としては、知らないけれど。エレンの家族は、家族としてまったく機能しておらず、いないよりましという程度だった。だが、エレンには世間を見て推察する力があった。家族には縁が薄かったし、今後のことを考えても、これから家族が手に入る見込みも薄いけれど、家族が人に力を与えるものであることは、ほかの人たちを見ればわかった。

サムは妻を見るたび、触れるたびに、愛情と気遣いをあふれさせ、ニコールのほうはサムを見るたび、そのまなざしに愛情を煌めかせた。ふたりが、ニコールのお腹のなかにいる小さな女の子を待ち望んでいるのは疑いようがない。

十一時、オフィスの呼び鈴が鳴った。ニコールがドアを開くと、ホームベースみたいな顔に、バスケットボールみたいな上腕二頭筋をした巨漢が立っていた。手には大きな厚紙の箱を持ち、コーヒーとシナモンチャイのいいにおいがしている。筋肉におおわれた巨体のそこここが危険人物であることを示している。エレンは一瞬、身をこわばらせたものの、ニコールは平然としていた。

「ありがとう、バーニー」ニコールは受け取った箱をデスクに置き、輝くばかりの笑みを男に向けた。隣に立っていたエレンは、その笑顔の威力に度肝を抜かれた。「いつもご親切にありがとう。ジップの調子はどう？　獣医さんが原因を突き止めてくださった？」

ホームベース——バーニーという名に違いないが、これほどその名が似合わない男もいない——は、いかつい顔をまっ赤にした。前髪があれば、それを引っ張っていただろう。実際は剃りあげた頭に、タトゥーが入っている。

「医者はよくなるって言ってます。気にかけてくれて、ありがとうございます、マダム。肝臓が悪いとかで、薬をもらいました」巨大な肉の塊のような男が緊張を解き、縮こまるようにしてそこに立っていた。

「よかったわね」ニコールはやさしく言った。「コーヒーとチャイをありがとう。助かったわ」にっこりと笑いかけながら、ゆっくりとドアを閉めた。

「すごい。個人秘書じゃなくて、個人ゴリラね」エレンはカップを持つと、蓋を外して、深々と香りを嗅いだ。なんていいにおいなの。やっぱりシナモンチャイがいちばん。「ジップって？」

「彼が飼ってるイグアナでね、体長一メートルはあるのよ。バイク以上に愛しているって言うんだから、かわいくてしょうがないんでしょうね」ニコールはそう言って、笑った。「サムが雇った社員のなかには変わり種が混じっているんだけど、仕事はできるようよ」デカフェをひと口飲んだ。「それに、おいしいコーヒーを手に入れてきてくれる」

ふたりは仕事に戻った。ニコールは一心不乱にキーボードを叩き、エレンはニコールの書類の分類を終えた。

正午ちょうど、ニコールの携帯電話が鳴った。うわの空で携帯を手に取ったニコールは、発信者を見て、ため息をついた。長い文章を早口でひと息にしゃべった。「ハイ、ダーリン、ええ、働いていないわよ。カウチにのんびり寝転がっているわ、ええ、あなたに言われたとおり、そうよ、じつはうとうとしていたの、いいえ、いいの、気にしないで、もう起きなきゃいけないから、疲れてないわ、いい気分、だから心配しないでね、あとでまた」

エレンは目を丸くして、カウチを見やった。そこに寝ているはずのニコールは、デスクについてばりばり働いている。

「わたしも愛しているわ」ニコールは言うと、投げキスをして携帯を閉じ、ため息をついた。「休んでいると言わないと、彼がここに乗りこんできて、筋肉増強剤を使った機嫌の悪い日のネプチューンみたいに腕組みして見張るのよ。だから嘘をつくしかないの」

「愛されているのね」エレンは言った。

「ええ」ニコールはため息をついた。「わたしもあの人を愛しているわ。でも、少し下がっていてもらわないと。前もひどかったんだけど、赤ちゃんができたことを話してからは度を越しちゃって」そう言いつつ、笑顔でお腹を撫でた。

「すてきね」エレンは思いを、ぽろっと口にした。「そんなふうに愛されるって」

ニコールがコバルト色の瞳をエレンに向け、しげしげと見ている。青いスポットライトをあてられているようだった。しばらく黙って、エレンをためつすがめつしていた。

「なに？」エレンは半笑いになった。「泡がひげになってる？　歯にレタスがはさまってるとか、髪に干し草がついてるとか？」

「あなただって同じように愛されているわ。ハリーによ。ハリーのことをよく知らないから、わからないんでしょうけど。サムとマイクもそうなんだけど、ハリーも感情表現に難があるの。でも、彼をよく知っている人間にしてみたら、あなたに対する思いがひしひしと伝わってくるのよ」

「あの——でも、そんな」口のなかで舌があわてふためいた。「そうよ、違うわ、まさか愛しているわけないわ。そんなの無理、まだ知りあって——何日？　五日、それとも六日？　しかも、わたしは長いあいだ意識を失っていたのよ」

「サムは出会って五日めにわたしにプロポーズしたのよ」ニコールはそのときのことを思いだし、美しい顔に笑みをよぎらせた。「最悪のプロポーズで、失敗作もいいところだったけれど、わたしは受け入れたわ。それを後悔したことは一度もないのよ」

そうだろう。エレンにもそれはわかった。

そうだ！　突然、ニコールからハリーのことを聞きだせばいいのだと気づいた。ハリーは人一倍寡黙だ。たしかに恋人同士ではあるけれど、彼のことを知らなさすぎる。こうしてふり返ってみると、個人的な質問をしても、彼は答えを避けていた。だいたいはキスで口をふさがれ、それですべて忘れた。彼にキスされていたら、爆発が起きても、気づかないだろう。

「三人とも感情を表現するのがへただと言っていたけど、なにか、理由があるの？」

「Y染色体を持っているという以外に？」ニコールは天井を仰いだ。だが、すぐに真顔に戻った。「ええ。あの三人にはふつうの男性以上に寡黙になる理由があるのよ。三人とも、子ども時代から思春期にかけて、並大抵じゃない苦労をしてきたの。三人は友だちになった。というより、兄弟と言ったほうがいいわね。同じ残酷な里親に引き取られたのだから。サムが言っていたわ。三人で協力しあわなかったら、命がなかっただろうって」

エレンはぶるっと震えた。「恐ろしい話」

ニコールはうなずいた。「ええ、ほんとうにそうね。サムはめったに当時の話をしないけれど、その影響はいまも色濃く残っているわ。ハリーとマイクとのあいだの強い絆にしても、困っている女性を助けるという献身的な活動にしても、そうよ。三人ともいやというほど女性や子どもが残酷にいたぶられるのを見てきたの」エレンの目をとらえた。「ハリーはとくにね。わたしは本人から直接聞かせてもらったことがなくて、サムからの又聞きだけど、ハリーが十二のときのことだそうよ。当時、彼は母親とまだ小さい妹とヒスパニック系の人たちが住む地域の穴蔵のような場所に住んでいた。彼のお母さんはジャンキーで、しじゅう男が出入りしていたんですって。そのなかには暴力をふるう男もいて、その事件が起きた家に近づいたら、いまでもハリーは吐くだろうと、サムは言っていたわ」

「なにが……」エレンは唾を呑みこんだ。「なにがあったの？」

ニコールは深く息を吸ってから、ゆっくりと吐きだした。「そうね、あなたにはわたしから話すしかないかもしれないわね。ほんとうなら、ハリー本人から聞くべきなんでしょうけど。でも、ハリーは二度とその件を話さないだろうとサムも言っていたし、あなたに内緒にしておいていい話だとは思えないし」

「どんな話だか知らないけれど、聞く前から怖くなってきちゃった」エレンは両肘をついて、前のめりになった。「それで……ハリーが十二歳のときになにかが起きたのね。なにか、恐ろしいことが」

「そうよ。ハリーとお母さんと妹さんは、お母さんの恋人といっしょに暮らしていたの。本日《ドウ・ジュア》の定食ならぬ本日の恋人は覚醒剤依存症の、とても暴力的な男だった」

「そんな」エレンはつぶやいた。話の展開が読めたのだ。

ニコールはうなずき、一瞬、目をつぶった。「クリスマスの日だったそうよ。覚醒剤男はそのおかしくなった頭で、ハリーがお金を隠していると思いこんだ。ハリーの母親に野球のバットをふるって頭を割り、そのあと……」

ニコールの声が震え、見る間に目が潤んだ。小さな娘が育っている腹部を撫で、かすれ声で続けた。「ハリーの妹さんの腕を折った。クリスティーンという名前でクリッシーと呼んでいたそうよ。まだ五つで、ハリーのことが大好きだった。あんなにかわいい子はどこを探してもいないと、ハリーが言ってたって」ニコールは目の下のやわらかな皮膚をそっとなぞり、マスカラが流れていないかどうかチェックした。「そして考えられないようなことが起きてしまったの。その頭のおかしい男がクリッシーの腕を折ったあと、折れた腕をつかんで、壁に叩きつけたのよ。クリッシーは即死したわ。ハリーは母親と妹を守ろうと必死だったけれど、その怪物は彼の脚にバットをふるって、大腿骨を粉々にしてしまった。それでも、ハリーはその男を殺したけれど、もう手遅れだった。お母さんも妹さんも死んでしまっていたから。そしてハリーは杖をついて歩けるようになると、よりによって最悪の里親のもとへ送られた」

エレンは心臓が痛みにふくれあがるのを感じた。「なんてひどい」

「でも、その家にはサムとマイクがいて、ハリーを守ったの。アフガニスタンまではついていけなかったけれど。ハリーはかなりひどい状態で帰還したのよ。RPGとかいう、たぶん飛来する爆弾の一種だと思うんだけど、そんなもので吹き飛ばされたらしいわ。わたしがはじめて会ったときは、やっと立っているような状態で。それからの快復ぶりはめざましいものがあった。サムとマイクが無理やりつけたノルウェー出身の理学療法士のおかげね。ハリーはナチス呼ばわりしていたけれど」

「その人のことは、わたしも聞いたわ」ノルウェー出身のナチスはきわめて有能だったのだろう、とエレンは手に感じた細く硬い鋼のような筋肉を思いだした。ハリーのあの流れるような身のこなしを見ていたら、それほどの傷を二度も負った人とは思えない。

「それに、あなたにも助けられたのよ」

ハリーの筋肉のことで頭がいっぱいだった。全身これ筋肉の塊だった。そんなことを考えていたら、体がカッと熱くなった。「ええ、わたしの音楽をずいぶんと聴いたって」

ニコールの顔に笑みはなかった。「サムとマイクが言うには、あなたの二枚のCDを取り憑《つ》かれたように聴いていたそうよ。何度も何度もくり返して。あなたの歌声で眠れない夜を乗り越えてきたの。サムとマイクはハリーが生きる意欲を失っているように感じて、とても心配していた。あなたのおかげよ。彼はあなたの歌を通じて、自分を取り戻した」

エレンはまばたきをして、涙を押しとどめた。「なんと言っていいか、わからないわ」

「そうよね」ニコールはひどく深刻な顔つきで、前のめりになった。「去年のことだけれど、わたしが悪い連中に狙われる事件があったの。長くなるから、その件についてはまたいつか話すわね。その男たちは、わたしだけならまだしも、わたしの父まで狙ったの。重い病気を患《わずら》っていて、死にかけていた父を。そんな父を誘拐して、傷つけた」コバルトブルーの瞳に火がついたようになった。美しい顔のなかで、その目だけが異様だった。憎しみだ、とエレンは思った。「サムが救ってくれたのよ。マイクとハリーの手を貸りてね。あとでサムから聞いたら、彼とマイクがわたしと父の救出に出かけるときのハリーは、自分も同行できるんならなんだって差しだしそうな顔をしていたそうよ。立っているのもやっとだったのに。結局、ハリーは決着の場にはいられなかったんだけれど、サムとマイクがわたしたちの居場所を突き止めるのに一役買ってくれたの。ハリーはいい男よ、エレン。本物のいい男。ふつうの人よりうんと悲しい目に遭ってきた。そんな彼があなたを愛しているの。全面的にあなたの味方になって、命を懸けて守るはずよ。彼が傷つくのを見るのは、わたしには耐えられない。だから、慎重に考えて。あなたが彼を傷つけて、彼の心をずたずたにするようなことがあったら、わたしがただじゃおかない。サムとマイクもでしょうね。でも、わたしのほうがあの人たちより手強いから、それは覚えておいてね。あなたが怖がらなければならない相手は、このわたしってことよ。わかった？」

そのとき、エレンはサムがニコールを愛する理由がわかった。美しいからではない。もちろん、とびきりの美人ではあるけれど、愛する心の激しさを愛しているのだ。

「よくわかったわ」エレンは答えた。「念のために言っておくと、わたしがハリーの心をずたずたにするんじゃなくて、その逆の可能性のほうが高いと思うんだけど」

ニコールの視線はいまだ揺るがず、エレンの言葉を聞くと、ぱっと笑顔になった。「そう」

笑みを深めながら、椅子に深くかけなおした。「だったらいいの、この話はおしまい。それでね」両手を素早くこすりあわせた。「今夜はみんなでテイクアウトのピザにして、いちおう健康を気遣っている証拠にサラダをつけるのはどうかしら。そのあと、わたしたちのために歌ってくれる？　ハリーのために？」

返事はひとつしかなかった。「あなたたちとハリーのためなら、喜んで」

14

シアトル

「くそっ、なんてざまだっ」

モンテスは狭い貸倉庫のなかでくり返しつぶやきながら、女の死体の周囲をめぐっていた。いまにも髪を引き抜きそうだ。

ピートはなんの感慨もなくその光景を眺めていた。そんなことをしても時間とエネルギーの無駄だが、このアホ野郎――南アフリカ英語で言えば、フォッケン・ゲック――には必要な行為なのだろう。こんなことでいちいち騒ぎ立てるとは、悠長なことだ。

とはいえ、ボスは向こうだ。いや、ほんとうのところ、この男はどんな意味でもボスではなく、わが身ひとつ管理できていない。それでも、ピートはつねにクライアントを立ててきた。相手がどんなに愚かでも。

問題の当事者はピートではない。もしそうなら、足元に転がっている女の死体の周囲など歩いていないで、さっさとつぎの行動に移っている。

やがてピートは、モンテスを見物しているのがいやになった。芝居がかった後悔で時間をどぶに捨てるのはモンテスの勝手だが、ピートにしてみれば、死体といっしょにいる時間が長引くだけ、捕まる可能性が高くなる。

このぼけなすと合衆国の刑務所にぶちこまれるなど、冗談じゃない。

「落ち着け」ついにピートは言った。

モンテスがさっとこちらを見た。「落ち着けだと？　このわたしに落ち着けと言ったのか？　いいか――」震える指で狭い倉庫の中央に敷いた防水シートの上の女を指さした。「最悪の事態が起きたんだぞ！　大失態だ！　死体だけ残って、どうしたらいいんだ？」

ピートはモンテスを無視して、仰向けに転がしてある女の顔を注視した。なにを使ったにしろ、女の命はその毒によっていっきに奪われた。ピートが知るかぎり、そこまで速効性があるのは神経毒だけだ。毒性スクリーニング検査をしなければ種類までは特定できないが、この女の死体が解剖にまわされることはない。

じっくりと顔を見た。きれいな顔をしているのが、死体となったいまもわかる。即死したために、顔もゆがんでいなかった。苦痛のかぎりを味わわせて口を割らせるつもりでいたから、それよりはずっといい状態にある。

モンテスは女が拷問されるのを楽しみにしていた。本人は気づいていないが、ピートの目はごまかせない。モンテスは最悪の部類、尋問の最中に勃起するたぐいの男だ。

モンテスが軍隊にいたこと自体がピートには驚きだが、アメリカ軍は以前ほど兵士の配備に気がまわらなくなっている。南アフリカの特殊部隊レキなら、ごく初期の段階でこの手の異常者はふるい落とされる。連中の居場所は軍隊にはない。暴力はあくまで手段であって、それ自体が目的ではないからだ。

それでほんの一瞬、柄にもなく後悔に身を任せた。時計を巻き戻し、仲間とともにブッシュにいればよかった、と。みないいやつばかりだ。根っからの兵士で、頭のおかしいやつはひとりもいない。

モンテスがわめき散らすのをよそに、ピートは死体の観察を続けた。女の皮膚にはまだうっすら赤味が残っていた。当然、それもまたたく間に失われていく。女が即死したのが十分前。重力によって体の表である上側の毛細血管の血がいま下に集まりつつあり、じきに背中側が赤くなる。

防水シートの下は念入りに調べておいた。なにか物があると、皮膚に跡が残ってしまう。溜まった血によって写真のように物体の形が浮かびあがるのだ。モンテスは思考を放棄しているが、ピートは違う。

体の上側の毛細血管から血が抜けつつある。残された時間はあとわずか……。

ピートは膝をついて、女の皮膚をはがしはじめた。まず、首の根元から胸骨まで体の中央を切開して、左側の乳房と肩から皮膚をはいだ。猟のあと鹿を野外で切り分けるようなものだ。心臓が鼓動していないので血が噴きだすことはないが、動脈に残っている血が死体の周囲にじっとりと溜まっていく。ピートは血が靴やズボンにつかないようにじゅうぶん気をつけた。

硬直がはじまる前に終えなければならない。死後硬直を起こした死体は扱いにくい。そのころには当然、内臓の腐敗もはじまっている。腸に溜まったガスで割ける死体も、いくつか見たことがあった。もちろん、そこまでいくには相当の時間がかかるが。

モンテスは呆気にとられた顔で、こちらを見ていた。罵詈雑言をやめて、ただ見つめている。「なにをしているんだ?」

ピートはため息を呑んだ。これが切れ者で通っている男の言うことか? こんな男が大企業を率いているとは。

「エージェントにしたのと同じことをする。ただし、より恐ろしげにしないとな。エレンには恰好のメッセージになる。テープはあるか?」

「ああ」モンテスはUSBメモリと同じくらいの大きさしかない、フリップ・ビデオを掲げた。

尋問の最初の部分が録画してある。

当初の計画では、その様子の一部始終を録画して、エレンに送ることになっていた。だが、一時間にわたる尋問のはずが、十分ほどで終わってしまった。

「時間が短いから、静止画像を足そう」ピートは言った。額の髪の生え際に沿って切れこみを入れておいて、皮膚をはがしだした。

「なにをするんだ！」モンテスが叫び、口を手で押さえた。「頭の皮なんぞはいで！」

そのとおりだよ、ワトソンくん。

この女を拷問死させることには反対しなかったであろうモンテスが、死後、頭の皮をはぐことにはびびっている。

早く仕事を終えたかったので、ピートは愚か者を無視した。

頭の皮をはぎおわると、体を起こして、できばえを確認した。エレン・パーマーをとことん怖がらせなければならない。出血がおさまるのを待って、女を腕に抱きあげた。椅子に戻し、ダクトテープを胸に巻いた。女の死体はぐったりとして、頭を垂れ、頭蓋骨がてらてらと赤く光っている。まるでパッチワークの赤いシャツをまとっているようだ。「彼女の写真を何枚か撮ってくれ。それに彼女の悲鳴を加えて、例の掲示板に送る」

モンテスは携帯を取りだして写真を何枚か撮ると、それをノートパソコンに送って、アップした。

ピートは静止画像を組みあわせて、誰から見ても誤解のない物語に仕立てあげた。悲鳴の形に口を開いて、男の手に抗う女のあとに、いまの彼女の写真、つまりエレンには悲惨な拷問のあととしか見えない写真を続けた。これなら効果があるだろう。ノートパソコンのマイクのスイッチを入れ、自分の声をデジタル化した。

「エレン・パーマー、見ろ、おまえの友人のケリーだ。まだ生きてるが、おまえが連絡してこなければ、その命も長くはない。いますぐ居場所を知らせてこないと、さらに彼女を痛めつけるぞ。いつかは彼女も死ぬが、まだ時間がかかる。おまえから連絡があれば、すぐにでも病院に運んでやろう。連絡してこなければ、彼女の死刑執行命令状の署名者はおまえ、おまえに責任があることになる」ピートはファイルに静止画像とデジタル化した音声を添付して掲示板に送った。

あとは運を天に任せるしかない。エレンが掲示板にいつアクセスするかしだいだった。だが、アクセスさえすれば……こちらのものだ。

ピートがノートパソコンの電源を切るまで、モンテスは黙って見ていた。「それで、これからどうするんだ？　あの女がパソコンを開いたときに近くにいないと、意味がないだろう？　いまどこにいるんだ？」

ピートは考えてみた。

モンテスに言って、エレンのアパートへは足を運んであった。そこで一時間ほど、ひとりで過ごした。狩猟犬が獲物のにおいを覚えるようなものだ。

その一時間のあいだに、エレンの人となりを探った。薬物はなく、酒もカップボードにウイスキーが一本、わずかに減った状態で埃をかぶっていた。おしゃれな服やアクセサリーは皆無、化粧品は最小限度。ケーブルテレビも基本だけ。たくさんある音楽のCDは、海賊版ではなくて、正規に購入したものだ。やはりたくさんある本は、ペーパーバックばかりだった。

ベアクロウ社に勤めている二年のあいだ、一日も休まなかったとモンテスが言っていた。そんな女が歌とは意外な。どうやら才能をひた隠しにしていたらしく、それ自体が興味深い。お金が必要なときだけ声を出すのだろう。そんな機会をのぞくと、最低賃金のウェイトレスであることに満足しているような暮らしぶりだ。

彼女は一年にわたって逃亡生活を送ってきた、ごくふつうの女だ。安全な避難場所から飛び立ち、別の避難場所と保護者をサンディエゴに見つけた。彼女自身は兵士でも工作員でもない。保護してもらえることは、ありがたいだろう。

そんな場所が見つかったら、離れない。

「彼女はいまもサンディエゴにいる」ピートは言った。「なにを賭けてもいい。こいつを埋めよう」椅子のうえで、てらてらと赤く光っている死体を親指で指さした。「そのあとサンディエゴに飛ぶ。おれに考えがある」

カリフォルニア州サクラメントに向かう機内

プライベートジェットというのはいい移動手段だと、ピートはつくづく思った。軍の輸送機とは雲泥の差だ。大金持ち連中とつきあうようになってずいぶんになるが、彼らの贅沢ぶりにはいまだ興味がつきない。

ピート個人は、改造したC－130輸送機を移動手段として地球を半周している。キャンバス地のシートに腰かけ、三十四時間、安全ベルトにつながれる。食べ物も水分も補給せず、小便は瓶にする。大をもよおしたんなら、運が悪いと思ってあきらめる。

南アフリカ軍は、一時期、ベトナム時代のおんぼろヒューイコブラを使っていた。その轟《ごう》音《おん》たるや、安物の耳栓では太刀打ちできず、鋭い刃物といっしょに巨大な金属製のシェーカーに入れられたようで、しがみついていないと切り刻まれそうだった。

その点、このリアジェット45は、乗り心地も金のかかり具合も桁違いときている。ジョージアからシアトルまで快適かつ堂々と移動し、いままたシアトルからサンディエゴまで快適かつ堂々と飛行している。

客室は新しい革とレモンの艶出し剤のにおいがした。ふたりのパイロットは王族を迎えるようにモンテスとピートを歓迎し、搭乗して十分後にはシアトル・タコマ国際空港の一般航空機セクションから飛び立った。

待ち時間も、ごたごたも、検査もない。

ピートは今後もここまでの金持ちにはなれないだろうが、かりになれたとしても、おそらくプライベートジェットには手を出さない。この手の飛行機を私有すると、大きな足跡が残る。パイロットと整備士を抱えなければならないし、飛行計画を提出して、使わないときにはそのでかい機体をしまっておく格納庫がいる。社会に向かって、おれはこんなに金持ちなんだぜと、巨大な拳を突きだすようなものだ。モンテスは明らかにその拳を振って、人に知らしめないと気がすまないタイプだ。

おれは違う、とピートは思った。

ふたりは向かいあわせに坐っていた。バター色のやわらかな革のシートは、人間工学に基づいて設計されており、ふたりのあいだにはデザイナーズブランドのファイバーグラス製のテーブルがある。ピートがコンピュータの画面をのぞいていると、モンテスが話しかけてきた。

「それで、なぜサンディエゴに舞い戻らなければならないんだ？」モンテスの声は不機嫌だった。このできそこないは、いまだ楽しむ前に女が死んでしまったことに腹を立てている。

「あの女がサンディエゴにいるとはかぎらないだろう？」

「うむ」ピートはやりかけの作業を終えてから、モンテスに応じた。モンテスのことだから無礼だととらえるだろうが、知ったことか。「心理的な問題だ。その女は逃亡生活に入って一年になる。そろそろ疲れているころだ。国を横断して、その先は海しかないという最後の都会に腰を落ち着け、そこで暮らしているところを、あんたが狩りだした」

でもって、取り逃がした。

口にこそしなかったが、モンテスの浅黒い肌ににぶい赤色が浮かんだ。「彼女はわけあって、サンディエゴに直行した。そのわけとは、向こうに保護者がいることだとわかった。彼女には軍務についた経験も、武術の心得もない。おれにわかる範囲で言えば、たんなる歌える会計士だ。その女が保護者を手に入れた。そいつを手放すとは思えない。そいつが向こうにいるかぎり、彼女もサンディエゴを離れない」

「だとしても、サンディエゴは大都会だぞ。千平方キロメートルほどの地域に三百万の人間が住んでいるうえに、国境の向こうにはティファナがある」モンテスは高価なシートの革をぴしゃりと叩いた。「くそっ！　あの売女が自殺していなければ、いまごろ居場所がわかっていたものを！」

ピートにはそうは思えなかったが、それももはやどうでもいいことだ。くだんの女は死に、大げさにそれを嘆いたところで生き返らないし、なにより、エレン・パーマーの発見にはつながらない。必要なのは、冷静にして筋道だった思考力。

「これを見てくれ」ピートは両方からモニターが見えるように、ノートパソコンを動かした。シアトルの市街図が表示され、大きさの異なる点が赤い線でつながれている。ケリー・ロビンソンの居場所を突き止めるのに使ったのと同じ地図、同じデータだった。

モンテスが顎をこわばらせた。「だから、なんなんだ？　おれたちはあの女の友人を見つけたのに、その友人は死んでしまった。これがなんの役に立つ？」

ため息も出ない。モンテスの子どもっぽいふくれっ面を殴ってやりたかった。「この道筋を見てくれ」ピートは〈ブルームーン〉からエレン・パーマーの住居へ、そこからさらにケリー・ロビンソンのアパートへと指を走らせた。大きなくの字形を描いている。「なにが見える？」

モンテスは険しく黒い瞳でにらみ返した。「なぞなぞにつきあうつもりはないぞ、バンデル・ブーケ」

こりゃ、救いようのないアホだ。

「これは」指でくの字をなぞった。「彼女が仕事場や友人のケリーのところまで、どうやって行っていたかを示している」

モンテスは眉間に皺を寄せて、モニターを凝視した。

「そしてこれは」ピートは続けながら、別のオンラインマップを呼びだした。「シアトルのバスの路線図だ」地図を動かして、さっきの地図と同じ場所を表示した。バス路線はくの字を正確になぞっていた。

それでもモンテスは理解できず、腹立ちまぎれに、「要点を言え」と低い声で命じた。

「エレンはシアトルに来る前か、あるいはシアトルに来てからかもしれないが、車を手放したのだろう。車は使えず、バスが足代わりだったはずだ。つぎはこれだ……」

つぎの地図を呼びだした。道が迷路のように入り組んでいる。モンテスが前のめりになり、地図に目を凝らした。「うん？　これがなんだと言うんだ？」

「サンディエゴの地図だ」ピートはふたつの地点をついた。「ここが彼女が予約したホテルで、こっちがグレイハウンドのバスステーション」ふたつの地点のあいだには一ブロックの距離があった。「たぶんシアトルからサンディエゴ行きのバスに乗って、最初に見つかったホテルにチェックインしたんだろう」

「わかった、わかった」モンテスは座席にかけなおした。「彼女には車がないってことだな。で、それがなんだと言うんだ？」

「彼女がホテルに戻ってきたとき、つまり、あんたの部下たちが彼女を待ち伏せしてたときのことを思いだしてくれ。彼女はどうやってホテルまで戻ったと思う？」

ようやくモンテスが耳を傾けだした。「部下たちから最後に入った連絡では、彼女はタクシーから降りるところだった」

「そうだ。おれはタクシー会社の記録を調べた。サンディエゴには十五のタクシー会社があって、四つめの会社で四月四日十一時五十二分、そのホテルで下車した乗客の記録が見つかった。運転手がその乗客を拾ったのはバーチ通りで、そのあたりにはしゃれた高層建築が多い。なんせビジネス街のど真ん中だからな。そんな場所だから、そのへんは監視カメラもちゃんと動いてる。ほら、ここに彼女がいる。モリソン・ビルディングから出てきたとこだ」

ピートはクリックして、ファイルを呼びだした。通りを映した粗いシルエット画像ではなく、最高級のカメラに高解像のデジタルフィルムを使って撮った鮮明な画像だった。そして、そこにはエレン・パーマーが走りながらタクシーを拾い、そのタクシーが走り去るさまが映っていた。右下角に白い筆記体で〝11：34〟とデジタル表示されている。

「くそっ」モンテスがつぶやいた。「彼女だ」

「そうとも」ピートはこのとき、モンテスが彼女を一年ぶりに見たこと、そして画面上に映っている女が彼女だとわかるのに一分ほどかかったことに気づいて、目を丸くした。

よくこんな男が兵士として通用したものだ。本物の兵士は、それがどんなに意外なものであろうと、新しい情報を即座に処理する。さもないと、死に直結するからだ。緑の髪をした火星人がいつ目の前に現われるかわからない。そのときは反射的に武器を構えて、発砲しなければならない。

モンテスはまばたきをして、現実に戻った。「それで、そこになにがある？」

「モリソン・ビルディングにか？　こいつは巨大な複合ビルで、百近い会社が入ってる」ピートは印刷ボタンをクリックした。隔壁に組みこまれた小型レーザープリンタから、用紙が出てきた。ピートはその紙をつかんで、モンテスのほうにすべらせた。

そしてモンテスが明々白々な事実を尋ねるほど、利口でないことを願った。すなわち、どの会社から彼女が出てきたか？　その答えはピートにもわからない。

ビル内部の監視カメラのプロテクトが外せなかったことに、ピートは忸怩《じくじ》たるものを感じていた。コンピュータのセキュリティにひじょうに詳しい人間がかかわっているらしく、このビルのシステムはほぼ万全だった。しかし、完全にハッキングを排除することなどできない。ピートとしては、自宅に戻ったら、プライドをかけてここのセキュリティを突破するつもりだ。しかし、いまは手がかりがない。

「私立探偵事務所が十五、さまざまな分野のセキュリティ会社が八、いちばん多いのは国際弁護士事務所で、そのほとんどが刑事事件専門だ」

よし。これでモンテスはしばらく、ビル内のシステムに侵入できないことを疑問に思わないだろう。

モンテスは出力紙に目を凝らしていた。手元はしっかりしているが、やけに汗をかいている。ひと滴の汗が額を伝い、こめかみを通って、白いリネンのシャツに落ちた。モンテスはそれにもいっさい反応しなかった。

「彼女があの死んだ女とつくった掲示板にアクセスしたら、音がするように設定した。そこから彼女の位置を割りだす。だが、彼女はサンディエゴにいる。そしておれは、月曜の朝、彼女はかかわりのある何者かとモリソン・ビルに戻ってくるほうに賭ける」

インターコムが鳴った。サンディエゴに向かって降下をはじめたとパイロットが告げた。

ピートは座席にかけなおし、シートベルトを締めた。ノートパソコンの画面をタップしてから、電源を落とした。「手がかりはここにある。昼間はモリソン・ビルの監視、夜は向かいのホテルに移動して、交替で見張ろう。彼女はいずれ現われる」

サンディエゴ

不平不満は効き目がなかった。けれど、涙はあった。

エレンは最初、遠回しに訴えたが、ハリーはいっさい取りあってくれなかった。さかんにまばたきしても反応はなく、ハリーは突っ立ったまま、動かなかった。

だが、そんなハリーも、少し涙ぐんだら折れた。泣いたふりをしたわけではない。日差しのもとを散歩したくて、心が悲鳴をあげたのだ。ふくれ面にはなるまいと決めていたが、涙は本物だった。

日曜日の午前中を丸々使ったけれど、ついに願いが通じた。

「だめだ」と、彼も最初は言ったし、そのあともずっとくり返していた。だめ、だめ、だめ。ベッドに誘うと、あと一歩というところまでいった。ベッドでブランチをとり、彼の硬い胸板に横たわって、海岸を散歩したらいけない理由を説明する彼の深い声の振動に耳を傾けていた。

彼女の正確な居場所まではわからないにしろ、モンテスがサンディエゴに目をつけていると仮定したほうがいい。偶然を見くびってはならない。散歩に出かけてみたら、モンテスの手下が海岸を調べていることもありうる。さすがのモンテスもNSAの衛星にはアクセスできないだろうから、ハリーが〝キーホール〟とか言っている、超スパイ衛星の心配はしなくていい。だが、モンテスが船を何隻か持っていて、手すりに双眼鏡を持った男たちを配備している可能性はある。そしてそのうちのひとりがライフルの照準器を介して、エレンに目を光らせていないともかぎらない。

そう聞かされて一瞬、迷ったが、つぎの瞬間には首を振ってその可能性を排除した。

「ハリー、聞いて」エレンがキスしようと伸びあがると、険しくて意志の強そうな口元が近づいてきた。

彼はエレンのお尻を叩いた。「セックスを餌にすればなんでもかなうと思ってるだろ？それもおおむね外れちゃいないが、これだけはだめだ。ダイヤモンドやルビーはあげられても、その願いは聞いてやれない」

「ダイヤモンドやルビーなんかいらないわ」指で彼の胸に小さな円を描き、胸毛が巻きついたところで指を引いた。

「いてっ」彼はおっとりと言った。「それと、拷問もきかないぞ」

いたずらをしていたエレンは、起きあがって、乳房を隠した。

「うーむ」ハリーがシーツにおおわれた胸元を見て、無念そうにため息をついた。

エレンは彼の目を真っ向から見て、切々と訴えた。

「わたしが逃亡生活を送るようになって、もう一年以上よ。そのあいだずっと、わたしはほぼ闇のなかで暮らしてきた」エレンは静かに語った。「国を横断するあいだ、昼間はモーテルで眠って、車での移動は夜だけにした。ウェイトレスの仕事も夜のシフトにしていたし、シアトルに着いてからも、働くのは夜間で、日中は外に出なかった。それでなくても、シアトルは雨の多い街だったけれど、もう一年以上、天気のいい日に散歩をしていないの」

エレンは夜明けにベッドを抜けだして、カーテンを引いておいた。そしていま、大きなフレンチ窓から見える景色を手で指し示した。まばゆいばかりの白い砂浜と、目に突き刺さるような青い海原。海原と、それより淡い空が、水平線で接している。バター色の日差しは屋根にさえぎられることなく、万物にやわらかな光を投げかけ、そよ風がそっとカーテンを揺らしている。暑い日になりそうだけれど、昼前のいまはまださわやかで、すがすがしい。人類史上、最初の朝のように感じる。

実際に、胸が痛くなるほど外に出たかった。日差しを浴び、温かな風を顔に受けたかった。

エレンは彼の頬と口にキスし、顔を引き寄せて目を合わせた。「この一年、わたしは建物のなかで、ひとり怯えていた。ジェラルドにすべてを奪われた。仕事も家も生活も。そして自由までを」

ハリーもこの一年の大半を屋内で過ごしてきた。傷つき、ひとりきりで耐えてきた。この気持ちが通じないわけがない。

「わたしだって、ばかじゃないわ。ジェラルドに見つかるリスクがあることはわかってる。でも、そんなことができると思う？」あとは奥の手。彼の胸に手を伸ばし、心臓の上にそっと置いた。「ハリー、この先、闇の中に隠れていなければならないとしたら、そんなのは人生じゃない。ニコールからあなたのことを少し聞いたの。あなたになら、深い絶望感がどんなものか、わかるはずよ。永遠に闇に閉じこめられるような感覚が」

目が潤んできた。嘘泣きではない。おおむね本物だった。

ハリーは目をつぶり、何度か唾を呑むと、大きな手をエレンの手に重ねた。手のひらには彼の安定した鼓動が、手の甲には温かくて力強い手があった。力強さと安定感は、ハリーを特徴づけるふたつの性質だ。

ハリーはいま一度、唾を呑みこんだ。

「ハニー……きみが傷つけられたらと思うと、たまらないんだ。それに、モンテスの手に落ちるようなことがあったら……考えただけで、頭がおかしくなりそうだ」

「そうでしょうね」エレンにもそれはわかった「無理なお願いなのは、わかってる。でも、太陽を顔に感じたいの。たとえわずか三十分でも」

それを聞くハリーは、顎の筋肉を動かしていた。エレンは黙って待った。彼に無理強いをすることはできない。屋内にいろと言われたとしても、彼を組み伏せて逃げることはできないし、ごまかしもきかない。かといって、さらに説得しようにも、言葉がなかった。外に出たい気持ちが強すぎて、喉が絞めつけられている。こちらの思いは伝えたのだから、あとはハリーの決断を待つしかない。

ハリーは目を開くと、エレンを見おろした。金色の瞳が突き刺さるように鋭い。「つねにおれから離れず、脇にくっついてろよ。わかったかい？」

嬉しくて心臓がはずんだ。「ええ、もちろん」

「サムとマイクにも同行を頼んで、おれたちは武器を携帯する。いいね？」

そんな。みんなの日曜日を台無しにしてしまう。そこまでしても、外に出たい？ 心の天《てん》秤《びん》にかけてみたら、答えはイエスだった。ええ、どうしても外に出たい。新鮮な空気に飢えており、内心、勝利を確信して拳を突きあげていた。

「外にいられるのは三十分まで。それ以上はだめだ」

長い時間ではないけれど、まったく出られないよりはずっといい。ハリーはまばたきもせずにこちらを見ている。可能な返事はひとつしかなかった。

「わかったわ、ハリー」

彼はベッドサイドテーブルに手を伸ばし、エレンの顔を見たまま、携帯電話を開いて、短縮ダイアルを押した。

「ハリーだ、ああ、聞いてくれ。エレンが海岸を散歩したがっている。おれは反対なんだが、聞いたら、この一年、日差しのなかを散歩してないそうなんだ。それがどんな気分か、おれにはよくわかる。困ったことに、わかるんだよ。三十分でいい。おまえとマイク——」耳を傾け、安堵のため息をついた。「ああ、助かるよ。十五分後に下で」携帯を閉じ、微妙な笑顔でエレンを見た。「なにしてるんだ？　着替えろよ。海岸に散歩に行くぞ」

やった！

それから二分後にはドアの前に立ち、足踏みをしながら、ハリーの準備を待っていた。下に行くと、サムとマイクとともにニコールがいた。エレンはうろたえた。

ニコールはやめておいたほうがいいとサムに言いかけたけれど、口を開くより先にニコールが笑顔でウインクした。「ハイ、エレン。散歩なんて、よく思いついてくれたわね。すてきなお天気だわ、サム。さあ、行きましょう」サムに向けた鋭い目つきを見て、エレンにはふたりのあいだでひと悶着《もんちゃく》あったのがわかった。サムがぶつぶつ言っていたけれど、ニコールは知らん顔でエレンの腕を取って歩きだした。

男たちはふたりの周囲に非常線を張った。砂浜へと散歩道を進むエレンとニコールは、ボディーガードに警護されるハリウッド女優のようだ。

人目が気になって当然の場面だったけれど、それ以上に、外の空気は心地よかった。エレンは日差しに顔を向け、深呼吸して、目をつぶった。いろんなにおいがする。どれもいいにおい。海の磯っぽさに、散歩道の両脇に植えられたジュニパー、そしてマツのにおい。まぶしいほどの明るさに、ふとコウモリの気分になってまばたきした。

男たちは厳めしい顔でふたりの両側を歩き、鋭い視線をあちこちに投げかけ、最高度の警戒モードに入っていた。ハリーが〝六時〟と呼ぶ背後も、交替でチェックしている。ハリーの左手はエレンの肘に添えられ、脇に垂らした右手は、指を曲げ伸ばししている。サムはぴったりとニコールに寄り添い、風に吹かれた彼女のドレスにまとわりつかれていた。マイクは誰にも手を添えず、大きな両手を両脇に垂らして、軽く指を曲げていた。

どこに銃を隠しているか、エレンにはわからなかった。けれど、なにかあったらすぐに取りだされることは間違いなかった。

マイクが射撃の名手であることは何度かハリーに聞かされていた。海兵隊でも一、二を争う腕前だったとか。そう話すハリーは、マイクには水面を歩く能力があるとでも言っているような、得意げな口ぶりだった。

密集隊列を組んだまま、一同は砂浜におりた。エレンはおかしな一団にいることも忘れて、太陽と海風に体をさらした。このにおい。散歩道のテラコッタを足の下に感じる。引き綱から放たれたコッカースパニエルの気分。喜びが小さな爆弾となって、肌の上ではじける。風のやわらかさ、すがすがしさや芳香、筋肉をゆるめて、リラックスさせてくれる空気の暖かさ、そして目に染みるような海の青さ。

ああ、どれほどこれを求めていたか。暗がりにひとりで隠れていた一年、心のなかのなにかが壊れていた……外気と日差しが魂に息を吹きこんでくれるのがわかる。

砂浜まで来ると、かがんで靴を脱いだ。足先がさらさらの白い砂に埋まる。その心地よさに震えが走った。ハリーをそっと仰ぎ見たら、彼はさっき言ったとおり手を伸ばせば届く位置にいて、エレンのほうも彼から遠ざかろうとはしなかった。このささやかな外出において、彼のそばにいることは楽しさの一部だった。

ハリーは海に目をやり、そこに浮かぶ四隻の船を警戒しているけれど、エレンの動きを逐一追っていることはわかっていた。片側の口角が上がっているのは、ハリー流の大喜びを示している。エレンの喜びをわがことと感じてくれている。

「ありがとう」エレンは小声でお礼を言った。

彼はちらりとこちらを見ると、砂浜の左右を確認した。「どういたしまして」

ほんとうは走っていって、ちらちらと光を反射する海水に飛びこみたかったけれど、濡れて締まった砂地までおとなしく歩いていくと、警護員たちもついてきた。母ガモのあとを追う子ガモのようだ。

「うーん」ニコールがため息をつき、やはりサンダルを脱いだ。それをぶらぶらと手に持って、海のなかへ入っていく。ふたりは足元を見おろした。小さくて穏やかな赤ちゃん波が足にまとわりついては、砂を引き連れて海に戻っていく。さりげないフットマッサージのようだ。「わたしにもこういう時間が必要だったのよ。思いついてくれて、ありがとう」

「そう言ってもらえて、よかった」エレンはニコールに体を寄せて、声を落とした。「正直に言うと、サムがあなたを外出させたことに驚いてるの。彼、とても心配性みたいだもの」

極端にとつけ加えかけたけれど、非難がましいことは言いたくない。

ニコールは笑顔で足元を見おろした。ゆったりとした薄いリネンのシフトドレスが風に吹かれて、お腹のふくらみがあらわになった。「押しても引いてもびくともしなくて、びっくりするわよ」

ニコールがなぜそこまで強硬に言い張ったのか、エレンにはよくわかっていた。なごやかさを演出するためだ。彼女がいなければ、武装した男三人と砂浜を行軍するような外出になり、早く戻ろうとせかされていただろう。

「ありがとう」エレンは感謝した。「彼を説得するのは、たいへんだったでしょう?」

「あら、それほどでも」ニコールの足は透明な水に浸かっていた。「でも、まだ何日かしかいっしょにいたことのないあなたがハリーを説得したのよ。少し散歩に出るぐらいのことなのに、わたしが夫を説き伏せられなかったら、女の名折れでしょう?」

ニコールが同行することはリスクだった。些細なリスクではあるけれど、サムはたとえわずかでも妻へのリスクには頭を抱えこむタイプの人だ。それもこれも、エレンを居心地よく過ごさせるために。

エレンは水平線を見はるかした。船が三隻になった。砂浜は家族連れと日光浴の好きな人でいっぱいだった。「少し歩ける？」

「ええ」

ふたりははき物をぶら下げ、のんびりした足取りで歩きだした。いつしか会話は途絶えていた。外の世界のほうが、ふたりに語りかけてきたからだ。セイレーンが人生の喜びを歌っている。

なにもかもが最高だった。体を動かすことによるちょっとした刺激、燦々と降りそそぐ日差しはぬくもりを増し、その熱を海からの涼やかなそよ風がやわらげている。海面には白いレースのようなさざ波が立っていた。

砂浜の向こうのほうで、子どもたちがバレーボールを楽しんでいる。エレンはその子たちを見て、頬をゆるめた。力のみなぎる若い肉体と、笑い声と、ジャンプ。そこには、ただ楽しく過ごしたいという純粋な思いしかない。

喜びとともに深呼吸すると、空気の新鮮さにくらくらした。血のめぐりがよくなり、筋肉がぬくもってゆるみ、きれいな空気が肺の奥まで入ってくる。

あたりの物音——波の砕ける小さな音、子どもの笑い声、たまに聞こえる大人たちのおしゃべり、風の音——が渾然一体となって、やさしい子守歌のように耳をくすぐる。エレンは歩くごとにくつろいでいった。

気がつけば、男たちの肩の力も抜けてきていた。いまだ緊張感をみなぎらせているけれど、こわばりがなくなり、体から放たれる雰囲気がやわらいでいる。サムはペディキュアの色のことでニコールをからかっているし、マイクとハリーはなにかの試合のことで言い争っている。エレンにはなんのスポーツかもわからないけれど、ふたりのあいだに行き交う罵詈雑言は恐ろしく冒瀆《ぼうとく》的で、創意に満ちていて、おもしろかった。

エレンの夢が実現していた。友だちとのささやかな外出。

そして彼らを友だちだと、感じることができた。サムとマイクと、誰よりニコールを。お互いに相手のことを気遣っている。

そして忘れてはならないハリー。ハリーを愛している。いま急に、そう意識したわけではない。彼のオフィスに入った初対面のときから、ずっとそのことがわかっていたような感覚がある。大柄で、じっとしていて、金色で。神像のように。慈善の神。

彼にはまだ言っていないけれど、自分ではわかっていた。こんなふうに感じるのは、はじめてのこと。なにかと恐ろしい目に遭ってきたけれど、これほど恐ろしいことはないかもしれない。けれど、自分ではどうすることもできない。この先いつまで関係が続くにしろ、彼こそがエレンのための男だった。

一同は歩きつづけた。男たちまで笑顔になっている。こんな日には笑顔が似合う。笑顔になって、友人たちと笑いあい、楽しむための日。ひんやりと密な砂を踏みしめながら、顔に風を受けて、髪をなびかせ、暖かな日差しにそっと筋肉をもみほぐしてもらうための日。エレンは歩きながら、男たちの軽口と、太陽とそよ風と、砂浜に集った人たちのおしゃべりを楽しみ、いつになくうららかな春の一日を満喫した。

この一年の寂しさが、いや、正直に言えば、生まれたときからつきまとっていたまっ黒で濃い煙のような寂しさが、強くて清らかな風に吹き散らされるようにほどけていった。ありえないことだけれど、善良な人たちに囲まれて、まるで自分のうちが見つかったようだった。善良で、親切で、賢くて、有能な人たち。わたしの味方。

その現実がじんわり染みて、心が温かくなった。エレンはその思いを宝箱にしまいこんだ。子どものころからそうだった。雑然として落ち着きのない環境のなかで、すてきな想い出をしまいこんできた。そして、つらく寒々としたときには、その想い出を取りだすのだ。

この外出もそんな想い出のひとつになるだろう。ただし——ひょっとして、ひょっとしたら、この先もこんな日があるかもしれないけれど。ハリーとマイクとニコールは、安定した生活を送る、安定した人たちだ。この先も長くここに住むだろう。

ひょっとしたらわたしも。

だめよ、そんなことを考えては。その願いが強いからこそ、とっさに遠ざけた。熱烈に欲すると、かえって手に入らなくなる。

その日一日を生き、多くを求めず、その瞬間に与えられたものに感謝する。それがエレンの信念だった。その哲学を胸に、困難な時期を乗り切ってきた。

ハリーは大きな手でエレンの背中を撫でおろし、そっと体をつかんだ。温かくて、ごつごつしていて、がっちりした手。窮屈さを感じさせないように、けれどしっかりと支えてくれている。

いつまでもこうしていたい。延々と歩いて、砂浜の端まで来たら、また引き返してきたい。それくらい、文句なしにいい気分だった。

マイクが海上の船から目を離した。「なあ、みんな、今夜はおれに任せてバーベキューにしないか？　何週間か前にバーベキューセットを買って、試してみたいと思っててさ。うちの冷凍室にぶ厚いステーキ肉があるから、あとはジャックポテトでも焼いたら、すてきなディナーのできあがり！」

「ちょっと待ちなさい、そこのお調子者」ニコールが口をはさんだ。「そのメニューには野菜とフルーツが欠けていてよ」

男性陣がうめき、サムは天を仰いだ。「おいおい、この前みたいなブロッコリーはかんべんしてくれよ。あれならガラガラヘビボールのほうがまだましだ」

「意気地なし」ニコールがにこっとする。「それにガラガラヘビには金玉《ボール》なんてないわよ。

なんだったら、わたしが新鮮なキャベツでコールスローくらい……」

パン、パンと、大きな破裂音が続き、それがエレンが聞いた最後の音になった。つぎの瞬間、ずっしりと重い男の体が落ちてきて、顔が砂浜に押しつけられた。

のしかかってきたのはハリーだった。黒くて大きな銃を取りだして、あたりを探っている。サムはニコールにおおいかぶさり、やはり銃を抜いていた。いちばん大きな銃を持っていたのはマイクだった。片膝をつき、両手で銃を握って、砂浜と海のあいだを一定のペースで動かしていた。

エレンはなにがどうなっているかわからないまま、息ができずにいた。時間が止まり、引き延ばされた。

「異常なし！」マイクが叫んだ。

「異常なし！」サムとハリーの太い声がこだました。ハリーが少し体を持ちあげたので、エレンは激しく息を吸い、ついでに砂まで吸いこんだ。大男のハリーがいっきにおおいかぶさってきたので、肺から空気が押しだされている。肋骨には痛みがあり、膝と肘が砂でこすれて擦り傷ができていた。

ハリーとマイクとサムが銃を構えたまま、立ちあがった。

エレンが頭を上げると、周囲には人だかりができていた。銃を持つ物騒な外見の男たちを前にして、凍りついている。幼い女の子がふたり、父親の膝の裏に隠れていた。ショック状態を脱して、少女のひとりが悲鳴をあげた。少女の手には風船の紐《ひも》がたくさん握られ、風船の五、六個が割れていた。さっき聞いた音は風船が破裂する音だったのだ。

「サム」ニコールのうめき声を聞いて、全員の目がそちらに集まった。横向きになって、体を丸めている。

「ニコール！」サムはまっ青になって、隣に膝をついた。「ああ、ハニー、だいじょうぶか？　まずい、やっちまった。ああ、どうしたらいいんだ？　どこが痛い？」骨が折れているのではないかと、妻の全身を必死にまさぐりつつ、触れることを怖がっているようだった。

やはり大男のサムは、ハリー以上に体重がある。全体重を妻にかけてしまったことに、いまになって気づいたのだ。身重の妻に。

「サム」ニコールがささやいた。「サム、赤ちゃんが」

一同は恐怖の面持ちで彼女がお腹をかばうのを見た。ドレスの裾から血が流れだしていた。

ハリーは電話を置いて、エレンが丸まっているソファの角まで行った。たたんだ膝を腕で抱えこみ、かわいらしい足を丸めて重ねている。暖かな日なのに、小刻みに震えていた。

エレンが顔を上げた。胸が痛くなるほどくっきりと、緑色の瞳に苦痛が表われている。鞭《むち》で打たれたかのようだ。

「マイクからだ」サムにハンドルを握らせるわけにはいかなかった。マイクがニコールと平常心を失ったサムを車に乗せて、シャープ・コロナド病院へ向かった。何度か制限速度を破ったようだ。以前、サンディエゴ市警察にいたマイクにならそれが許される。マイクに違反切符を切る警官はいない。

「それで？」ようやく絞りだされた彼女の声は、ひどく震えていた。

ハリーは脚にきつく巻きつけられた手の片方をそっと外した。ばらばらになりそうな体をそうやって押さえこんでいたようだ。氷のように冷たい手。ハリーは彼女の前の足置き台に腰をおろし、黙って顔を見ながら、手を温めようとした。

恐怖に血の気を失って、ショックに震えていても、彼女は美しい。そのことがハリーにはつらかった。彼女は自分の身に危険が降りかかることより、ニコールと赤ん坊になにかあったかもしれないことに強いショックを受けている。

こんなエレンは見たくない。そして、たとえわずかだろうと、ニコールに害がおよぶのも見たくなかった。だが、マイクがいい知らせをもたらしてくれた。いま考えうるかぎり最高の知らせを。

「だいじょうぶだ」やさしく話しかけた。「ニコールも赤ん坊も無事だった。サムですら納得したとマイクが言っていた。赤ん坊にも危険はないそうだ。医者から赤ん坊の心音を聞かされて、サムも落ち着いたらしい。出血はすぐに止まったとかで、医者は出血のうちにも入らない微量出血だと言っていたそうだ」

ハリーには出血と微量出血の線引きがどこにあるのかわからなかったが、医者がそう言ったというのだから、線引きはあるのだろう。そしてニコールは、その安全な側にいた。エレンが細く息をついた。呼吸を止めていたのではないかと思うほど、その息は長く続いた。実際、この数時間、ふたりとも息を詰めていた。ハリーはサムを愛し、サムはニコールを愛しているので、必然的にハリーもニコールを愛していた。彼女自体、心のきれいないい人だし、サムにもよくしてくれているから、やはり愛さずにいられない。

知らせを待つあいだ、心配いらない、絶対だいじょうぶだと、なんの根拠もなくエレンにつぶやいていたが、その実、自分の言葉をまったく信じていなかった。

こういう事態にいたってはじめて、自分が姪《めい》の誕生を心待ちにしていたことに気づいた。お互い言葉にはしないけれど、マイクも同じ気持ちなのがわかる。そしてサム——サムは早くも娘に骨抜きにされている。

血はつながっていなくとも、そばに幼い姪がいて、愛情に満ちた家庭ですくすくと育つのを見守る……考えただけでも、幸せな気分になる。自分たちの暮らしのなかに、新しくて、清潔で、ぴかぴかしたものが入ってくる。

「母子ともに無事だ、心配いらない」小声でくり返したが、彼女はそれでもまだ緊張の面持ちでこちらを見あげ、ハリーの表情から真実を探ろうとしていた。「ニコールは家に帰ると騒いでるらしいが、帰れるかどうかは微妙だろう。マイクによると、サムがまだびびってるらしいから」

最初は握っていた彼女の手だった。ぶるっと震えるや、激しく痙攣しだした。震えは腕を這いのぼって、体に取りついた。エレンが唇を嚙んだ。興奮のままに、言葉があふれだした。

「なにもかもわたしが悪いの。わたしがいっしょでなければ、こんなことにはならなかった。わたしがやっかいごとを持ちこんだせいよ。それがどういう結果を招くか、考えてもいなかった。ニコールは流産しかけたのよ。わたしのせいで」

知らせを待つあいだ、泣かずに苦痛を抱えこんでいたエレンが、いまになって泣きだした。ハリーには耐えられなかった。見ていられない。彼女を抱きあげて、膝に載せた。

エレンは涙を隠そうともしなかった。ハリーの首に顔を押しつけると、悲痛な声をあげて、ハリーのうなじの毛を逆立たせた。そして、堰《せき》を切ったように泣きじゃくった。

ああ。

涙はいつ果てるともなく続いた。

喉が詰まるのではないかと思うほど激しく泣きじゃくり、途中、二度、大きく息を呑みこんだ。そんな彼女に泣くなとは言えなかった。胸を波立たせて泣く彼女の涙でシャツが濡れてくると、しっかりと受け止めてやりたくて、さらに抱き寄せた。片方の腕をウエストにまわし、もう片方を背中にあてがって、触れあう部分が多くなるようにした。いまの彼女は肉体によってもたらされる慰めを必要としている。ハリーはそれを与えることに専念した。

彼女は膝の上で体を丸め、首に両腕をまわしてかじりつき、この世の終わりのように泣いている。それはニコールと彼女が失いかけた赤ん坊のための涙であり、エレンの人生から奪われた一年を悲しむ涙でもあった。世界的な歌手になれる才能を持ちながら、恐怖のために人前で歌うこともできない。エージェントは命を落とし、彼女はそれも罪悪感として抱えこんでいる。つねに日陰を歩き、びくびくと背後を確認する暮らしを強いられてきた。

言えるものなら、もうだいじょうぶだと言ってやりたい。おれがここにいる、と慰めてやりたかった。だが、彼女を守る気持ちがあり、そばに張りついていたとしても、いつ彼女に銃弾が命中するかわからなかった。消音器つきのライフルを使って一キロ先から彼女を狙う狙撃手がいたら、手の打ちようがない。たとえば合衆国の大統領は常時、二百人ほどの優秀な男女に守られているが、それでも、結果は知ってのとおり、大統領に向かって発砲するやからがときおり現われる。

だから、彼女を守ることは約束できても、命までは保証できない。エレンにもそれはわかっていた。

この一年、彼女は極度の緊張状態にあった。つねにアドレナリンを体内にめぐらせ、五分ごとに〝六時〟の方角をチェックしてきたはずだ。耳慣れない音に跳びあがり、見知らぬ顔を見れば疑心暗鬼になって、うたた寝できればよしとした。夜は恐怖を増幅する。

この一年、戦闘の最前線に立たされていたに等しい。

それでも兵士ならば精神科医にかかれるし、心が折れたときには理解してくれる仲間もいる。それに曲がりなりにも、反撃できるだけの訓練を受けている。合衆国の兵士も、降りそそいでくる銃弾の脅威も、クソ食らえだ。彼女は頼るものもなく、日々、毎分毎秒をひとりきりで切り抜けてきた。

彼女は美しくて、世界じゅうから賞賛されてしかるべき才能の持ち主なのに、あの性悪モンテスのせいで、暗がりを逃げまわるゴキブリのような暮らしを強いられてきた。

だから、彼女には泣く権利がある。

涙の発作は疲れという理由一点で、しだいに静まった。彼女はついに大きな息をひとつつくと、力を抜いてハリーに寄りかかってきた。

エレンの体が股間にあたっていなくてよかった。膝にいてくれるおかげで、勃起しているのを気取られずにすむ。ただ、強烈な熱を放っているので、彼女がそれを感じなかったら奇跡、パンツの前に熱い火箸を突っこまれて、生きたまま焼かれているようなありさまだ。

ハリーは過去に二度死にかけて、長くつらい回復の道をたどってきた。それによって学んだことがあるとしたら、身体のどこかが発する痛みの信号を遮断するすべだった。

この一年は、外科手術の痛みと、砕けた腰骨の痛みを閉めだしていた。つまり、腰から下の全感覚をないことにしたのだ。ハリーはそれをいま試みた。痛みはないことにできたからだ。少々のアルコールとiPodに入れたイブの歌声が力になってくれた。だから、痛みをまったく感じていないいまも、ウエストから下はなにも感じないことにできると思ったのだ。

ところが、そうはいかなかった。

なにも感じないどころか、ペニスは先に進みたい、なるべく早くエレンのなかに入りたいと騒ぎ立てていた。涙の発作が終わったから、腰のぶつけあいにも少しは応じる気になっているかもしれない。

いや。それはできない。

痛みをセックスと結びつける男がいることは、ハリーも知っていた。悲しみにうちひしがれている女を犯すのを好み、悲しみをもたらしたのが自分であれば、なおさらいいと考える男たちだ。連中にとっては、女の苦痛が媚薬《びやく》になる。そんな例はごまんと見てきた。実の母親がつきあってきた歴代の彼氏もそんな男たちだった。

そんなやつらと同類になりたくない。ずっとそうはなるまいと思って、生きてきた。

大人同士が合意のうえでするセックスは、人生の大いなる喜びのひとつであり、どちらにも心地よい満足感をもたらす。好きな女、愛する女との愛の行為——それは神聖なものだ。

そしてハリーはエレンを愛している。ひょっとすると、出会う前から愛していたのかもしれない。エレンに会った瞬間——恐怖におののいている美しい女性にオフィスであったあのとき——宇宙のなかのなにかが本来の場所におさまったように感じた。たしかな手応えがあるなにか、必要ななにかが。

だから、彼女が腕のなかで身も世もなく泣いているときに勃起する自分がいとわしく、そんな自分にうんざりした。これではクズ野郎のロッドと変わらない。怪物と同じだ。

エレンにお茶を飲ませたら、ひとりで冷たいシャワーでも浴び、自分でおとなしくさせられるかどうか試してみよう。それでもうまくいかなければ、氷で冷やすなり、ハンマーで叩くなり、なんとかして鎮めてやる。

エレンを抱きあげておろそうと体の位置を動かすと、彼女がさっと顔を上げて、ハリーの目を直視した。

そして――まずい――彼女の尻がペニスの真上に載ってしまった。なんたること。

「許してくれ、ハニー」情けなさそうに謝った。「おれはただ――」

彼女はシーッと言うと、ハリーの頬に両手を添え、無理やり目と目を合わせた。

三十分も泣いたあとなのに、どうしてこんなにきれいなんだろう？　泣いたあとの女は悲惨な顔をしているものなのに。目だって顔だって赤く腫れる。それなのにエレンはまっ青な頬がかえってバラ色に染まり、涙で瞳が煌めいている。ただ、その顔には深い悲しみが刻まれていた。

彼女がこんなに悲しそうなのに、なんでおれのペニスはおとなしくならないんだ？

「ハリー？」彼女がささやいた。

「うん？」ささやき返した。

「わたしのお願いを聞いてくれる?」
「なんなりと、ハニー。なんだって聞くよ」
エレンが前のめりになった。下腹部がペニスにあたり、唇が触れあう。そのまま、彼女がささやいた。「ベッドに連れていって、わたしを愛して」

今朝、日差しを必要としたように、いまのエレンには必要な行為だった。生の祝祭。ニコールと赤ちゃんが無事であったことのお祝い。そして、少なくとも自分がいまこうして生きていることの。

保証されているのは、いまこの時という瞬間だけ。誰に約束できるだろう?――自分やハリーが今日一日、明日一日を、生きて終えられると。そうしてみると、詰まるところ、人には喜びに満ちた一瞬、一瞬を祝うことしかできない。

ハリーと過ごす時間は純度百パーセントの喜びだった。彼のことを知れば知るほど、一見強面の内側にいる人柄が見えてくる。実際、強い人ではある。力があって勇敢で、三人の男を相手にしても負けなかった。

けれどその内側には、やわらかな心が宿っている。いまも殺された母親と妹のことを悼《いた》み、ふたりのために命を懸けて戦った人、そして兄弟たちと力を合わせて保護を必要とする女性や子どものために無条件で危険な橋を渡れる人だ。

この人なら完璧な保護者になれる。しかも押しつけがましさのない、さりげない調子でやってのける。注意して見ていなければ、守られていることにも気づかないだろう。そう、彼は……ただそこにいる。

こんなに控えめな男性には、会ったことがない。うかうかしていると、男はすべてを――体や愛情やお金を――奪っていく。それが奪うのではなく、与えてくれるのだから、不思議な感じがする。

お返しになにかあげられるかもしれない。

「来て」エレンは立ちあがると、手を引っぱって彼を立たせた。

美しい夜だった。アパートのなかには明かりがあふれ、エレンのあとから寝室に入ってくる男を含めてすべてを金色に染めている。これまで愛しあうときは彼が主導権を握っていたけれど、いまの彼はエレンのリードにすなおに従っている。悪くないか、とエレンは自分の意外な一面に気づいた。

いまになってわかった。これまで積極的に動いたことがなかったのは、あまりその気になっていなかったからだ。いまは違う。とてもその気になっている。

寝室に入り、彼と向きあった。夜風がコットンの白いカーテンを揺らして、磯のかおりを運んでくる。ふたりのあいだには十センチほどの距離があって、首を倒さないとハリーの目が見られなかった。穏やかな金色の瞳。エレンからの合図を辛抱強くじっと待っている。

そうね、だったらはじめましょう。まずは、着ているものを脱ぐこと。言うは易く行なうは難しとはこのことだ。彼の黒いTシャツの裾をジーンズから引っぱりだして、頭から脱がそうとしたけれど、つま先立ちになっても、そこまでは手が届かない。あきらめて踵をつけ、裸の胸にキスして言った。「あとは自分で脱いで」

「わかった」ハリーはエレンから目を離さなかった。つぎの瞬間にはTシャツが床をすべっていた。

ハリーはエレンがリードしたがっているのを察して、それ以上は動かなかった。少し足を開いて立ち、大きな両手は脇に垂らしている。エレンはベルトのバックルとボタンを外し、ファスナーをおろしながら、頬をゆるめた。彼が一瞬、顔をしかめた。大々的に勃起しているせいで、ファスナーがあたったのだろう。でも、タフガイなのだから、これぐらいは我慢してもらわないと。

長く引き締まった脚からジーンズを脱がしながら、彼がどんな反応を示すか知りたくて、太腿の内側に爪を立ててみた。とくになにもなかったけれど、彼は苦痛に顔をゆがめた。そしてペニスが……白いブリーフのなかで跳ねた。同時に顎の筋肉が動く。

びっくり。

それから一分もしないうちに、椅子にはきちんとたたんだTシャツとジーンズとブリーフの山ができ、エレンの目の前には靴も靴下も脱いだ彼が全身を金色に輝かせて立っていた。

エレンは貪欲に彼を眺め、すべてを記憶に刻みこんでいった。長くて細い筋肉。兵士らしい姿勢のよさ。胸板に渦巻いている金色の胸毛は、せばまって腹部へと続いている。股間のほうが毛の量が多くて、色も濃く、そこから突きだしているのは……ああ。太くて長くて、おへそにくっつきそうなペニス。エレンが見るたびに、血が脈打って、小さな震えが走っている。あまりに大きいので、すっぽり体に入るのが奇跡のようだ。

彼を見ているだけで、早くも体が準備をはじめている。股間が熱と湿り気を帯び、体と心の深い部分で、なにかがほどけていく。

彼に触れようとはしなかった。いまはまだ見ているだけでいい。

「きれいだわ」エレンはつぶやいた。それに驚いたらしく、彼が少し頭を引いた。口角が片方だけ持ちあがる。これがハリー流の満面の笑みだ。

「それはおれの台詞だよ」

「そう?」そのとおり、彼は何度もそう言ってくれたので、自分でもその気になってきている。「でも、本気で言っているのよ。あなたってきれい。非の打ちどころがないくらい」

こんどはれっきとした笑みだった。こんな笑みはまだほとんど見せてもらっていない。

「おれの兄弟に尋ねてみろよ。きみの意見には賛成しないはずだ」

「ふたりはあなたを愛しているわ」

「ああ、そうだな」深呼吸で彼の胸がふくらんだ。「で、なんでこんなときにあいつらの話をするんだよ?」

あなたにとって大切な人たちだからよ。そう言いたかったけれど、やめておいた。彼に言いたいことはたくさんあるが、時間が足りない。いよいよ彼に触れることにして、開いた手のひらを心臓のある場所にあてた。

なんてすてきな手触りなの。ごわついた胸毛。その下にある引き締まった筋肉。力強い鼓動。エレンが身を寄せると、鼓動が速くなった。

わたしにはその力がある。この兵士の心臓を高鳴らせる力が。

「来て」エレンはつぶやいた。アパートにはふたりきりなので、声を低める必要などないけれど、そうしたくなる瞬間だった。世界全体が固唾《かたず》を呑んで待っているようで、大きな音がしたら気がそがれてしまう。

ハリーが前に出たので、エレンはベッドまで後退した。ベッドに膝をついて転がり、両腕を差し伸べた。言葉などいらない。呼吸するのと同じくらい自然に、ハリーがおおいかぶさってきて、唇を重ねつつ、入ってきた。ゆっくりとやさしい動き。それが求められる雰囲気だった。完全に奥まで入ると、彼はキスを深めた。たちまち呼吸が速くなり、動きだそうと腹部の筋肉が硬くなった。

エレンは両手で彼のお尻を抱えた。「まだよ」ささやくと、おとなしくなった。なかに入れてキスできていることに満足している。

エレンは腰を持ちあげて、もっと奥まで迎え入れようと、大きく脚を開いた。彼には動かずにいてもらいたかった。動けば時が飛びすさる。エレンは時を止めたかった。この瞬間を永遠に抱きしめていたかった。指先で彼をまさぐり、隅々まで覚えておきたかった。それほどかけがえのない時だった。

明日のいまごろはもうここにはおらず、彼には二度と会えないのだから。

15

月曜の朝、五人はふたたび短い車列を組んで市街地まで移動し、三台そろって地下駐車場に入った。車から降りると、男たちが警護のため女ふたりを厳重に囲んだ。

女ふたりというのは、この日もニコールが出社すると言って聞かなかったからだ。彼女はサムの言うことは聞けない、ベッドでごろごろしていたら頭がおかしくなる、と言い張った。わたしはどこも悪くないのよ、元気なの。

女ふたりが男三人に取り囲まれる形でエレベーターに乗り、上に向かった。しゃべる者も笑う者もいなかった。九階に到着してドアが開くと、クリエイターらしき男が立っていた。わざとくしゃくしゃにしてジェルで固めた髪型に、細身のシャークスキンのスーツ、メスで形を整えたとおぼしきキュートな鼻にはご丁寧にもスタッドピアスがついていた。

彼は自分をにらんでいる三人の大男を見るなり、急いでもう一機のエレベーターに移った。

通路を歩く男三人が集団で放っていたのは、ダーティ・ハリーばりの〝さあ、こい。やれるもんなら、やってみろ〟というメッセージだ。

ニコールのオフィスのドアがふたりの背後で閉まると、エレンは口を開き、ニコールは指を掲げた。「もう一度謝ったら、絶叫するわよ。そうしたらサムとハリーとマイクが駆けつけるから、仕事どころではなくなるわ」

エレンはひどく情けなかった。ニコールが疲れた顔をしている。昨日の出血はすぐに止まったけれど、病院で一日検査を受け、帰宅したあともよく眠れなかったのだろう。目の下がうっすら黒ずんでいる。

ただし、エレンの目の下には、それとは比べものにならないほど濃いくまができていた。ひと晩じゅう、まんじりともできなかった。目を閉じることすらできず、黒い天井を見つめながら、隣で眠るハリーの心臓の音を聞き、そのぬくもりを堪能しながら、夜明けを待った。頭のなかは恐ろしい考えでいっぱいだった。自分のすべきことはわかっているけれど、それがいやでたまらなかった。

「さあ、いいわ」ニコールはいいにおいのするハンガーにジャケットをかけ、それを真鍮製のコートスタンドにかけた。「わたしはルクセンブルグの銀行から頼まれた急ぎの翻訳があるし、あなたにはわたしのお金を死守するという任務があるわ。さっそく取りかかりましょう」彼女はデスクトップの前に坐り、携帯用のハードディスクをセットした。

口調こそきびきびとしているけれど、動きは緩慢だった。ニコールが無理をしているのを感じ取り、そんな彼女を尊敬した。

その気になればさぼる口実はいくらでもあるし、そのことで彼女のことを悪く言う人間もいない。今日一日——あるいは来週いっぱいとか、来年いっぱいとか——家にいたいと言えば、夫のサムは大喜びするだろう。それでも彼女は会社を経営しなければならず、彼女を頼りにしている人たちと、質のよい翻訳が期日どおりに上がってくるのを待っているクライアントを大切にしなければならない。だから動揺して疲れているこんなときも出社して、今日の仕事をはじめようとしている。

エレンにはささやかなサービスを提供することしかできない。ニコールの会計処理は恐ろしく溜まっていた。そんな彼女のためにエレンはすでにシンプルで合理的なシステムを構築し、いまはけんめいに節税方法を探していた。

エレンはデスクにつくと、足元のケースに手を伸ばした。ニコールのノートではなく、ハリーのノートを使っていた。週末もハリーのパソコンでスプレッドシートをいじっていたからだ。「課税猶予されているものをさらに二千ドル見つけたわ。うまくすれば、控除の枠が広がる会社の仕組みを考えてあげられるかも。それができれば、これから五年間、少なくとも一万ドルの節税ができるわよ」

「ほんと？」ニコールはモニターの左側に顔を出して、輝くような笑顔でエレンを見た。「すばらしいわ。ほんとうにありがとう。それから——」ピンク色のマニキュアを塗った細い指を立てる。「もう謝らないでちょうだい。もし謝ったら、殴るわよ。わたしがサムやハリーやマイクよりたちの悪い女になれるってことを忘れないでね。あの三人にはきっと女を傷つけられないけれど、わたしにならできる。お願いだから、あなたを傷つけさせないで」

エレンはお礼を言って、もう一度謝ろうと口を開いたが、やめておいた。ニコールに床に組み伏せられる図を想像するとおかしくて、黙って笑みを浮かべた。

「それより」パソコンからビープ音がしたので、ニコールはキーボードにかがみこんだ。「わたしのお金をもっと救出して。ランチは十二時半で、メニューはゴートチーズのサラダと、グリル野菜のフォカッチャサンド、デザートはリンゴよ。これを緑茶でいただくの。男どもにも同じものを頼んでおいたわ。ここの壁が防音処理されていてよかった。あの人たちがうめくのを聞かずにすむもの。さあ、仕事に集中しましょう」ニコールはモニターの向こうに消えた。

エレンはハリーのノートパソコンを開き、ボーズのヘッドホンを差しこんだ。彼が貸してくれたノートパソコンには、すてきな音楽がたくさん入れてあった。仕事に没頭したいときは、音楽とともに自分ひとりの世界に没頭したい。ほどなくスプレッドシートのプログラムが開き、ビリー・ホリディの歌声が耳に入ってきた。

これでいい。

今日はニコールのためにとびきりの仕事をするつもりだった。ニコールの仕事に特化したプログラムを組むのだ。翻訳の緊急度と専門性の高さと言語の珍しさの組みあわせに応じて、最適な請求方法とニコールの手数料を自動的に割りだせるようにし、それに合理化された納税証明書のシステムをつける。ニコールには最高のプレゼントになるだろう。

なによりの置き土産に。

エレンはひと晩じゅう、その決意を揺るがせまいと闘った。暗闇を見つめて、ハリーの左胸に張りついていた。

脇道はないから、石ころだらけの悪路にまっすぐ踏みこむしかなかった。ジェラルドは執《しつ》拗《よう》に自分を追ってくるだろう。その間、恐怖に身を縮めて、隠れつづけなければならない。外出することを恐れなければならないし、新しい友人たちにまで物陰での生活を強いてしまう。

民間人の立場だと、ニコールがいまつかんでいる事実以上のことは探りだせないだろう。この先は法執行機関、できればＦＢＩに引き継いでもらうのが好ましい。

倫理的な問題もある。この入り組んだ問題をＦＢＩの有能な手に託すのが遅れれば遅れるほど、まだ残っているかもしれない証拠をジェラルドに隠滅させる期間を与えてしまう。

すでにもう手遅れの可能性がある。この一年、怖がって隠れていたのは間違っていたかもしれない。思い切ってＦＢＩに駆けこめばよかった。怖くて怯えていたので、地面に頭を突っこんで過ごした。だが、そのせいでジェラルドが殺人の罪に問われないでいることに手を貸したのではないか。二度も――いや、フランク・ミコフスキーを入れれば三度になる。このままジェラルドが逃げ切ったら、それは自分のせいだった。

このまま放置すれば、ジェラルドはますます肥え太り、権力を強めて、罪をあがなうこともない。いっぽうエレンのほうは、暗がりにひそみ、大切な友人たちが危険な目に遭うのが心配で一刻として気の休まる暇がないだろう。ハリーに関してはただの友だちというより、異性として愛しているけれど。

考えられない。

昨日の一件は本物の危機ではなく、風船がいくつか割れた音だった。だが、ハリーの言うとおり、ジェラルドやその部下から攻撃される可能性はある。いつなんどき、エレンがジェラルドに雇われた狙撃手の標的にされてもおかしくないのだ。

あと五カ月でニコールは出産し、そうなったらエレンは、ジェラルドが自分やニコールや赤ん坊を殺すかもしれないと、つねに不安と隣りあわせで生きていかなければならなくなる。ジェラルドは気兼ねなどしない。エレンの居場所を突き止めたら、エレンから話が伝わっていると想定して、周囲の人まで皆殺しにする。

いまさらニコールと赤の他人には戻れない。エレンの知るかぎり、ニコールはいったん好きになった相手には献身的な人で、自分のことも好きになってくれている。だからジェラルドの魔の手が迫っているかもしれないという不確かな可能性にもとづいて、エレンから遠ざかることは考えられない。

だがそれは不確かな可能性ではない。ジェラルドはエレンがシアトルにいたことまで突き止めたし、サンディエゴにいたことも知っていた。悪賢くて、金があるから、人材にも機材にも恵まれている。

なんとかしてエレンを追跡する方法を見つけだすだろう。一度は成功したのだから。

エレンはレコーディングのとき、細心の注意を払った。ミュージシャンたちは面食らいながらも隣室で顔を合わせることなく演奏し、署名が必要なときも本名はおろかイレーネ・ボールの名前すら避け、小さな会社の名前を記した。その会社を調べても、そうしたペーパーカンパニーのためにオンラインでサービスを提供してくれる弁護士の名前しか出てこない。しかし、ジェラルドはロディを見つけだして、拷問した。なにを吐かされたかわからず、ロディの言ったなにかが、エレンを見つける手がかりになるかもしれない。自分の痕跡がじゅうぶんに消せていると、自信を持って言えるだろうか？

ケリーとの友人関係を内緒にしていて、ほんとうによかった。とくに話しあったわけでもないのに、外では親しさを隠し、電話はごくまれ、外出は一度もしたことがなかった。ふたり専用の掲示板があって、そこでつぎに会う計画を立てた。だいたいはケリーのアパートだった。

〈ブルームーン〉のオーナーであるマリオさえも、ふたりが親しいのを知らない。だから、ケリーには危険はおよんでいないはずだ。とはいえ、どこから足がつくかわからないけれど。

サンディエゴの通りは監視カメラだらけだ。大きなサングラスにつば広の帽子をかぶり、ぶかぶかの服を着ていれば、ここで生きていけるのだろうか？　毎日、ひとつの間違いも犯さずに？

いや、そんな生活をしていたら頭がおかしくなる。なにより、ハリーの人生まで台無しにしてしまう。それにハリーは、彼だけでなくエレンのことまで愛しはじめてくれている人たちと肩を寄せあって暮らしているから、その人たちの人生まで損なうことになる。

それにニコールには赤ちゃんが生まれる……。

どう考えても、最後には、その恐ろしい可能性が浮かびあがってきた。赤ちゃんに害がおよんだ場合であり、それがハリーにおよぼす影響だった。ハリーは妹をなくしている。ニコールとサムの子どもが殺されたら、生きていかれない。エレンにしてもそれは同じだった。長居をすればするほど、状況は悪くなる。長居をすれば情がうつるし、彼らの生活にもなじんでしまう。赤ちゃんが生まれようものなら、その子のことも愛し、ジェラルドの狂気と残虐さの標的をまたひとつ増やしてしまう。

どうすることもできない。

出ていくしかない。いますぐ、このすばらしい人たちの誰かが傷つく前に。

ここにいたい。でも、出ていかなければならない。

ヘッドホンから流れでるビリー・ホリディの悲しくも美しい歌声が、夢が欲しいと訴えている。

夢などもうひとつも残っていない。

目の前の画面がぼやけ、目に涙があふれるにつれて視界がゆがむ。それでもエレンは涙を押し戻し、手の甲で乱暴に目元をぬぐった。

涙は弱さにつながる落とし穴。

これから三十分のうちにすること、しなければならないことには、集中力がいる。けっして愚かではないニコールと、警戒心の強い男三人を出し抜くのだから。大胆さと決意を胸に、順を追って実行しなければならない。

まずは、この騒ぎそのものをFBIに持ちこむのだ。

FBIのサンディエゴ支局のウェブサイトは有益な情報の宝庫だった。支局を率いる人物——正式な役職名は支局担当特別捜査官——は、カレン・サンズという女性だった。ストレートの淡いブロンドに、端正な顔立ち。まっすぐカメラを見るその面構えからして、頼もしく、有能かつ果敢そうだった。この人になら任せられる。

歌と歌のあいだにヘッドホンを外すと、ニコールが翻訳に集中していることを示す、規則的なキーの音がした。まったくこちらを見ていない。いける。

FBIのサイトには犯罪行為の通報用として、〝ご連絡ください〟ボタンが用意してあった。エレンはキーの上で指を丸め、しばし躊躇した。

さあ、やるわよ。ＦＢＩに通報のメールを送ったら、もうあとには引けない。ハリーとその友人たちを人生から切り離し、ハリーの心を打ち砕くことになる。

それでも、これ以上、人が殺されるのを黙って見ているわけにはいかない。しばし迷ったのち、エレンは記入欄に本名を入力して、住所は空欄のままにした。ＩＰアドレスで場所を特定できるだろうが、そのころには、こちらのほうが支局に出向いている。メッセージの記入欄に政府からの仕事を請け負っているベアクロウ社のＣＥＯ、ジェラルド・モンテスがバグダッドにおいて合衆国政府から金銭を奪い、三人を殺したと信じるに足る理由があると打ちこんだ。

面談時間を設定してもらったほうがいいのだろうか？　いや、ここで返事を待っているのはよくない。いきなり支局に顔を出そう、と決めた。

支局の住所は市北部のアエロ・ドライブとあり、建物のファサードの写真が載っていた。白い大理石と大きなＹ字形の黒っぽいガラスを組みあわせた特徴的なデザインなので、タクシーで近づけば、それとわかるだろう。

ドアを開け閉めする音がした。よし。ニコールが通路の先のバスルームに入った。妊娠してからバスルームで暮らしているようなものだと、ニコールはぼやいている。もうしばらくかかるだろうが、帰ってきたら、こんどはエレンが席を立つ。そしてバスルームには行かずにドアの外に出て、エレベーターに乗り、タクシーを拾って、ＦＢＩの支局へ走り、新しい暮らしをはじめる。

味気なく空っぽの暮らしになるだろうが、好きになった人たちを危険にさらさずにすむ。みんなすぐには自分がいなくなったことに気づかない。トイレが長いことにニコールが気づくころには、タクシーでアエロ・ドライブに向かっている。

スプレッドシートのプログラムを終えると、ニコールの帳簿を片付けた。友情の証を残せることが嬉しかった。

では、ハリーにはなにを残せばいいの？

この心を。

親愛なるハリー

こうするのがいちばんだと、あなたもわかってくれると思います。これは持久戦で、ジェラルドのほうが有利な立場にあります。長引けば長引くほど、ジェラルドにはわたしを探す時間が増えるし、わたしたちのほうは神経がまいって疲れてしまいます。あなただって例外ではありません。今回はニコールも無事だったけれど、なにがあってもおかしくありませんでした。彼女がケガをしたり、赤ちゃんを失うようなことになったら、わたしは生きていけないし、それはあなたも同じでしょう。

わたしはこれからFBIに行って保護を頼むので、わたしのことは心配しないでください。一年前にこうするべきだったのに、意気地なしのわたしは逃げだしてしまいました。でも、ニューエイジ好きの友だちなら、わたしがそんなことをしたのは、あなたに会うために宇宙からそう要請されたんだと言ってくれるかもしれません。

愛しています、ハリー。愛しているからこそ、行かなければなりません。あなたが傷つけられるなんて、考えるのもつらいもの。

ほかになにを言ったらいいか、わからないわ。

エレン

気が変わらないうちにメールを送った。急がないと、気力が萎《な》えて、泣きだしてしまう。送信ボタンを押すことで、心が爆発するようだった。

けれどまだ、多少の希望は抱けるかもしれない。ほんの少しだけれど。FBIには潤沢な資源があるから、時間をかけずにジェラルドを訴えられるかもしれない。そして彼を永遠に葬り、両手のほこりを払って、〝どこへなりとご自由に〟と言ってくれるかもしれない。そういう可能性もゼロとは言えないわよね？

希望的観測でしかないけれど、なんとそそられる考えだろう。数カ月のうちにジェラルドが起訴され、裁判にかけられて、有罪判決を受けたら、エレンはサンディエゴに舞い戻り、ハリーの腕に駆けこんで、彼とふたたび明るい日差しのなかで暮らせる。ハリーと人生を共有し、歌を歌いながら、みんなの帳簿をつければいい。

なにを考えているの？　エレンは夢想を振り払った。

ありえない話だけれど、可能性はある。場合によっては何年も続くであろうこれからの暗い日々、この可能性が支えになる。

ハリーはきっと激怒し、ひょっとすると一生許してくれないかもしれない。彼の愛情が生半可なものでないのは感じるけれど、いっしょにいられたのはわずか数日だ。彼に対する愛情は永遠に変わらないにしろ、裁判に持ちこむには長い時間がかかって、エレンが戻ってくるまでに一年、二年、あるいは三年ほどかかるかもしれず、そのときには彼はつぎの段階に進んでいるかもしれない。いや、そうでなければおかしい。

だとすると、もうひとつ別の、恐ろしい予想図が浮かんでくる。一、二年後にいそいそと帰ってみたら、片腕に赤ん坊を抱き、傍らには妊娠中の妻のいるハリーから、〝お目にかかったことがありましたか？〟と言われるかもしれないのだ。

想像したら、胸が痛くなった。

もうひとり、連絡しなければならない人がいる。ケリーだ。

ＦＢＩに保護されているあいだ、ノートパソコンを使わせてもらえるだろうか？　たぶん行動を監視されるだろう。

その前にケリーに連絡して、無事だから心配いらないと伝えなければならない。この間、いろいろあって、ふたりの掲示板をチェックしていない。ケリーがどれほど心配していることか。黙って消えたきり、なんの連絡もしなかったのだから。

エレンが敵の手の内にあるのか、病気なのか、危篤なのか、あるいは死んでいるのか、ケリーにはわからないままになっている。

申し訳なさで胸がいっぱいになった。ケリーにはやさしくしてもらったのに。

エレンは掲示板にアクセスし、添付されている動画を開いた。恐ろしいなにかが表示され、文字どおり凍りついた。取り落としたペンが床にころころと転がる。息が止まった。

目にしている画像を処理して、認識することすらむずかしい。赤い肩をした人。頭も赤い……帽子？

ケリー。ああ、これはケリーだ。椅子にだらりと腰かけている。そして――そんな――頭の皮がはがれている……体の一部も。

胆汁が込みあげてきて、ゴミ箱にかがみこむと、朝食のコーヒーとヨーグルトをもどした。ヘッドホンからデジタル化された低い声が聞こえた。「エレン・パーマー、これはおまえの友人のケリーだ」

エレンはわっと泣きだし、椅子に坐ったまま震える体を前後に揺すった。

もう聞きたくない。聞こえない。恐ろしすぎて、対処できない。正体不明の虫のような声がなにかしゃべっているが、理解したくないし、できないので、音声のスイッチを切った。

わかるのはやさしくて親切な友だちのケリーが、怪物の手に落ちたことだけだった。わたしの怪物に。その怪物たちは地の底から這いだしてきてエレンを探し、ケリーを見つけてしまった。

震えがひどくてキーを打つこともままならないのに、本能の命ずるままそのファイルをFBIに転送すると、バッグを手に持って、よろめきながら部屋を出た。ありがたいことに、通路には誰もいなかった。いま誰かが目の前に現われたら、ぶつかっていただろう。

心臓は激しく打ち、脚は体を支えるのが精いっぱいだ。

ケリー、やさしいケリー。音楽と本が好きで、やっぱりなにかから逃げていた。そのケリーが動物のように皮をはがれていた。デジタル化した不気味な声は、地獄の底から湧きあがってくるようで、ケリーが生きていると言っていた。でも、そんなことがありうるだろうか？　そして生きたまま皮をはがれるよりは、死んでいたほうがましではないか。

胃をわしづかみにされたようで、エレベーターのなかでかがんだが、込みあげてくるのは胆汁だけだった。涙で、ほとんど目が見えなかった。だからエレベーターのドアが音をたてて開いたときに歩きだせたのは、出口がまっすぐ前方にあって、大きな窓から光が差しこんでいたからだ。

エレンは光に導かれて歩いた。そのことしか考えられなかったし、暗く恐ろしいものを見せられたあとだけに、本能的に明かりを求めていた。これがほかの場所だったら、体勢を崩して壁に激突していただろう。

アエロ・ドライブ――その住所が頭に灯った。とにかくそこへ行きたい。FBIの捜査員のもとまでたどり着きたい。あの恐ろしい動画を見たら、ジェラルドを逮捕して、きっとどこよりも暗くて深い穴のなかに閉じこめてくれる。永遠に。

アエロ・ドライブ。そこが目的地。

さあ、行くのよ！　頭のなかの声に叱咤された。あんなことをできるのは人間ではない。人間が人間にできる仕打ちを超えていた。あれはほかの惑星から来た生物の仕業だ。あとはFBIに任せるしかない。わたしにはどうすることもできないのだから。

外の通りに出ると、立ち止まって、明るい日差しにまばたきした。吐いたせいで喉がひりひりし、胃と脚が痛かった。心も。

ああ、ケリー。

タクシーが来ないかと背後を見たが、見えたのは長身でブロンドの男性ひとりだった。駆け足でこちらに近づいてくる。道を尋ねたいのだとしたら、運の悪い人だ。いまは誰に対してもまともに口がきけない。タクシーの運転手に行き先を告げるのがやっとだろう。

長身のブロンドは見る間に近づいてきた。脇によけようとしたとき、エレンは腕にちくりとする痛みを感じた。隣に車がやってきて、世界は縁から暗転していった。

ふたりを乗せた車は、モリソン・ビルディングの南側に停まっていた。ピートが散弾銃を抱え、モンテスが運転席についた。

ピートは耐久性の高い自分のノートパソコンを開いて、モリソン・ビルディングとその別館内にある全事業所のウェブサイトを念入りに調べた。会社は百以上あるが、辛抱強さには自信があるし、ほかにこれといってすることもなかった。それとも、待っているあいだに爆発しそうなほど、額の太い血管を脈打たせているジェラルド・モンテスと話でもするか？

自分を撃ったほうがまだましだ。

弁護士だけを集めてつくったサイトを開き、じっくりと目を通していった。時間単位で大金を受け取るごうつくばりどもが、人を犯罪者呼ばわりか？　そのとき、ノートパソコンが小さなビープ音をたてた。

モンテスが跳びあがった。「なんだ？　なにが起きた？」

「いいから、落ち着け」ピートはつぶやいたものの、心臓の鼓動が少し速くなった。獲物のにおいをとらえた猛獣と化している。これで勝負がついた。「彼女が掲示板にログインした」

すばやくキーボードを叩いた。三次元の地図が表われて、回転した。高層ビルのフロアマップだ。九階に緑色の点が表示されている。「で……そうだ、彼女はモリソン・ビルにいる。いまこの瞬間」キーを叩いて、データを入力した。「彼女がいるのは九階の……」飛行中に読みこんでおいたビル内のスペースの割り当てデータを取りだした。「そうだ、九階のワードスミスという会社にいる」その会社のサイトを立ちあげた。「翻訳会社だ」モンテスに視線を投げる。「彼女は外国語ができるのか？」

モンテスが困惑顔で頭を振った。「いや、知らんな」

「他言語で書かれた、犯罪の証拠になるような文書はないのか？　アラビア語とか？」

モンテスが考えこんだ。「いや」しばらくして、答えた。

「だったら、翻訳会社なんかでなにをしてるんだ？」

「わからん」

「まったく」ピートはうんざりしつつふと顔を上げ、通りを見て、目をみはった。「あの女だ！」

「なんだと？　どこだ？」モンテスの怒声をよそに、ピートは早くも車を飛びだし、十五メートルほど先にいるほっそりした人影を追った。

パーマーが背後を見たが、ピートには注目していない。正体を知らないのだ。おそらくタクシーを探しているのだろう。

なんなら、おれが乗せていってやろう。

数歩で彼女に追いついた。写真で見るより、きれいな女だ。豊かな赤褐色の髪が日差しを受けて輝き、整った顔立ちに緑色の瞳をしている。ただし、いまは泣き顔だった。

そりゃそうだ。

友人のあんな姿を見せられたばかりなのだから。

そう、それでこちらの狙いどおり、心のバランスを崩した。

拍子抜けするほど、思いどおりに運んだ。三十秒もかかっていない。教科書どおりのスムーズな展開だ。

ピートは手を伸ばして、彼女の上腕をつかんだ。民間人というのは、こういうときになんの反応もしない。もしピートなら、他人に触れられた瞬間、相手の腕をへし折る。どんな形にしろピートの邪魔をした人間は、肋骨の三本めと四本めのあいだにナイフの柄が突き刺さって、その刃が心臓を深く切り裂いているのを見つめることになる。

だが、エレン・パーマーは違う。ショックを受けているのに、まだ礼儀正しく対応しようとしている。だが、口にされようとしていた言葉は消えた。ピートが手のひらに隠し持っていた注射器の針が腕に深く突き刺さると、白目をむいた。

メルセデスが背後から近づいてきて、隣で停まった。後部座席のドアはすぐそこだ。モンテスにもできることがあったらしい。

エレン・パーマーの膝から力が抜ける。

ピートはすかさず彼女を抱えあげた。

ハリーは客への見積書をまとめていたが、気もそぞろだった。心はRBKセキュリティ社の向かいにあって、自分の女がいる狭いながらもきれいなオフィスに飛んでいた。エレンの美しい顔が視界にちらついてしょうがないので、よほど意識しないと、仕事が進まない。今朝の彼女はひどく沈んでいて、悲しそうだった。よそよそしく内省的で、橋を渡って商業地区に移動してくるあいだも、窓の外をぼんやり眺めていた。

彼女は昨日の一件で、ひどく動揺した。それはそうだ、ハリーも揺さぶられたのだから。だが、ハリーは兵士だ。たとえ命を狙われようと、弾をよけたら、それで忘れる。また撃たれるとしても、今日ではない。ニコールも赤ん坊も無事だったのだから、それはそれとして前へ進む。

だがエレンはそこでつまずいた。心がやさしすぎる。だからなおさら、彼女を守らねばという思いが強くなった。やはりやさしかったクリッシーは、夜の怪物に無残にも殺されてしまった。エレンには絶対、誰も触れさせない。全身全霊をかけて、守ってみせる。

そのときメールが届いた。エレンからだ。

読もうとしたら、ニコールがドアから顔をのぞかせた。背後にサムが立っている。

「ハリー?」ニコールの顔が不安そうだったので、また出血したのかと怖くなった。

昨日はほんとうに怖かった。

心配と罪悪感で動転していたエレンには悟られないように気をつけたけれど、みんなして誕生を待ちわびていた女の子がいなくなってしまうかもしれないと気が気ではなかった。

だが、ニコールが心配していたのは、赤ん坊を失うよりなお悪い唯一のことだった。

「ハリー」彼女の声は小さかった。「エレンのことなんだけど」

「どうした？」ハリーは立ちあがった。地に足がついていない。エレンの身になにが起きるというのか？　彼女を置いてきた先のニコールのオフィスは、最新テクノロジーの粋を集めたセキュリティに守られ、経験豊富で腹の据わった男三人がついている。「エレンがどうかしたのか？」

戦場でのハリーは、冷静なことで有名だった。幼いころに身につけた、感情を交えない淡々とした態度は、工作活動や銃撃戦に最適だった。ハリーにとってはたやすいことだ。感情をつかさどっている部分を切り離してしまえば、あとは撃って撃って撃ちまくるだけでいい。迅速かつ冷静かつ徹底的に。

冷たい恐怖にとらえられているいま、その能力が使えない。

「彼女がいなくなったんだ、ハリー」サムが深刻な顔つきで部屋に入ってきた。「ニコールがトイレから帰ってきたら、エレンが消えてたそうだ。ゴミ箱に吐いてあった。飛びだしてったらしくて、デスクの前で椅子がひっくり返ってた。で、彼女のコンピュータのモニターをクリックしたら、飛びだしてった理由がわかった」

どういうことだ？「なんだ？　なにがあった？」

サムが口ごもった。「いい話じゃない」ニコールを見て、やさしく話しかけた。「外で待っててくれ、ハニー」妻の頬にキスした。

ニコールは部屋を出てドアを閉め、サムは悲痛な顔つきでハリーのデスクにノートパソコンを置いた。ハリーはスペースバーを押してスクリーンをオンにし、画像を見るなり、頭に血がのぼった。すぐになにかわかった。

美しい顔を涙と恐怖にゆがめた黒髪の若い女性が、ダクトテープで椅子に固定されていた。ハリーはすかさず背景に目を走らせたが、なにもなかった。デジタル画像の専門家でも、ここからはなにも読み取れない。そこにあるのは、のっぺりとした灰色のスペースで、どんな映像も物も映っていなかった。

怯えきった哀れな女が体を固定されたまま、痛みに跳ねあがっている静止画像だけだった。大きな手が女の腕神経叢をつまんでいる。

そうすると激痛が走る。それは人を人以下の何者かに貶めてしまうたぐいの痛みだ。

「これだけじゃない」そう言うサムの顔は、陰鬱だった。「まだある」

別の画像が出てきた。はがされたり、壊されたりしたなにか、赤く、痛めつけられたなにか。人間とは思えない。

「なんてことを」ハリーは小声を漏らした。

「ああ」サムが相づちを打った。「ハトだ」

「くそっ」マイクが口をはさんだ。ドアを開け閉めする音をハリーは聞いていなかった。マイクはトラブルに関しては、超人的に鼻がきく。「こりゃそうとうやばいな」

「音声データもある」サムがアイコンをクリックして、ハリーの肩に手を置いた。「まじでひどいぞ、ハリー」

デジタル化された非現実的な声は、地獄の底から湧いてくるようだった。「エレン・パーマー、これはおまえの友人のケリーだ……」

最後までメッセージを聞き、怒りに身を震わせた。

でたらめを言いやがって。ケリーは死んでいる。エレンを混乱させて、おびき寄せようとしているのだ。

全身が汗ばんでいた。友であり、兄弟であるふたりを見あげた。「彼女はこれを見て、吐いたんだ」ハリーはメールをクリックした。彼女から送られてきたメッセージを読み進めるうちに、恐怖が強まった。「そして、ここを飛びだした。FBIに出頭するために」

「まったく」サムはいぶかしげな顔をしている。「FBIに行きたいんなら、なんで連れってくれって、おまえに頼まないんだ?」

「起訴に持ちこむあいだ、身柄の保護を頼みたかったんだろう」ハリーはふたりの目を見た。「彼女はニコールの件で自分を責めて、わたしのせいだと言いつづけていた。これが彼女の友人だとしたら、どれほどショックを受けたかわからない」

「モンテス以外の誰のせいでもない」サムが怒りを込めて言った。

「ああ、そうだ。彼女にもよく言って聞かせないと。ウェルズに電話して、いまおれにできることがないかどうか訊いてみる」かつてレンジャー部隊にいたアーロン・ウェルズは、いまはFBIの捜査官になっている。いいやつだ。ハリーのほうから状況を説明して、事情聴取がすんだら、エレンを説得してうちに連れて帰ろう。FBIに出頭したこと自体は間違っていない。いずれはハリーもそうさせるつもりだった。

「まずい！」ハリーとサムがふり返ると、マイクはビルの監視カメラの映像を映しだすモニターを指さしていた。「彼女はFBIに行けてないぞ。見ろ！」

三人は恐怖の面持ちで画面を見つめた。マイクが映像を巻き戻した。右下に白い文字で〝12：05〟と表示されている。十分前だ。

エレンは転びそうになりながらビルから駆けだした。デジタルテープの品質がいいので、涙が銀色に光っていることや、手が震えていることまでわかる。そして右に折れ、幅のある歩道を足早に歩きだした。タクシーが来ないかと、しきりに背後をうかがっている。

通りの向こうに停まっていたメルセデスからブロンドで長身の男が出てきて、エレンのほうに走りだした。

ハリーの血が凍りつく。アドレナリンが放出され、実時間どおりの映像なのに、まるでスローモーションに切り替わったようだ。戦闘モードのまま、テイクダウンの場面に見入った。

エレンはいま一度、背後を見た。やわらかな巻き毛が顔の涙をかすめ、肩で揺れた。急いでいるけれど、足元が少しおぼつかず、目と口をショックにゆがめている。その顔にためらいが浮かんだ。ブロンドの男に気づいた瞬間だ。親切にしようという、とっさの判断。彼女が男の言葉に耳を傾けようと歩をゆるめたとき、黒いメルセデスが縁石を離れて、ゆっくりと通りを近づいてきた。

「あいつだ。ずいぶんと久しぶりだな」マイクが太い声で言った。ハリーは画面から目をそらすことなく、うなずいた。

「誰だ？」サムが尋ねた。「何者なんだ？」

「ピート・バン・デル・ブーケ」マイクが太い声できびきびと答える。「南アフリカの傭兵で、おおぜいの客から頼りにされてる。追跡を得意とし、金の折りあいさえつけば、殺しもやる」

その説明にサムは黙りこんだ。

三人が前のめりになって見守るなか、バン・デル・ブーケがエレンに追いつき、腕をつかんだ……彼は崩れ落ちそうになったエレンを抱きあげると、いつしか隣に来ていたメルセデスの後部座席に投げ入れ、助手席に飛び乗った。メルセデスはスピードを上げて、画面から消えた。

わずか一分足らずの捕獲劇は、スムーズかつ洗練されていた。目撃者がいたとしても、気分の悪くなったエレンを友人が車に乗せて病院に運ぶところにしか見えず、よもや白昼女性が誘拐されたとは思わないだろう。しかも、平気で女の皮をはぐ怪物ふたりに。

三人はすぐさま行動に移った。「マイク！」ハリーはどなった。「ヘンリーに言って、スプリンターをバーチ側まで運ぶように言ってくれ。急げ！」

スプリンターは会社所有の車の一台で、銃撃戦に備えて装甲し、武器を搭載している。この車に詰めこまれた火器を使えば、ちょっとした戦争をはじめられる。そしてケースにしまわれた道具類を使えば、山登りも、傷口に包帯を巻くことも、衛星からの信号をとらえることも、衛星にメッセージを送ることも、水中を時速八十キロで泳ぐことも、ビルを爆破することも思いのままだ。

ハリーはナンバープレートの静止画像をとらえて、拡大した……「ちくしょう！」ナンバープレートが読めない。泥がなすりつけられていたのだ。

しかし、方法はほかにもある。

スマートフォンを取りだした。メルセデスは時速百キロ以上の速度で西に向かっていた。マイクは特大の防護衣を身につけ、ついでにハリーの分を取りだした。

ハリーはそれを身につけながら、早口で言った。「彼女に盗聴器をしかけておいたから、おれのスマートフォンのGPSを使って追跡できる。向こうのほうが先行してるが、十分ぐらいの差だ、追いつけるぞ」立案、調整、実行。工作に入るときの、慣れ親しんだ感覚によって、パニック感がかろうじてせき止められている。

「移動してるあいだは、彼女は無事だ。すぐに殺したければ、死体にして歩道に投げだしてたはずだ」マイクはすでに防護衣を身につけおわり、一・五キロ先まで見える照準器をつけた愛してやまないレミントン８５０を抱えこんでいた。

ハリーが見ると、マイクは厳しい目つきをしていた。エレンが殺されていない理由は、ひとつしかない。敵が彼女の美しい頭のなかにあるなにかを求めていて、それを取りだすためならなんでもするということだ。

椅子にもたれかかっていた若い女性の写真を思いだし、胃が締めつけられた。デジタル化された虫のような声は彼女が生きていると言っていたが、ありえない。あれほどの傷を負って生きていられる人間はいない。エレンを脅かせて、隠れ家から引っぱりだすための方便だ。

エレンのことを思うと皮膚がびりびりする。やさしくて、美しくて、才能のあるエレンがあの連中の手のうちにある。

ハリーもマイクも念入りに武器をチェックした。ここで多少時間をロスしてもエレンは死なないが、武器が不発に終わればエレンや兄弟たち、そして自分自身の命にかかわる。

サムも防護衣を身につけだした。

「サム、やめてくれ」ハリーはサムのホルスターに手を置いた。「これはおまえの戦いじゃない。ニコールとここに残れ」

「ばか言うな、ハリー——」

「これは彼の戦いでもあるのよ、ハリー」三人がふり返ると、ニコールがドアの前にいた。「あなたといっしょにエレンの奪回に加わらなかったら、サムはこの先、生きていけないもの」青く鋭い瞳でじっとハリーを見た。「だから、エレンといっしょにわたしの夫を無事に連れて帰ってちょうだい。さもないと、わたしが復讐するわよ。わたしの言いたいことが伝わったかしら?」

サムの顔を見なくても、ハリーには彼の気持ちが痛いほどわかった。そして、安堵の短いため息が背後から聞こえた。サムは置いていかれたくないと思っていて、ニコールにはそれがわかっている。彼女の発言によって、三人とも解放されたのだ。

「行くぞ!」ひと声あげるや、ハリーは走りだした。

エレンは最初なにが起きていて、自分がどこにいるかわからなかった。

意識はゆっくりと、ひと鼓動ずつ戻った。手を前で縛られ、重低音が聞こえている。革とほこりと足と刺激的な薬品のにおいがして、口には苦い味が残っていた。

一瞬、目を開いて、すぐに閉じた。開けておくのも苦痛だし、見るものもべつになかった。やわらかくて灰色のなにかに鼻を押しつけられている。

エレンはふたたび目を開き、一秒か二秒、そのままでいた。いま見ているものがなにを意味するのか、理解したかった。焦点を合わせるのがむずかしい。前後に揺られているから……車の動きだ。そう、車のなかよ！

車内の後部座席から転がり落ちて、足を置く場所に顔が押しつけられている。前で縛られているので手が使えないし、車が動いているので起きあがって、座席に戻ることもできない。どうしてこの車に乗っているの？　ここはどこ？

「──空港まで二十分ぐらいだ。パイロットを待機させてある」かすれた男の声を聞いて、身内にショックが走った。

ジェラルド！　あれはジェラルドの声だ！

どうしよう？　ジェラルドの手の内に落ちてしまった。どうしてこんなことに？　頭をはたらかせようとすると、割れるように痛かった。体がひどくだるくて、頭に靄《もや》がかかり、果てしなく深い井戸の底にでもいるようだ。

車は急カーブを切り、エレンはいったん前に揺られたあと後ろに揺られ、シートベルトに腕がこすれた。体のどこよりも右腕のある箇所に痛みがある。巨大な昆虫に刺されたような痛みだ。

そこを見ると、刺し傷があった。エレンは眉をひそめた。ある場面が脳裏をかすめた。自分は走っていた……走ってどこかへ行こうとしていた。どうしても行かなければならない場所へ。なんとしてもたどり着かなければならなかった。そうしたら……後ろにいた何者かが自分のほうに走ってきた。背の高い男。ブロンド。走ってきたその男につかまれ、そこから先の記憶がない……。

たぶん麻酔薬かなにかを注射されて、そのせいでまだ意識が混濁しているのだろう。それよりなにより、最悪なのはジェラルド・モンテスともうひとりの男の手の内に落ち、その車に乗せられていることだ。

ブロンドの男は思いだすことができた。見ず知らずの男だけれど、だいたいは覚えている。険しい顔、鍛え抜いた筋肉質の痩身。間違いない、兵士だ。自分を探しだすためにジェラルドが雇ったのだろう。そして、こうして見つかってしまった。

これこそ、恐怖に彩られたエレンの人生を襲った最悪の悪夢だ。

もはやなすすべがない。ジェラルドに捕まった。

これから向かう先には飛行機が待っている。その飛行機の向かう先は、エレンを好きなだけ痛めつけられる場所、そしてハリーには絶対に見つけられない場所なのだろう。

16

ハリーは運転できる精神状態でなかったので、運転はサムが担当した。GPSの信号を追わなければならないからというのが表向きの口実にすぎないことは、三人ともわかっていた。もしハンドルを握ったら、木に衝突したり、崖から墜落したりしてしまう。

だから大声でサムに道順を指示した。モニターを目で追いながら話をするのが、いまのハリーに可能な最大限の貢献だった。大急ぎで正気に戻らなければならない。この先には決戦が待ち受けている。どんなに恐怖が強くとも、神経質になってほかのことを考えている余裕はない。

自分のためだけではない。ハリーは最高の訓練を受けてきた。デルタはこの惑星一のエリート工作員の部隊で、SEALなど足元にもおよばない。現にハリーを倒すには、秒速八キロ以上の携行式ロケット弾《RPG》が必要だった。だが、そのハリーにマイクとサムのふたりが加わったらどうなるか？　地球上、向かうところ敵なしの三人組になる。

だが、エレンが人質に取られているとなると、そうもいかない。きれいでやさしいエレン。

彼女には戦術など意味をなさず、どう動き、どこに隠れ、どう身を守ったらいいか、わかっていない……。美しくて目立つおとりでしかなく、銃撃戦のさなかに目を惹いて、頭部に銃弾を受けるさまが容易に想像できた。

撃たれた頭部がピンク色の靄に包まれる彼女や、体をふたつ折りにして、撃たれた腹から内臓をこぼす彼女、背中から打たれて動けなくなる彼女。そんな姿ばかりが次々と浮かんだ。

これではまともに考えることなどできない。頭がおかしくなりそうだ。目の前にイメージがちらついて、じっとしていることすら苦痛だった。

「落ち着けって」後部座席のマイクがごつくて力強い手を伸ばして、ハリーの肩に載せた。ハリーが恐怖に身もだえしていることに気づいたのだ。

このままではまずい。

ハリーは友人であり兄弟でもあるふたり、この世でもっとも愛しているふたりを連れてきた。集中力を欠いていては、これから突入する銃撃戦で、そのふたりを失うかもしれない。

わかっているのに集中できない。リハビリの最中は、汗をかくことだけに集中して、湧いてくる思いを抑えつけたものだ。いまはそれもままならない。気がつくと、椅子に縛りつけられたエレンのことを考えている。美しい髪のあった場所に赤い帽子をかぶって……。

胃が激しく痙攣して、苦いものが込みあげる。急いで口を押さえた。

「吐くなよ」サムが前方を見たまま、言った。道路事情が許す場所では、時速百六十キロまで出している。運転のうまいサムでなければ、とうに死者が出ているだろう。「いま吐いたって、彼女にいいことはないぞ」

かつてニコールが誘拐されたとき、ブランド物のしゃれたゴミ箱に吐いたのは、ほかならぬサム自身だった。「おまえがどんな思いか、おれにはよくわかる。それでも、しゃんとしてろ。さもないと……」それ以上は言わずに、サムは口を閉ざした。

三人ともあの動画を見ていた。エレンが生きたまま皮をはがれる場面は、みな想像できる。場合によっては……いま……このときに。

汗が噴きだして、ひどい悪臭がする。ハリーは湿った手のひらをジーンズでぬぐった。なにが起きるにしろ、手を乾いたままにしておかなければならない。

「マイク、準備はできたか？」

「ああ、全部そろってる」ハリーがモンテスの跡を追ってサムに道順を教えているあいだに、マイクは後部座席で武器の準備に余念がなかった。この瞬間にも、マイクが適した武器を手に取ることができるのが、ハリーにはわかった。「障害のない場所に出たら、いつでも攻撃に入れるぞ」

ハリーはスマートフォンの画面を眺めた。「探知機はどこにしかけたんだ？　連中に見つかる心配はないのか？」

マイクが考えていることはわかる。探知機がエレンのバッグやポケットにあるのなら、彼女を調べて、見つけしだい外に投げ捨てられてしまう。

だが、ハリーはそれを見越していた。エレンはすでに三度、抜け目のない男の裏をかいて、姿をくらました。ハリー自身も泡を食わされたひとりだ。

「連中にはなにも見つけられないさ。探知機は特殊な磁器のケースに入れてあって、超高周波の信号しか出てないんだ。連中には探知できない」

「連中が彼女のバッグを窓から投げ捨てたり、彼女を裸にしたら、どうなる?」

「それでも見つからない。彼女の肩に埋めこんであるからな」

車内に沈黙が広がった。

「おい」サムが言った。「彼女の肩を切って、チップを埋めこんだのかよ? まったく、おれよりいい根性してやがるな。おれにはニコールのハードディスクに埋めこむぐらいしか思いつかなかったぞ」

それはニコールがテロリストの筋書きどおり、病んだ父親とともに誘拐されたときのことだった。三人がニコールの跡を追えたのは、被害妄想に陥っていたサムが彼女のバッグにつねに入っていたハードディスクに追跡デバイスをしこんでいたからだ。

あの追跡デバイスがなければ、ニコールの骨はいまも鎖につながれたまま、湾の底に沈んでいるだろう。

「切ったわけじゃないぞ。傷口を縫ったとき探知機を忍びこませたのさ。薄いし、皮膚にもさわらない。それに、そのおかげで彼女を追跡できるんだから、がたがた言うな。一段落したら、取り除くつもりだった」

くそったれモンテスが墓に入るか、刑務所に入るかしたら。

ハリーは歯を食いしばった。エレンまで二秒と迫れば、サムとマイクのほうが先に引き金を引けるだろう。

おれに先に引かせてくれ、とハリーは祈った。

「マイク」ハリーは画面を凝視したまま、後部座席に声をかけた。メルセデスは一目散に西に向かっている。モンテスとバン・デル・ブーケには明確な行き先があるということだ。それはどこだ？

「なんだ？」マイクの頼もしい太い声を聞くと、安心できる。マイクはハリーが動揺しているのを知っている。いまのところ愛する女がいないマイクだからこそ、冷静でいてくれるとあてにできる。

ハリーはあえて画面と前方以外は見ないようにした。「ＦＢＩのサンディエゴ支局に電話してくれ。番号は８５８－５６５－１２５５。アーロン・ウェルズ特別捜査官にこちらの状況を伝えて、最終地点まで一団を連れてこさせろ。ＳＷＡＴから、人質救出部隊から、作業班から、なんでもだ」

「よっしゃ」マイクが番号を押す音を小さくした。「アーロン・ウェルズ特別捜査官を頼む。至急だ」

マイクが簡潔に用件を伝えるのを聞きながら、ハリーは移動する点をにらみつけていた。いったいどこへ向かっているのだろう？ メルセデスが向かうであろう方向に、地図を数キロスクロールすると、どことなく見覚えのある形が目に入った。どこだ？

「そうか！」

マイクが携帯の通話を中断して、尋ねた。「なんだ？」

「飛行場だ！ トレイシー地方飛行場に向かってる。まずいぞ！」ハリーは座席のあいだの肘掛けを叩いた。

「まずいな」マイクがつぶやいた。

サムは無言だったが、車の速度が上がった。

「飛行機が離陸したら、それっきり、彼女を二度と見つけられなくなる。いつ飛行機から突き落とされるかわからないし、飛行機なら砂漠だろうと森だろうと思うがままだ。彼女の足取りをつかめなくなる」ハリーはふり返って、マイクの目を見た。「アーロンに頼むんだ。飛行場に電話して、飛行機の離陸をすべて止めさせろ。必要な措置はすべてとらせるんだ。三人を殺した男が州をまたいで誘拐事件を起こしている」

それを受けて、マイクは言った。「聞こえたろ？ 了解」携帯電話を閉じた。「大挙して押し寄せるとさ、ハリー。できるだけ急ぐそうだ」
「それでも、先頭を走っているのはおれたちだ」ハリーは低い声で言った。「おれたちが最前線、矢尻の最先端だ。
「ああ」マイクがバックミラーを介して、ハリーと目を合わせた。「おれたちが引き留められなければ、彼女は消えちまう」

車は幹線道路を離れたようだった。いくつかでこぼこを乗り越えたあと、未舗装の道路を走りだした。

車の足置きの部分に転がっているエレンには、がらんとした空しか見えなかった。電柱も道路標識も建物も見えない。悪路を十五分は走っただろうか。車の下側に石があたるのが音や感触でわかったし、舞いあがるほこりが窓の外に見えた。ようやく車が舗装した道に戻った。

前にいる男ふたりは話をしていない。ふたりがなにを考えているかわからないけれど、自分が生き残れないであろうことだけはわかった。

どうしてこんな間違いを犯してしまったのだろう？ジェラルドに待ち伏せされるなんて。ハリーのビルを出たばかりで、タクシーを止める時間もないうちに、金髪の男が追ってきた。つぎに気づいたときには、大型の黒いメルセデスが隣にいた。

モリソン・ビルディングのすぐ近くに車を停めて待っていたにちがいない。でも、どうして？　どうしてあのビルだとわかったの？

いずれにせよ、いまさら悩んでもしかたない。なにをどう悩もうと、もはや手遅れなのだ。自分は絶体絶命で、なにをしても結果は変わらない。力があって悪賢い男ふたりの手の内にあるのだから。金髪の男に腕を強くつかまれて、引き寄せられるまでのわずか数秒のあいだに、男がハリーと同じ鍛え抜かれた屈強な筋肉を持っていることがわかった。

片方でもかなわないのだから、ふたりになったら絶対に無理だ。

頭のほうも、まともにはたらいている自信がなかった。思考力が落ちていて、ゆっくりとしか考えられない。策を練ろうにも、それに必要な明晰さがない。どんな薬を打たれたか知らないけれど、そのせいで考える力を奪われている。

ジェラルドはかなり飛ばしていた。飛ばしすぎだ。こんなに速度を出して許されるの？　高級車なので防音措置も行き届いているが、それでもときおり、くぐもった轟音が車内まで聞こえてきた。最初は小さかった音がしだいに大きくなってきている。それに、化学的で嗅ぎ慣れた刺激臭が鼻をついた。

突然、ハンドルが切られて、車が収納施設らしきなかに入った。ふいに日差しが消えたのだ。速度を落として、なにかの下を通っていく。金属でできた長いもの……翼だ。飛行機の翼。車が急停車して、前後に激しく揺れた。エレンが窓の外に目をやると、曲げられた金属と飛行機の丸い機窓が見えた。

ずきずきして、思考力の落ちた頭でも、事情がわかった。飛行場に着いたのだ。そしてなぜか警備員の目をすり抜けて直接、格納庫に入りこみ、なんとそこには、飛行機があった。

エレンは身震いした。どうしてだか自分でもわからないけれど、頭の片隅にハリーが自分を見つけてくれるという考えが居座っていた。自分を救いだすためにどこからともなく駆けつけて、敵を倒してくれる。だって、彼は正義の味方で、正義の味方はいつも勝つものでしょう？　スーパー・ハリーが空を飛んできて、窮地から救ってくれるはずだ。

そうはいかない。そんなこと、現実に起きるはずがない。

ジェラルドと彼の――手先とか腰巾着とか？　どういう関係だか知らないけれど、彼らはエレンを飛行機に積みこもうとしている。そうなったら、誰にもエレンの行方はわからなくなる。これは通常の飛行機による予定されたフライトではない。

エレンはジェラルドがプライベートジェットを二機、所有しているのを知っていた。片方は会社の重役用、もう一機は彼が個人で使っていた。その中古の飛行機の購入価格も、運航にかかる経費も、それによる税金の控除額も、知っている。

たぶんこれはその飛行機なのだろう。それなら許可なく、彼の好きなときに好きなところまで飛ばすことができる。

ベアクロウ社は狭いながら自社の飛行場も持っていた。ジェラルドのパイロットは日が落ちてからでも着陸する技量を持ち、エレンが飛行機に乗っていたことは誰にもわからないままになるだろう。もしエレンがアーレンやミコフスキーという男やロディや、かわいそうなケリー——あの悪魔のような声がなんと言おうと、ケリーは死んでいた——と同じ運命をたどったとして、ジェラルドには大半が沼地からなる三十キロ平方メートル以上の私有地がある。

誰にも見つけられない場所にエレンを埋められるということだ。世界じゅうの警官と警察犬を使っても、エレンを見つけることはできないだろう。

エレンはこの世から消え、打つ手は失われる。

前のドアが両方とも開き、男ふたりが車を降りた。エレンは目をつぶった。ほんの小さな強みだけれど、エレンが覚醒したことをふたりは知らない。薬の影響は人によって異なる。まだ意識が戻っていないふりができたら……できたら、なに？

生き延びられるかもしれない。そうしたら、痛みはあっても、自分の体を感じることができる。それに、ほこりっぽくてディーゼル燃料のにおいはするだろうけれど、息を吸うこともできる。頭を使うことも。そしてハリーのことや、ふたりでできたかもしれないことを考えることができる。

ハリー。

目から涙がこぼれたけれど、両手とも使えないのでぬぐうことはできなかった。

わたしたちふたりが見いだしたのは、長く続く本物だったの？　濃密なイメージが、鮮やかな色と真実の重みを伴って、脳裏を駆け抜けた。笑い声をたてているハリー。ワインを飲みながら、料理をする自分を見ている。エレンは料理があまり得意でない――でも、エレンを愛しているハリーは、それを無理やり呑みこむ。エレンが彼のために歌うと、半分笑顔になって聴いている。そして、生まれたばかりのふたりの赤ん坊を抱く彼は、喜びのはじけた笑みを浮かべている。

ふたりで時間を重ね、日々を重ね、年月を重ねる。お互いに愛しあい、家族を大切にする。ふたりの子どもは、サムとニコールの子どもとともに、たしかな愛の輪のなかで守られて育つ。エレンやハリーの子ども時代とは違う。マイクはおじとして、子どもたちを溺愛してくれるだろう。

子どもたちの成長を日々、年々、見守る。エレンは歌をレコーディングする。サンディエゴの周辺でたまにコンサートも開くかもしれない。ハリーもサムもマイクも優秀だから、RBK社は発展し、経理はそれを得意とするエレンが担当する。

平日は仕事を終えたら、楽しいわが家へ帰る。クリスマス、イースター、誕生日、記念日。どれも愛情たっぷりにお祝いしよう。

大騒ぎする子どもたち。喧嘩や笑いや勝ち負けや、青春期のドラマ。やみくもに自分を抑えつける必要はない。エレンとは違って、子どもたちの足元には強固な地面があるのだから。

強くて、幸せな子どもたち。成長したら、夢を追いかけるようになる。エレンとハリーは年老いて、体は弱るけれど、もっと幸せになる。孫ができる……。

そういう未来はすべて、別の宇宙に住む別のエレンとハリーに起こることなのだろう。この宇宙ではエレンは消え、ハリーはまたもや救えなかった〝失われた人〟を悼みつづける。

エレンは死んで、愛情も笑いも失う。なんのために？　ジェラルドが窃盗と殺人と金銭欲にもとづいて築いた帝国を維持するために。彼は罰を受けることなく人を殺せるから。彼は自分の都合ひとつで、他人の命を消せる。

なんと醜悪な行為だろう。卑劣な怪物。

ＦＢＩにメールを送っておいてよかった。ハリーとマイクとサムにも、ニコールがあばきだしてくれた情報が伝わっていてよかった。きっとＦＢＩの捜査が入る。

ジェラルドだって、逃げ切れるとはかぎらない。ＦＢＩは優秀で粘り強く、腐敗もしていない。ジェラルドが子飼いにしている地元警官たちとは違う。徹底的に掘り起こしてくれる。

ジェラルドに対するまぎれもない憎悪がエレンのなかで脈打っていた。そういう男たちすべてに対する憎悪。ハリーの妹を殴り殺した男や、ケリーが恐れていた男。けれど、やはりいちばんはジェラルドとその部下たちに対する憎しみが、まるで薬物のようにどくどくと血管を流れていた。

自分の命はもう長くないけれど、死ぬ前になんとしてもジェラルドに一矢報いてやる。

後部座席のドアが開いた。エンジン音が聞こえ、ディーゼル燃料の刺激臭が鼻を襲った。

エレンはじっと目を閉じたまま、動かなかった。ずっしり重いだろう。いい気味。車から降ろすのに苦労させてやる。

「女はおまえに任せる」ジェラルドの冷淡な声がした。どこにいようと、聞き間違いようのない声。

「ああ。おれが飛行機に乗せる」ふたりめの男には、妙なアクセントがあった。クリント・イーストウッドの映画『インビクタス／負けざる者たち』に登場する人たちは、みんなこのアクセントで話していた。そう、南アフリカだ。

「そのあいだに、わたしはパイロットに話をしてくる。すぐに離陸の準備ができるだろうから、そうしたら出発だ」

エレンはなるべく運びにくくなろうとしたが、金髪の男は怪力の持ち主だった。エレンを前に抱えて運ぶのではなく、消防士よろしく肩にかつぎあげた。片腕で両膝を抱きかかえると、コンクリートの床に足音を響かせて移動し、飛行機のタラップをきびきびとのぼった。

南アフリカ人が頭を下げて、キャビンに入るのがわかる。空気の質が一変した。すがすがしくて、澄んでいる。外の雑音が遠ざかり、ドアの閉まる音とともに、そうした音が消えた。

機内に入ったのだ。

エレンは革張りの椅子に無造作に投げだされた。全身の力を抜き、ぐったりと椅子にかけて、腕を垂らした。

全身痛みだらけだけれど、それも生きていればこそだ。

ひょっとしたら、しばらくは機内に留まったまま、誰かを待つかもしれない。燃料の補給に時間がかかる可能性もある。

ＦＢＩにはジェラルドを見つけられるだろうか？　飛行計画は提出されているの？　エレンがいないことに気づいたら、ハリーはメールを読んで、すぐにＦＢＩに連絡を取るだろう。薬の影響がゆっくりと晴れてくると、エレンはそのふたつを結びつけ、希望が湧いてくるのを感じた。

ハリーからせっつかれて、ＦＢＩはジェラルドたちの行方を追う。警戒態勢が敷かれ、あらゆる道路、鉄道、バス、飛行機が捜査対象となる。

だとしたら、ＦＢＩとハリーががんばってくれているあいだに、ジェラルドとこの南アフリカ人を飛行機に足止めしておけばいいのかもしれない。

ここから動かないで、とエレンは飛行機に語りかけた。

それに答えるように、頭上のスピーカーから、コックピットのパイロットによる理解不能なアナウンスが流れだし、エンジンが息を吹き返した。それから一分後、ゆっくりと機体が動きだした。

エレンは危険を承知で一瞬、目を開けた。飛行機が格納庫から日差しのもとへ出ていく。あたりには誰もいなかった。かりにいま立ちあがって、窓を叩いて助けを呼んでも、聞いてくれる人がいない。誰にも気づいてもらえないのだ。

エンジン音が変わって、パイロットが出力を上げたのがわかった。離陸しようとしている。

これでおしまいだ。もはや死んだも同じ。


「あとどれくらいだ?」サムが尋ねた。

ハリーは動きの止まった緑の点と地図を見比べて、頭のなかで計算した。「三キロ、二分ぐらいだ」顔を上げた。「あれだ!」まっすぐ前方を指さした。飛行場が視界に入ってくる。中程度の大きさの格納庫が五、六棟、その外に二機の小型ジェット機が停まっていた。そして見ているうちに、ジェット機が一機、離陸した。

あの飛行機のどれかにエレンがいる。待ってろよ、ハニー。いま行くからな。

「入り口はどこだ?」サムは尋ねた。いっさいハリーを見ずに、最高速で飛ばすことに集中している。

ハリーはスマートフォンの地図を確認した。

「まずい!　入り口は北だ。もしもう彼女が飛行機に乗せられているんなら、半周していると間に合わなくなるぞ」

「つかまってろ」サムは顔をこわばらせて、ハンドルを握りしめた。いっきにハンドルを切ると、車体が大きく傾き、砂煙が巻き起こった。これで車がフェンスと向かいあった。アクセルを床まで踏みこみ、炭素鋼線を張ったフェンスに突っこんだ。両側の柱を引っこ抜いたときには、少なくとも時速百五十キロは出ていただろう。「どの格納庫だ?」

むずかしい質問であり、間違いは許されない。ハリーはエレンからの伝言が表示されてでもいるように、小さなモニターをにらみつけた。いまどこにいるんだい、ハニー?

ここだ。画面上の緑の点を強く指さした。彼女はここにいる。

「二時の方角、緑の格納庫だ。マイク——おれたちの装備もそろってるか?」

「任せとけって」マイクの低音が背後から響いた。そうだ、装備の扱いに長けたマイクに任せておけば間違いない。「それより、分別はついたか?」

ハリーには質問の意図がよくわかった。チームの一員として動けるのか、制御不能な不確定要素でしかないのか、と尋ねているのだ。不確定要素ならば任務を台無しにしたり、ほかのメンバーの命を危険にさらしたりする可能性がある。

ハリーは前方の格納庫を見つめた。親指大から急速に大きくなりつつある。あそこにたどり着いたら、一撃必殺でエレンを救いだす。チャンスは一度きり。ささいなあやまちがエレンの死、兄弟たちの死、そして自分自身の死につながる。

それを思うと、猛烈に恐ろしかった。さっさとこの状態を脱しなければ。ハリーはヘッドレストに頭を押しつけて、背中を丸めた。体じゅうの神経と筋肉がこわばる。心臓の鼓動を感じながら、頭のなかでエレン、エレン、エレンと矢継ぎ早にくり返した。膝の上の両手をなすべもなく握りしめた。頭が軽くなったように感じたその瞬間、大きくなっていく格納庫を地平線上に見た。

背後から肩をどつかれた。「ハリー！」マイクの鋭い声が飛ぶ。「戻ってきやがれ！」

その瞬間、頭の霧が晴れて、手の感覚が戻った。地平線上に手のひら大に見えているあの建物にエレンがいて、死に瀕《ひん》している。

がんばったのに妹を救えなかった。あのばか野郎のロッドはあんなにかわいい妹をまるで人形かなにかのようにつかんで、壁に叩きつけた。

連中が勝った。勝つのは向こう、ろくでなしが勝つと決まっている。つねに。

そんな状況に終止符を打たなければならない。エレンは人生にひとりの女、闇を照らす明かりだ。彼女がいなければ、リハビリに要した長い日々を生き抜くことはできなかった。彼女は闇のなかでハリーひとりのために歌ってくれた。痛みを理解し、それを魔術に変えた。彼女は魔術。彼女は奇跡、人生にひとりきりの女。そんな女をジェラルド・モンテスやピート・バン・デル・ブーケごときのために失ってたまるか。

ハリーの全人生がいま、この一瞬にかかっている。ここで負けてエレンを失うなり、兄弟たちが負傷するなり、死ぬなりしたら、ハリーの人生は失われる。

そうはさせない。

自分を取り戻して、勝利を手にする。

「ああ」マイクに答えた。「もう大丈夫だ。武器を準備してくれ。脇にまわって――」

「おい」サムが言った。

三人とも前方に目を凝らした。格納庫から飛行機が出てくる。ハリーがモニターを見ると、緑の点もゆっくりと動いていた。「あれだ。あの飛行機を止めるぞ」

あの飛行機が離陸したら、二度とエレンは戻らない。そうはさせるか。そんなことは選択肢に入っていない。

ある計画が花開き、何日もかけて練ったように、みごとに結実した。それを頭のなかに展開してみた。この計画を成立させるには、マイクとサムへの信頼が欠かせない。

その点には自信がある。

「サム！」ハリーはどなった。「あの飛行機に追いつけるか？　しばらくは誘導路をのろのろ進む。滑走路に着く前に、脇につけられるか？」

「やるっきゃないんだろ？」サムがこともなげに言うと、車がひと跳ねして、限界ぎりぎりの速度で疾走しだした。堅牢なはずの車体ががたがたと揺れて、いまにもばらばらになりそうだ。

サムはアクセルを踏みしめたまま動かず、揺れは大きく騒々しくなっていく。だが、いまやフロントガラスの向こうに大きく見えている飛行機は、速度を上げつつあった。急ハンドルとともにサムは飛行機に追いつき、右翼の後ろについた。

おそらくそこは飛行機のレーダーではとらえられない死角なのだろう。バンに気づいた気配もなく、飛行機はゆっくりと移動を続けていた。飛行場は混んでおらず、その飛行機のそばにいるのはハリーたちが乗るバンだけだった。

「マイク、タイヤを撃ち抜いてくれ」

それができる人物がいるとしたらマイクぐらいだが、彼の技量をもってしても、可能かどうかぎりぎりだった。猛スピードを出しているので、車体を安定させるのがむずかしい。

「了解」マイクは後ろのパネルを開いた。

スプリンターの後尾には、周囲にベンチを配した広々としたスペースがある。仕事の内容によっては一チーム丸ごと運ぶ必要があるからだ。マイクはベンチに片膝をついて体を安定させ、ライフルの銃床を肩にあてた。長年、鍛えているだけあって、流れるような動きだった。

「サム……」マイクがつぶやいた。

「いま安定させてやるからな」サムはハンドルを握る手を固定して、最大限安定したプラットフォームをマイクに提供した。

車内は静まり返った。マイクの集中力を損なってはいけない。

大きな銃声が二発続き、四本ある前の車輪のうち二本が破裂した。すぐにリムが誘導路のアスファルトに触れて、火花が散りはじめた。

マイクは消音の手間をかけていなかった。消音すると、撃ち抜きにくくなる。エンジン音がとどろいているので、どうせ機内にいる人間には聞こえない。

一瞬、機体がぐらりと揺らぎ、マイクは続けて三本め、四本めを撃った。いまや火花を引きずるようにして走っている。

ハリーの耳のなかでビープ音がして、アーロンの声が聞こえた。「ハリー、あと七分で到着するぞ。おまえの彼女が送ってくれたビデオを観た。どこのどいつが送ってきたか知らないが、あんなことをしたやつを引きずりおろしてやる。管制塔に全フライトに気をつけるよう、申し入れておいた」

「ところがこれから飛び立とうとする飛行機が一機あるんだ、アーロン。それに彼女が乗せられてる。いまや離陸に向けて地上走行中だ。マイクが車輪を撃ち抜いたんだが、それでも止まろうとしない。どういうことだ？」

「パイロットが止まるなと指示されてるのかもしれない」

「にしたって、車輪があんなじゃ、着いた先で着陸できない！」

「地面に追突して、無事に脱出できるよう祈ることにしたんだろ。おまえたちとやりあうより墜落を選ぶとしたら、頭がぶっ壊れてるか、その女を半端なく傷つけたいか、どっちかだ。いずれにしろ、いい話じゃない。そいつを止めろ、ハリー。こっちもあと少しで到着したら、手を貸してやれる」

「わかった」

言うは易しとはこのことで、飛行機は車輪を四本失いつつも、速度を上げている。ただ、マイクの腕を見込んで機体から重要な部品を撃ち落とさせようとは思わなかった。燃料タンクに銃弾があたって、エレンを乗せたまま機体が爆発するようなことは、避けなければならない。飛行機が左に折れて滑走路に入り、加速していく。まだそれほど速度は出ていないが、パイロットが腹を決めるか、あるいは頭に銃口を突きつけられていれば、五分もしないうちにV1——離陸決定速度——に達して、飛び立ってしまう。

「マイク！」ハリーは叫んだ。耳をろうさんばかりのエンジン音だった。いま彼らはプラット・アンド・ホイットニー社の巨大エンジンのひとつの真下にいる。まるでセメントミキサーのなかにいるようだ。「グラップルガンをくれ！」

マイクは左手でレミントンを持ったまま、定位置から移動し、後部にならんだギアボックスのひとつを開けた。目あての銃はその箱に入っていた。マイクはどの道具がどの箱に入っているか、正確に把握している。

その銃をつかんで、ハリーに差しだした。兵器好きの元兵士たちがつくった若い会社のラボで試し撃ちされただけの、まっさらの銃だ。長くてずんぐりした形で、おもちゃの光線銃のような見た目だが、この銃からは強力な引っ掛けフックが撃ちだされる。

撃てるのは一発きり。撃ちそこなえば、それまでだ。だが、かりに二発撃てるとしても、それを試す時間はないだろう。飛行機はぶざまに機体を揺らしながら進んでいるものの、ハリーがここで止めなければ、離陸はできる。このままだとエレンはハリーの心を連れて飛び去り、二度と救えなくなる。

失敗は許されない。

バンはサンルーフ付きだった。景色を楽しむためでも日光浴のためでもなく、いざというときのためだった。そう、ちょうどいまのような。ハリーはルーフを開くと、足元に箱をふたつ積んで、その上に立った。ルーフの上によじのぼり、開口部の両側に膝をついた。

手を下に伸ばすと、マイクがグラップルガンを受け渡してくれる。ふたりの目が合った。これが最後の手段だ。たとえうまくいったとしても、エレンを取り戻せる保証はない。

「安定させろ！」マイクに向かってどなった。マイクがサムに仲介してくれる。サムは車の揺れを抑えて、まっすぐ走らせた。強い横風を放ちながら軽くふらついている飛行機と併走しながらなので、容易なことではない。サムはハリーの意図を察して、制御不能となった飛行機に接触することなく、できるかぎり翼を離れずにいた。

集中。

すべてが消え去った。エレンがあぶないことも、滑走する飛行機も、そのなかに乗っているふたりの人殺しのことも、すべて消えた。そしてふたつのことだけが残された。ハリー自身と、翼の前縁だ。そのあいだにグラップルガンを飛ばして、カーボンナノチューブという物質でできたワイヤーケーブルを渡す。この繊維は地球上でもっとも頑丈とされ、宇宙にエレベーターを建設するならこれを使うと言われている。これはサムが入手した海軍の極秘事項だった。

マイクが手を伸ばして、手のひら部分にケブラー加工してある射撃用の薄手のグローブを渡してくれた。これをはめると狙いが少し甘くなるが、目標地点までわずか二十メートルだし、そのあとワイヤーケーブルをたどって翼によじのぼるので、グローブをはめていないと手を傷める。

マイクがこちらを見あげて、サムに伝達すべき指示を待っている。絶好のタイミングをはかりたいが、事態は刻々と悪化していく。ハリーはうなずくや、グラップルガンを撃ち、撃つなりガンを落とした。マイクに拾わせて、バンの柱にケーブルを結ばせるためだ。グラップルガンのフックが翼の前縁にかかる感触があって、マイクがサムに「ブレーキ!」と叫ぶ声が聞こえる。すべてが集約したその一瞬が永遠に続くように感じられた。

バンのブレーキ音が飛行機のエンジン音を圧して響いた。サムは文字どおり立つようにしてブレーキを踏み、張りつめたケーブルがぶるぶると震えていた。ハリーの両方の手のひらにも、十一トンの飛行機が七トンの装甲車と引きあうのが伝わってくる。

ケーブルは切れないので、いま離陸すれば、七トンの車両を引きずらなければならない。

ハリーはひとつ深呼吸すると、中空に身を投じて、スプリンターと飛行機の中間地点まで飛んだ。飛行機は機体をよじり、激しく揺れて、金属板のちぎれる音がほかのすべての音を圧倒している。

手がワイヤーに触れた瞬間、先へ先へと自分を運び、翼の後縁までたどり着いた。左手でしっかりとワイヤーを握って体を持ちあげ、翼の上にのぼった。腹ばいになってひと息つき、肩で息をしながら、腹の下で震える機体を感じ、呼吸が整うのを待った。

手と膝をついて下を見ると、サムがこちらを見あげて、中空に親指を突きだした。ここまでいい調子だぞ、と励ましてくれている。

飛行機の速度は落ち、前縁の金属板の一部が留めつけてあるせいで、補助翼のひとつがちぎれかけていた。

この事態はコックピットにも伝わっている。視覚的にも聴覚的にも警報装置が作動しているからだ。この状態で離陸するパイロットなど、どこの世界にもいない。現にこの飛行機のパイロットもエンジンを逆噴射させて、減速しだした。

パイロットがブレーキを踏んでいる。

ハリーは這ったまま、翼の上を進んだ。翼に必死に取りつき、頭を下げて三メートルと離れていない巨大エンジンの空気取り入れ口を避けながら、胴体まで行き着いた。

翼の上にある緊急脱出口は手動で開けられるようになっている。飛行機がついに機体を揺らしながら止まると、ハリーはその出口を開けにかかった。機体は滑走路に斜めになり、撃ち抜かれた車輪から煙が上がっている。唐突にエンジンが切られたあとには、金属の冷える音がするだけで、まったき静けさが広がっていた。

緊急脱出口が内側に開いた。キャビンの暗さだけが目につき、ひとけはなかった。ハリーは歯を噛みしめた。間違いは犯していないはずだ。この飛行機のどこかにエレンがいる。それに命を懸けてもいい。心臓はすでに懸けてしまった。

知らずしらずのうちに、拳銃を手にしていた。

空っぽの暗い穴から目を離してまで、兄弟たちを見ようとは思わなかった。その必要はなかった。あのふたりなら、絶好のタイミングで必要なことをしてくれる。そう信頼していた。時間が引き延ばされた。数時間にも、幾星霜にも感じられた。だが、飛行機が無理やり急停止してから、まだほんの数秒だった。

暗いキャビンのなかで影が動いた。突然、ふたりの人物が脱出口に現われ、黒い幕を背景にして舞台に立っているように明るく照らされた。

ハリーの心臓が吹き飛びそうになった。

ジェラルド・モンテスがエレンを抱えていた。エレンは意識を失ってぐったりとしているが、ありがたいことに、まだ生きていた。グロック19の銃口を押しつけられたこめかみが傷つき、頬を伝った血が顎からしたたっている。

出血しているのだから、生きている。

ハリーのほうはモンテスを知っているが、向こうはハリーを知らない。

「そこのおまえ！」モンテスがどなった。「何者だか知らないが、武器を捨てろ！　手を両脇に出して下がらないと、この女の頭をぶち抜くぞ！」

選択肢はなかった。拳銃が翼ではずんですべり落ち、滑走路にあたる音が大きくやけに響いた。予備の銃がほかに二丁あるが、モンテスがエレンの頭に狙いを定めているあいだは取りだせない。

モンテスはエレンを抱えるのに苦労していた。意識のないエレンは自力で立てず、だらりとした足がキャビンの床に投げだされていた。モンテスはその彼女を左腕に抱え、前に一歩進みでた。彼女の両脚が揺れ、背後に引きずられている。

いくら力があっても、成人女性の全体重を腕一本で支えるのは並大抵のことではない。モンテスは顔から汗をしたたらせていた。

あるいは、恐怖のせいかもしれない。エレンの頭を撃ち抜く以外には、これといって打つ手がないからだ。

ハリーに仲間がいることは、モンテスも承知している。運転手の乗ったバンが翼の後縁越しに見えているし、視覚には入っていないがマイクもそこにいる。そうだ、マイクがいる。

モンテスが地上のサムにどなった。「それと、運転席のおまえ！　ハンドルから手を離せ！」

フロントガラスの内側で、サムがハンドルから手を離した。

モンテスがハリーを見た。「下がってろ！」

ハリーは喜んで下がった。これでマイクは狙いがつけやすくなった。とはいえ、マイクにどうしろというのか？　モンテスの拳銃はエレンのこめかみに押しつけられ、引き金にかけた指には力が入っている。肘が体に押しつけられているので、肘を狙って腕を吹き飛ばすという古典的な芸当も使えない。

モンテスの眉間とか鼻梁《びりょう》とか、大脳皮質を狙って一発撃ちこむことくらい、マイクにならたやすいことだ。そうだ、それくらい、自分の拳銃が滑走路に転がっていなければ、ハリーにもたやすい――この距離なら威力がありすぎるくらいだ。

だがそれですむほど単純ではない。マイクが眉間を撃てば、モンテスはその衝撃で後ろに飛ばされ、すでに命がないにしても、純粋に物理的な作用によって引き金にかかった指まで後ろに引かれる。結果、エレンの脳みそがジェット機の豪華な内装に飛び散ることになる。

そんなことは考えてもいけない。そんな余裕はないのに、気力が萎えてしまう。

ハリーにはわかっていた。明日も東から太陽がのぼるであろうと同じくらい自明なことだった。いま自分たちに必要なのは、ほんの一瞬のチャンス、わずかな隙だった。それさえあれば、モンテスを葬り去れる。その一秒にも満たないであろう瞬間に備えなければならない。ハリーの全人生がその瞬間にかかっていた。

足の親指の付け根で立ち、緊張を解いていつでも動きだせるようにした。ジェラルド・モンテスを地上から抹消するために必要な位置関係の問題以外を、すべて頭から追いだした。必要なのは一秒。いや、百万分の一秒。時間のかけら。

そのとき——奇跡が起きた。

ハリーはエレンを見ていなかった。つらすぎたし、全神経をモンテスにそそいでいたからでもあった。一瞬のチャンスを見逃さないようにするため、ささいな動きにも目を凝らしていた。

エレンが体を動かすことなく、モンテスの腕に全体重をかけたまま、目を開いたのだ。緑色の海のような美しい瞳は、生気をたたえて完全に覚醒していた。モンテスには彼女が見えないが、ありがたいことに、ハリーには見えた。マイクにも、サムにも。

時間がふたたび動きだした。

エレンはこめかみに銃を突きつけられて恐怖に青ざめているが、それでも、唇をかすかに持ちあげて笑みを浮かべようとした。

そして、ウインクした。

それでハリーは察知した。

つぎの瞬間、すべてが一度に起きた。一瞬の出来事だったのに、なぜかスローモーションに切り替わったようだった。

エレンがモンテスの膝を蹴って、前方の翼に身を投げた。そのままなら、モンテスが彼女の頭を狙って、引き金を引いていただろう。だが、エレンが動きだして頭から銃口が外れたわずかなあいだに、モンテスの頭のほうが吹き飛んでいた。ハリーは飛びだしてエレンを受け止めるや、ユーティリティベルトから閃光手榴弾《しゅりゅうだん》をもぎ取って、それをキャビンに投げ入れた。エレンをつかむと、自分が下になるように中空で体をひねり、彼女の頭を肩に抱きかかえた。距離があっても閃光手榴弾の衝撃は大きい。キャビン内で爆発した手榴弾は、窓を煌々《こうこう》と輝かせ、百七十デシベルの爆音を飛行場じゅうにとどろかせた。

これでなかにいる人間は、長らく方向感覚を失う。

サムと、ライフル——生きたエレンをふたたび腕に抱えられたのはそのライフルのおかげだったので、ハリーはライフルにキスしたかった——を抱えたマイクが動きだした。バンのルーフから翼に乗り移り、頭を下げてキャビンに入った。

数秒後、ふたたび音がした。銃声だ。すぐにマイクが脱出口に現われた。「バン・デル・ブーケを片付けた」そう言うと、指を二本立てた。パイロットがふたり。「そっちはサムが対処してる」

百戦錬磨の強者であるバン・デル・ブーケならば、閃光手榴弾の衝撃からもすぐに回復したはずだ。だが、マイクより先に銃を構えられる人間などこの世にいない。

ハリーは顎を引いた。顎のひげが胸の上に広がっていた赤茶色の髪にからまった。エレンの震えがひどいので、ケガをしないように強く抱きしめた。

「だいじょうぶだ」彼女の頭のてっぺんにささやきかけた。「もう終わった、心配いらない。もう害はないんだ。きみも、おれたちも」

彼女の恐怖が弱まってきたのが、背中にまわした両手に伝わる鼓動でわかる。エレンはぶるっと身震いすると、大きく息を吸った。

黒い大型のバン四台が高速で近づいてきて、急停止した。「さあ、行くぞ、行くぞ!」男の声を合図に後ろから男たちが飛びだしてきた。全員武器を携帯し、フル装備だ。そのうちの四人がハリーたちに背を向けて警護にあたり、ほかは片膝をついてライフルを肩に構えた。

またエレンが震えだし、うわずった声で尋ねた。「誰なの?」ハリーは彼女の肩を撫でた。

「騎兵隊だ、ハニー、心配いらない」頬にキスして、片肘を立てて起きあがるために彼女を少し動かした。「アーロン!」

「よお!」

「こっち、上だ! 遅かったじゃないか。でも、来てくれて嬉しいよ。おれたちで悪党ふたりを打ち倒した。パイロットふたりはまだ息をしてるが、そちらもおそらく悪党だろう。おまえのほうで調べてくれ」

「ハリー?」エレンが顔を上げ、彼の目を見て、涙を振り払った。「FBIなの?」

「ああ、あるいは人呼んで騎兵隊」

「ジェラルドは死んだの？」

音楽のように心地よい響きだ。「ああ、そうだよ」

「ほかにもうひとりいたわ。背の高い金髪の――」

「その男のことはよく知ってる、ハニー。やつも死んだ」

エレンは黙ったまま、大きな目でハリーの表情を探った。彼女自身の目で、嘘をついていないと確かめたがっている。

「じゃあ……終わったのね」

ハリーは声をあげて笑った。久しぶりすぎて、前がいつだったか覚えていない。「終わったよ」

エレンが首にかじりついてきた。彼女の胸の奥のほうから、少し引きつったような小さな笑い声が湧いてきた。「ああ、ハリー、終わったのね」あらためてハリーの目を見るために、顔を引く。

「うちに帰りましょう」エレンがささやいた。

「そうしよう」ハリーはにっこりした。

サンディエゴ
クリスマスイブ

会場はエレン——いや、イブ——好みの小さなジャズクラブだった。彼女はスタジアムやコンサートホールでのコンサートを好まなかった。声に合わないからだ。このクリスマスライブのために、十月から練習を重ねてきた。どのクリスマスキャロルも、どことなくジャズ風にアレンジしてあって、斬新だった。

小さなクラブなので、チケット代は割高の設定だった。エレンは全員に高額な代金を払わせる一方で、収益の半分をサンディエゴを拠点に地道に活動を続けている、女性用のシェルターを運営する団体に寄付した。

チケットはオンラインで売りだされるや、五分もしないうちに完売した。屋根の垂木からぶら下がるほど、店内はファンでいっぱいだった。

ハリーはマイクとサムとニコールと、それに最高にお行儀のいいメリーことメレディスと同じテーブルを囲んでいた。生まれて半年の赤ん坊を連れて席についたときは、眉をひそめてこちらを見る顔がいくつもあった。近くのテーブルからうめき声やら不満やらが聞こえてきたが、赤ん坊がとびきりかわいいのに気づくと、それも少しおさまった。

メリーは物怖じしない子だった。幼いながらにコンサート慣れしたレディで、ハリーの左側に坐っている太った酔っぱらいよりずっと行儀がよかった。エレンおばさんの声が聞こえてくると、すぐに黙って歌声に耳を傾けた。奇跡のようだ。

だが、考えてみると、メリーは生まれたときからエレンの子守歌を聴いてきた。ハリーにしてみたら、それこそが奇跡だった。エレンの歌声とともに育つとは。いまだなにもかもが奇跡に思えてならない。彼女が自分と結婚してくれたことからして奇跡である。それでいっしょに暮らして、好きなときに歌ってくれる。しかも、帳簿までつけてもらえるとは！　自分ほど幸せな男はいない。いや、サムには負けるかもしれない。ニコールにぞっこんなのに加えて、メリーまでいるのだから。

エレンが時間をかけて切々と『アヴェマリア』を歌いあげたとき、涙していない者はひとりとしていなかった。どこか親密な雰囲気が漂い、父親の膝に坐るメリーまでが大きな青い瞳で黙っておばを見つめていた。

つぎの瞬間、店内が沸き、メリーが笑いだした。

今夜のエレンはイブだった。彼女のなかにこれほど違うふたりの人物がいることが信じられなかった。美しき妻であるエレンは、ノーメイクで艶やかな髪を肩に垂らし、白いシャツとジーンズという気取りのない恰好をし、ほぼ毎晩、笑顔とキスと焦がした料理で出迎えてハリーの心をはずませ、胃袋を泣かせてくれる。

いまではサムとニコールのハウスキーパーであるマニュエラが気の毒がって、週に二度、食べ物を運んでくれる。その量たるや、港湾作業員の一団を養えるほどだ。その女は自然体で、幸せそうで、愛情にあふれていて、そう、そんな彼女をハリーも愛している。

だがこの女性、イブには、月光と星屑のなかから生まれたような、手の届きがたい謎めいた美しさがある。大理石のようになめらかで、夢のようにとらえがたい。

あの姿を見ろよ、とハリーは思った。細身で、小柄といっていい体格なのに、ステージをわが物にしている。背後の暗がりにミュージシャンを従えて、スポットライトひとつでマイクの前に立ち、聴衆を完全に魅了していた。

彼女の歌声が店内に広がり、隙間をひとつずつ満たしていく。ほかになにも考えられない。彼女のことで頭がいっぱいになった。

ハリーは周囲を見まわし、客たちの顔を見て呆然とした。チケット代が高かったために、大半は金回りのいい音楽関係者だった。しゃれた身なりの男たち。女たちはイブニングドレスを身にまとい、宝石を煌めかせていた。

洗練された大人の観客ながら、どの顔にも似たような表情が浮かんでいる。別のどこかへ運ばれてしまったような表情——愛と希望と失意と悲しみのすべてが同時に深く感じられる場所へ。エレベーターで、ショッピングモールで、テレビで、ふんだんに酒の出るパーティの席で、いやというほど聴いてきたはずのクリスマスキャロル。それが曰《いわ》く言いがたい美しさをもって耳に迫り、苦しくなるほどの感動を呼んだ。どの曲も新たな解釈を与えられて、はじめて聴く曲のようだった。

クリスマスは喜びと希望の日であり、平和と善意を希求する日である。聞き古された言葉が新鮮で深い意味を帯びる。今後、同じクリスマスキャロルを聴いたら、みな、今夜のことを思いださずにはいられないだろう。世界でいちばん妙なる音楽に満たされた夜のことを。

それにイブ自身のその姿——見ているだけで、切なくなる。彼女はここよりもずっといい惑星から光に運ばれてきたようだった。煌めきを放つドレスは瞳と同じ緑色。赤褐色の髪は後ろに撫でつけてアップにしてあるので、白くて長い首とほっそりした顎のラインがいっそう際だっていた。

ふだんはまったく化粧気のない顔が、今日はクラシックなメイクで謎めいていた。陰のある目もと、軽く色を載せた高い頰骨、そして唇は……。

ハリーにはわかる。彼女のあの唇のことを思わない男は、ひとりとしていないだろう。

まるでセックスの化身。けれど、そのセックスはこの世のものとは思われないすばらしいものだ。ジャズのリズムに乗せて全身をゆるやかに揺すり、パーカッションとみごとに調和していた。言葉のひとつひとつにニュアンスを持たせ、さりげない身振りで穏やかさのなかにひそむ情熱や、歓喜のうちにある愛を伝えた。

コンサートは終わりに近づいていた。

『さやかに星はきらめき』を歌いおわった彼女が、拍手を浴びながらお辞儀をするその姿は、臣下から恭順の意を表わされる女王のように悠然としていた。

いよいよだ、とハリーは思った。最後の曲、彼女の代名詞となった曲がはじまる。コンサートの締めくくりは、その歌と決まっていた。

いまやイブといえばその歌だ。

それをアカペラで歌う。彼女の声があればそれでいい。

『アメイジング・グレイス』。これはふたりの歌だった。神の恩寵《おんちょう》なくしてふたりは出会えなかったと彼女が言ったからだ。

そして毎回、ハリーは感動する。彼女が歌うのを何度となく聴き、血を流すことも痛みもないけれど、そのたびに深々と心臓を貫かれた。この歌を聴いていると、自分が失ってきたものを痛烈に意識させられる。母を失い、クリッシーを失った。そう、なによりもクリッシーを。

そしてエレンを失いかけた。ハリーはそのことをいまでも毎日、何度となく思う。この人生で失ったもの、それがもたらす痛みに浸っていられれば、それはそれで楽かもしれない。愛する者を永遠に失ったつらさや悲しさ、世界にはびこる憎しみや残酷さを思い浮かべてみるがいい。

毎回、そうしたことがこの胸を去来する。そして毎回、苦しくなる。

そのたびに、この歌とエレンの歌声がすばらしい恩寵を思いださせてくれる。その歌に背中を押されて痛みと苦痛を脱して、平穏な世界へと導かれる。

終盤にさしかかるとエレンがかすかに顔を動かし、暗い店内にもかかわらず、寸分違えずハリーのほうを見た。目と目が合った。なぜか、彼女にはハリーの居場所がわかる。あたりがどんなに暗くても、どれほどたくさんの人がいようとも。ハリーの目をとらえ、ハリーの心に直接歌いかけてくる。これは彼に捧《ささ》げる歌だからだ。

あまたの危険があり、苦しみがあり、罠があった
それをくぐり抜けて、ここまで来た
わたしがうちまで無事に導かれたのは
神の恵みにほかならない

最後の音色が夢のように遠のき、暗がりのなかで光を放つなか、エレンがお辞儀をした。スポットライトがしだいに暗くなって消え、聴衆は立ちあがって拍手喝采した。

だが、イブはもう去っている。アンコールにはけっして応じない。彼女本人がこの歌に心を動かされすぎて、応じられないのだ。だからこの歌は最後と決まっている。そのあとにはもはや歌うことができない。

店内の明かりがつき、あるじを失ったステージでは、ミュージシャンたちが立ってお辞儀をしている。

「すごいわね」ニコールは涙をぬぐった。「ステージにいたあの魅惑的な女性がわたしたちのエレンだってことを、つい忘れてしまうわ」笑い声をあげた。「しかも、わたしたちの経理を担当してくれているなんて！　ピカソに芝刈りをしてもらっているようなものよ」

マイクとサムは聞いていなかった。マイクは立ちあがって足踏みしながら、口に指を二本突っこんで口笛を吹いているし、サムは膝に抱えた幼い娘に拍手のしかたを教えながら、笑いあっていた。

家族のうちのこちら側は災いなく、幸せにしている。ハリーはその一団を離れて、家族の残りの部分を確かめにいった。

彼女は楽屋で早くも髪をおろしていた。ステージ上の彼女には、フォーマルな装いがお似合いだった。コンサート用のドレスはいずれも、将来有望な若いデザイナーの作品で、イブが生まれながらに持っている優雅さと上品さが表現されていた。

イブは装いにドラマを求めた。シルクやサテンの艶やかさや、スパンコールの煌めきを愛し、メイクのあでやかさや、女らしく結いあげた髪を愛した。だが、イブがステージから去るや、エレンはふだんの飾り気のない恰好に戻りたくなり、髪をおろして、化粧を落とした。

楽屋は身動きできないくらい花でいっぱいで、そのにおいがハリーの脳を直撃した。彼が贈った二ダースのピンクのバラは、エレンの目に入るように小さなカウンターの鏡の前に置いてあった。

どの花も翌日には子ども病院に送ってしまうけれど、舞台を終えた直後のイブは、多彩な色と香りに包まれるのを喜んだ。

彼女は立ちあがって、背中のファスナーに手を伸ばしていた。

「やらせてくれ」ハリーは背後にまわり、彼女の肩にキスした。「夫の特権だ」鏡のなかの彼女と目を合わせた。「今夜のきみはすばらしかったよ。それに最後のあの歌……ため息が出る」

「『アメイジング・グレイス』」エレンが鏡を介して笑いかける。「わたしたちの歌ね。これからもずっと」くるっと回れ右をして、両手でハリーの両手を取り、ひとつ深呼吸をした。「いいわ。このタイミングを置いてはないもの。『アメイジング・グレイス』がわたしたちふたりの歌だから、この子のことはグレイスと呼んだらどうかしら。じつは女の子だとわかったばかりなの。それにあなたの妹さんの名前を加えて、グレイス・クリスティンにしましょう」つま先立ちになって、ハリーにキスした。「あなたの誕生日がこの子の予定日なのよ。メリー・クリスマス、あなた。そして、お誕生日おめでとう」

ハリーの心は喜びにはじけた。

一年後

モリソン・ビルディングの前に佇む女性は静かな美しさをたたえていた。控えめながら、上品でしゃれた恰好をしている。明るいブロンドの髪が顔の周囲で煌めき、瞳は金色に見えるほど明るい茶色をしている。顔立ちはすっきりと整っていて、愛らしかった。

まったく派手なところのない女性だけれど、建物のほうは違った。このビルで働く男女は世界を股にかけ、大金をもうけて、それを見せびらかすのに忙しい。スーツ、髪型、靴、バッグ、ブリーフケース。いずれも時代の先端をいく、最新流行の品で飾っている。広告業界やデザイン業界に身を置く者たちは、これから五年のうちにはやるであろうスタイルに身を包んでいる。そんな彼らには人目を惹く斬新さがあって、未来から来たタイムトラベラーのようだ。

それに忙しそうでもある。みな鋼鉄とガラスでできた大きなドアをせわしげに出入りしているし、決然とした顔をして大股で歩いている。用事があるからだ。

わたしのこの件も用事かしら？　よくわからない。たぶん違うのだろう。コンパスも指示書もないし、人生の大半は空っぽで、けっして埋められないであろう大きな空隙がある。みんなが忙しそうにしていることが少し怖くなったけれど、彼女が怖がりなのも事実だった。

首を振って、そんな思いを振り払った。今日、ここにいたるまでの道のりは、文字どおり長く苦しいものだった。怖がってはいられない。

もしこれが間違いなら、自分の思い違いなら、そのときはまた振りだしに戻る。そう、手がかりのない状態に。

手のなかの紙切れを見おろした。コンピュータで調べた結果をレーザープリンタで出力してきたのだ。すべて大文字。字体はタイムズニューローマンで、大きさは十四ポイント。くっきりとした読みやすい字体だ。

手に持った紙片が震えていた。

ハリー・ボルト
モリソン・ビルディング
バーチ通り一一四七

わずか数行だけれど、とても大切。この数行で人生が変わるかもしれない。変わらないかもしれない。彼女がそうだと思っている――そうであってほしいと願っている――人物ではないかもしれない。あるいは、そうだとしても、相手はなにも思わないかもしれない。

手の震えが腕にまで広がり、最後には紙片をたたんで、バッグにしまうしかなくなった。

けれど書いてあることはもう暗記している。彼の人生のあらましも知っている。

ハリー・ボルト。元兵士。有名な歌手と結婚。

そしてひょっとして、ひょっとすると、生き別れになっていた兄かもしれない人だ。

訳者あとがき

リサ・マリー・ライスのプロテクター・シリーズ、第二弾、『運命は炎のように（原題 *Hotter than Wild Fire*）』をお届けします。今回のヒーローであるハリーも、前作の『愛は弾丸にように』の主人公サムと同じように、かつて特殊部隊に所属していた屈強な兵士で、サムとは義兄弟の関係にあります。前作を読んでいただいた方なら、〝アフガニスタンで負傷して立つのもやっとのあのハリー〟と言えば、おわかりいただけるのではないでしょうか。そう、まだろくに歩けなかったハリーが本来の屈強な肉体を取り戻して、再登場です。

ハリー・ボルト、現在、三十四歳。

ハリーは父親を知らずに育ちましたが、かつては母親とクリッシーという妹がいました。ドラッグ依存症の母親は、たちの悪いクズな男ばかりを恋人としてうちに連れこみ、母親から顧みられることのない妹クリッシーは、食べることも着ることも、ハリーに頼る日々を送っていました。スラム街にあってなお、鼻つまみだったハリーの家族。そして悲劇はハリーが十二歳だったクリスマスの日に起きます。その日、ハリーは妹のためにレストランのゴミ箱でごちそうを集め、人形を万引きして帰りました。けれど、妹が喜んだのもつかの間、ドラッグで錯乱状態にあった母親の恋人が暴力をふるいだし、ハリーは一瞬にして母と妹を失うことになったのです。

そんなハリーもいまではRBK社というセキュリティ会社の共同経営者です。残るふたりの経営者は、同じ里親家庭で育ったサム・レストンとマイク・キーラーという、義兄弟であり親友です。いずれも特殊部隊に所属していた三人は、会社経営もうまくやっていますが、大人になったハリーに、苦労がなかったわけではありません。この仕事につくまで、ハリーはデルタフォースにいました。アフガニスタンに派兵されて、九死に一生を得る大ケガをし、いっときは海に入って死ぬことしか考えられないほど苦痛に満ちた日々を送っていました。ですが兄弟たちの強引なまでの力添えを得て、いまではなんの支障もなく日常生活が送れるようになり、サムの勧めで兄弟そろってひとつの会社を経営するようになったのです。

彼らが共同経営するRBK社には、やはり三人で行なっている裏の活動があります。男の暴力に苦しんでいる女性と子どもたちのために、〝ロストワン〟という基金をつくって、女たちを安全な場所に送り届けて新しい生活をさせているのです。それぞれ幼いころに辛酸を嘗めてきた三人にとっては、この裏の活動のほうがずっと大切で、企業活動で儲けたお金をこちらにつぎこんでいます。

ある日、そんな彼らのもとに、また、救いを求める女がひとりやってきました。偽名を名乗るこの痩せた赤毛の女は、本名をエレン・パーマーといいます。質素な身なりをして、一見すると地味ですけれど、陶器のような青ざめた肌にこっくりとした艶のある赤毛が好対照をなす、緑の瞳の繊細な美女です。彼女は本名を隠しつつ、かつて経理係として勤めていた会社の社長の秘密を知ってしまったために、社長から命を狙われることになったいきさつをハリーに語りました。ハリーは彼女から事情を聞きながらも、なぜかうわの空になりがちです。彼女の声に聞き覚えがあったから――初体面にもかかわらず、懐かしさすら感じる声。

そして彼女の打ち明け話が佳境に入ったとき、その理由が明らかになります。そう、偽名を名乗るこの女性は、その歌声によって苦しんでいたハリーの迷える魂を救ってくれた歌手のイブだったのです。ハリーが負傷して生きる意味を見失っていたとき、彼女の歌声は世界がいまも輝きに満ちていること、美しいものにあふれていることを思いださせてくれました。そのイブが助けを求める女として、目の前にいる。クリッシーという、最愛の妹を失った経験のあるハリーにとって、イブことエレン・パーマーを守ることが生きる使命となります。けれど、そんな彼の胸の内を知らないエレンはハリーたちが自分を追う社長と通じていると誤解し、RBK社を逃げだします……。

わたくし的には会計士のヒロインという設定がたいへん気に入りました。ドラマチックな天才シンガー、イブでありながら、その実、ごまかしのない数字の世界を愛する会計士。これはなかなかない組み合わせです。そして、自分を助けてくれたお礼として、金勘定の苦手なニコールやRBK社の面々に税の申告の手伝いを申し入れたときの、彼らの反応――確定申告のたびに逃げだしたくなるわたしには、彼らの気持ちがよくわかります。わたしにもエレンがほしい！

前回のあとがきでは主人公サムの所属していたSEALについて簡単に紹介しましたので、今回はハリーが所属していたデルタフォースについて、わかる範囲で書いてみます。わかる範囲と言いましたのは、第一特殊作戦部隊デルタ分遣隊（通称デルタフォース）は、〝公然の秘密〟として公式には言及されていないからです。創立は一九七七年。英陸軍の特殊部隊SASをモデルとして、対テロ作戦を遂行する特殊部隊として編成されました。SEALに比べると人数も少なく極秘任務が多いため、注目されることも少なく、実際にデルタフォースの存在が明らかになったのは、一九八〇年にイランで起きたアメリカ大使館人質事件で、デルタフォースを投入した〝イーグルクロー作戦〟が失敗したためでした。

とはいえ、デルタフォースが超のつく精鋭部隊であることは間違いなく、米国籍を保有する志願者であること、二十二歳以上であること、四年半以上の軍務経験があること、空挺資格や機密取り扱い資格を保持していることといった入隊資格があり、三月と九月の年に二度行なわれる選抜訓練に先だって、こうした資格を持つ人が全軍から補充されます。数週間におよぶ過酷な評価選抜課程、半年間の戦闘員訓練課程をへて、こうした課程を無事にくぐり抜けたものだけが入隊を許可されるのだとか。精鋭でありながら影にひそんだこの特殊部隊の性格が、ハリー・ボルトの少し暗くて、さりげないあり方に重なります。

さて、プロテクター・シリーズ三部作のトリをつとめるのは、RBK社の最後の頭文字Kの持ち主であるマイク・キーラーを主人公に配した"*Nightfire*"（アメリカでは二〇一二年二月に刊行）。そして、ヒロインになるのが、今回の作品の最後に登場する例の金髪の美女（すでにお読みいただいた方は正体をご存じですね）ときたら、いやがうえにも期待が高まるというもの。じつはわたしはまだ読んではいないのですが、本国アメリカのAmazon.comではレビュー数・評価ともシリーズ中、最高。なるべく早くお届けしたいと思いますので、どうぞお楽しみに！

また、そのあとには、秘密工作員たちを主人公とするつぎなるシリーズも控えております。シリーズ・タイトル、ゴースト・オプス。出生証明書をはじめとする過去をすべて消された男たちの物語。こちらはもう少し先になりますが、凝った設定で期待大。やはりお楽しみに。

二〇一三年六月

ザ・ミステリ・コレクション

運命《うんめい》は炎《ほのお》のように

著者　リサ・マリー・ライス
訳者　林《はやし》 啓恵《ひろえ》

発行所　株式会社 二見書房
東京都千代田区三崎町2-18-11
電話　03(3515)2311［営業］
03(3515)2313［編集］
振替　00170-4-2639

印刷　株式会社 堀内印刷所
製本　株式会社 関川製本所

落丁·乱丁本はお取り替えいたします。
定価は、カバーに表示してあります。

ISBN978-4-576-13102-3
http://www.futami.co.jp/

愛は弾丸のように
リサ・マリー・ライス
林啓恵［訳］
〔プロテクター・シリーズ〕

危険すぎる恋人
リサ・マリー・ライス
林啓恵［訳］
〔デンジャラス・シリーズ〕

眠れずにいる夜は
リサ・マリー・ライス
林啓恵［訳］
〔デンジャラス・シリーズ〕

悲しみの夜が明けて
リサ・マリー・ライス
林啓恵［訳］
〔デンジャラス・シリーズ〕

誘惑の瞳はエメラルド
ローラ・リー
桐谷知未［訳］
〔誘惑のシール隊員シリーズ〕

蜜色の愛におぼれて
ローラ・リー
桐谷知未［訳］
〔誘惑のシール隊員シリーズ〕

セキュリティ会社を経営する元シール隊員のサム。そんな彼の事務所の向かいに、絶世の美女ニコールが新たに越してきて……待望の新シリーズ第一弾！

雪嵐が吹きすさぶクリスマス・イブの日、書店を訪れたジャックをひと目見て恋におちるキャロライン。だがふたりは巨額なダイヤの行方を探る謎の男に追われはじめる。

パリ留学の夢を諦めて故郷で図書館司書をつとめるチャリティに、ふたりの男――ロシア人小説家と図書館で出会った謎の男が危険すぎる秘密を抱え近づいてきた……

闇の商人ドレイクを怖れさせるものはこの世になかった。美貌の画家グレイスに会うまでは。一枚の絵がふたりの運命を一変させた！想いがほとばしるラブ＆サスペンス

政治家の娘エミリーとボディガードのシール隊員・ケル。狂おしいほどの恋心を秘めてきたふたりが〝恋人〟として同居することになり…。待望のシリーズ第二弾！

過酷な宿命を背負う元シール隊員イアンと明かせぬ使命を負った美貌の諜報員カイラ。カリブの島での再会は、甘く危険な関係の始まりだった……シリーズ第三弾！